背負一生

CARRY the ONE

卡蘿·安蕭——著 許珮柔——譯

CAROL ANSHAW

獲獎紀錄

入選紐約時報、亞馬遜網路書店年度選書
美國獨立書商協會當月頭號選書

各界好評

在漫長的人生旅途中，意外總是令人措手不及，但這不是本純粹關於意外的書，它很真實，從書中每一個角色的眼睛，都能讓我輕易看見自己那些最平凡的恐懼，而隨著情節發展，又能得到平息和安靜。

——創作歌手　白安

故事中充滿激情與沉淪、罪惡感與破滅等家庭生活中的美麗碎片。《背負一生》能使讀者忘我地令自己任憑故事的浪潮隨波逐流。

——愛瑪・唐納修，《房間》作者

安蕭的靈巧筆觸讓日常生活中的瑣事顯現出重量與意義……風趣、感人、聰慧……一個沉靜、精緻而真實的文學成就。

——《出版家週刊》

讀這部小說，感覺就像看著某人邁著大步，如履平地走在懸空繩索上……故事中信手拈來皆是安蕭不著痕跡融入的犀利機智、老派幽默與文化評論。幾乎不可能有人能如此舉重若輕，能與她一同走在這道高空懸索上真是一大樂趣。

——艾利森・貝克德爾，《歡樂之家》作者

這部令人困惑的小說既親密又神祕，既誠實又難以理解，其中充滿生活的組成要件：愛情、性慾、狗、藥物、孩童、離婚、藝術、監獄與政治。在閃亮懾人的每一頁中，車禍身亡的女童幽魂皆隱身在後，提出貫穿這部小說的逼人問句：當每一天的新結不斷出現，我們如何能放任舊日的未解情結於不顧？

——史考特・史賓瑟，《無盡的愛》作者

一次傑出的故事書寫成就……這是我讀過最令人震動的故事之一……這部小說是文學之珠。

——蘇珊・史崔特，《波士頓環球報》書評人完美的凝視……文學版的《大寒》，閱讀時就像看著時間推動一連串骨牌，改變了一家人或一群朋友間的關係。這部小說巧妙地掌握了生命中的悲哀——內疚、悲痛與失望——卻又表現得如此詩意而幽默。

——角谷美智子，《紐約時報》書評人

安蕭探索了男人與女人、以及手足和母女之間的複雜關係……這是個親密、甜美、誠實而又充滿希望的故事。

——RED HEADED BOOK CHILD 閱讀部落格

幽默、悲哀、機智、令人同情。一個關於罪惡感、家庭、愛情、以及時間所能帶來的療癒與創傷的美麗故事。

——Bookreporter.com

《背負一生》不是那種講述一場可怕的意外將如何改變生命，並從中學到深刻教訓的煽情故事。雖然故事開頭的車禍是所有情節的觸發點，但安蕭沒有利用這點來鋪陳救贖橋段。反之，安蕭讓我們看到，創傷可能改變一切，卻也可能改變不了任何事。

——《今日美國報》

安蕭的文學傑作《背負一生》敘述了一場意外的可怕，以及它如何在相關人等生命中造成的反響。她筆風犀利、揮灑自如，並不時展現出人意表的風趣。

——《密爾瓦基前哨報》

只消讀過頭一章，就會發現安蕭寫的不只是個風趣、機智且視角細膩的故事，同時也探索了樂極何以生悲，以及悲劇如何比激情更能將人們長久連繫起來……我真希望卡蘿・席兒德（Carol Shields）還能活著看到這部小說，她會很樂於見到這樣一部與她有諸多共同點的作品。

——《紐約時報》

獻給

道格·史丹利

1948-2004

夜色如舞衣徐徐展開，
落為她腳邊一團美麗的混亂。

——〈酒吧女孩〉（barroom girls）
吉莉安・威爾許／大衛・勞林
（Gillian Welch／Dave Rawlings）

目次

背負一生

CARRY the ONE

草帽舞

所以就在剛才，卡門結婚了。在碩大的奶油色月亮下，一九八三年的無風夏季夜色中，她坐在桌邊，擺在面前的是吃剩的藍帶雞肉卷。她的視線轉向眾人隨興熱舞的一小塊空地，她那剛結連理的丈夫正在大秀墨西哥草帽舞，旁邊有幾位體型壯碩的男子跟著起舞，其中三位是他的兄弟，其他的是史隆家的人。麥特跳起草帽舞總會慢半拍，他踢出的舞步和其他人實在合不上。儘管缺乏舞蹈天賦，但他仍對她拚命招手，示意要她加入。她則輕輕揮手回應，假裝誤會麥特只是在打招呼。她暗自希望自己的婚姻初始以及這糟透的跳舞環節能在她獨坐時趕緊度過。

「別洩氣，從現在開始，一切都會好轉。」

說話的是珍．亞畢諾，她坐在卡門旁邊，指尖彈著香菸，把菸灰抖落焗飯的盤子裏。珍和卡門的妹妹艾莉絲及其他幾位藝術家，一同接管了這塊坐落威斯康辛州中部的老農地。珍在農地邊緣的工作室彈奏並錄製傳統民謠，艾莉絲的畫室則佔據半個穀倉。

卡門說：「舞跳得爛不代表什麼，對吧？」此刻，麥特和著一個糟糕的翻唱版〈讓我們肌膚相親〉（Let's Get Physical）跳起白人版布基舞，雙手甩著不協調的節拍。「不是有人說路邊停車技巧不好就表示床上功夫很差嗎？」卡門邊說邊把椅子往後推：「我得去尿尿。原來懷孕的大半時間都在尿尿，以前我完全不知道。」

「用戶外那個廁所比較方便。」

「我只用過一次。」

「妳是不是往洞裏看過？看過的話妳就不敢用了。」珍說。

「我還是進屋裏上廁所吧，至少不用擔心不小心往洞裏看。」

珍握起卡門的手，停了一會兒才放開。她們是老朋友了，正身處一個接一個既陌生又歡娛的慶祝活動中，這樣短暫的接觸因此帶回一絲絲熟悉的舊模樣。坐在珍另一邊的是湯姆．弗瑞斯，一個二流芝加哥民歌手。這時他正用前額輕輕撞擊桌面，以示實在無法忍受這難聽得要命的樂團表演。雖然夜色已深，他仍戴著到哪都不離身的雷朋太陽眼鏡。今天卡門和麥特交換戒指時就是請他獻曲。他唱的是某首蘇格蘭民謠，珍用揚琴替他伴奏，歌詞說的是個海盜和美麗的新娘，以及駛在風暴中大海上的一艘船。他們倆可真是投入全副精力積極地保護與推廣傳統音樂。表面上，他們的關係僅此而已。但私底下，他們算是一對悲慘的愛侶，悲慘的原因在於湯姆已婚，而且還有年幼的孩子。卡門認為湯姆根本在浪費珍的時間，但想當然，她從來沒讓珍知道這個想法。

「不知道我那個後備新娘跑哪去了？」卡門邊說邊起身。她弟弟尼克今天穿著一身舊貨店買來的女裝晚禮服出現在婚禮現場，他的新女友奧莉薇亞穿著一套賭城風格的粉藍男式禮服。他倆可能是想諷刺兩性的刻板形象，或者這只是尼克另一個精心設計卻又讓人抓不到笑點的玩笑。卡門往人群中張望，他們兩個完全不見蹤影。

珍也隨即察覺：「這麼說來，妳的兩個伴娘也不見了。」她指的是卡門的妹妹艾莉絲和麥特的妹妹茉德。「今晚有好多兄弟姊妹失蹤。」

卡門走進農舍後門，來到廚房，目前裏面空蕩蕩的不見人影，只有屬於這塊小天地的生命還在運轉。一台舊冰箱發出一陣陣低沉穩定的嗡嗡聲、水龍頭的水一滴滴落入水槽，原本環著排水孔的一圈磁磚如今已因長年磨損而露出底下的鐵面、一隻肥蒼蠅漫無目的繞著打開的窗戶上搖搖欲墜的骯髒玻璃打轉。廚房散發著獨特氣味：燃盡的木頭味混著潮溼的黏土味，卡門還嗅到微微的糖蜜、芝麻醬、蘋果和臭襪子味。

她穿過客廳，經過一排用空心磚和木板拼起的書架，牆上掛滿畫作，全部出自艾莉絲和其他居住在此的畫家之手。客廳角落，燒木柴的巨大鐵火爐赫然映入眼簾（這棟房子沒有暖氣設備）。唯一未經改造的家具是張從三〇年代傳下的紅寶石色絨沙發，是很久以前的房客留下來的。其他東西都是從城裏的公寓搬來，皆是些重心不穩，鋪著一層拼布毯的便宜家具。一張咖啡桌上散亂灑著植物種子、捲菸紙和毫無動靜的水菸筒。

卡門開始爬上樓梯。

艾莉絲得振作起來，出去透透氣，靠自己再次站起，這些她都很清楚。相反的，她卻在令人詫異的狀況中打轉流連，任由自己被拉離正常生活的軌道，轉而投入另一條速度飛快，而且（當然也）充滿情慾的路線。這也是她沒有全心投入姊姊婚宴，也未盡心履行伴娘義務的最大原因。最嚴重的是，就在剛才，她沒去跳墨西哥草帽舞，現在她聽到活潑得有點過頭的旋律從舞池飄上來，穿透她的臥房紗窗，即使房間地板上有座大風扇的扇葉正在旋轉，她仍舊聽得一清二楚。她不但不去跳舞，還赤裸著身子俯臥床上，被新郎的妹妹壓在身下。

截至目前為止，這是她一生中最棒的時刻。

她身子半懸在床緣，低頭看看扔了滿地的衣服。幾週前，她和茱德因為當伴娘而認識，當時一起買的休閒褲和泛著光澤的時髦絲上衣現在正散亂地躺在木地板上。之後她們就沒再見到對方，直到這個下午一起走過灑滿花瓣的走道，肩並肩站著見證婚禮儀式。當茱德光滑的手臂第三次輕觸艾莉絲，艾莉絲便暗自認定，這一定是她的明確示意。

現在，才走了短短幾步，她們就不約而同來到這裏。今晚幾乎和白天一樣炎熱，電扇已開到最大，而且面向床鋪，但兩人的肌膚依舊滑膩膩地淌著汗，同時驚訝事情演變成現在的局面。她們都沒把這一切怪到婚禮儀式前抽的那些帶勁的大麻。事情就這麼發生了，她們只是不確定發生了什麼事。

「我們差不多該回樓下了。」茱德毫無說服力地說，而且絲毫沒有起身之意。

「我不知道該回答什麼耶。」艾莉絲回應。

茱德用手掌圈住艾莉絲的臀部，手指慢慢移往她雙腿中間故意挑逗。「我們可以把今晚當作婚禮一夜情。」

當茱德的手指滑進艾莉絲雙腿中又滑出，艾莉絲問：「妳今晚可以留下過夜嗎？」

「明天下午我在城裏有場拍攝工作。」茱德正在讀護校，但也在菲爾茲公司兼差當模特兒。卡門曾給艾莉絲看過一本廣告冊子，在上面，茱德的頭髮吹整得蓬鬆柔軟，再用髮膠造型成彷彿戴著硬梆梆頭盔的家庭主婦。照卡門的看法，問題就出在茱德實在太漂亮，不適合百貨公司想要的路線，所以公司必須設法隱藏她狂野的外表，壓低她的氣勢，以便刺激大眾的購買慾。接下來呢，他們就會讓她穿上印著碎花的洋裝或棉質浴袍，擺在咖啡機和衛浴設備旁打廣告。

尤其是現在這一刻，艾莉絲覺得自己永遠無法厭倦茱德。她一動也不動，耳邊響著茱德的藉口中隱含的拒絕，但她其實只聽到悄聲無息的手指在肌膚上滑動。接著茱德又說：「或許妳可以跟我一起回城裏？在我家過夜？」艾莉絲心中頓時湧起一陣傻呼呼的幸福感。

兩人傳著一根香菸，她們一面吞雲吐霧，一面扭動身子穿回伴娘禮服。現在的艾莉絲和一小時前可說是截然不同的兩個人，現在的她更充滿活力。如果現在做體檢，她很肯定可以測出飆高的脈搏及劇增的血小板濃度。

「也許我們可以搭我弟和她女友的便車。」艾莉絲提議：「我是說，開車回城裏要三小時，我不太想在妳爸媽的車子後座待這麼久，車上還有個聖母瑪利亞雕像。今天那輛車開過來時，我還以為那是某個年老的親戚哩。」

「他們不太喜歡戶外婚禮，他們比較喜歡有教會感的儀式。我能說什麼，他們倆是宗教狂啊。」

艾莉絲和茱德頭上就是這間農舍的閣樓，這裏夠深夠高，因此夜間的田野彷彿數道隔網，層層濾掉外頭的音樂和人群吵雜聲。艾莉絲和卡門的弟弟尼克伸個大大的懶腰，有那麼一會兒，絲綢的光滑觸感讓他雙腿間不禁亢奮起來。穿著這件禮服，他覺得自己十分迷人。不只迷人，還充滿力量。頭上唯一的燈泡罩著日式紙燈罩，微弱的燈光照上他的手臂，看起來顏色很深。他整個夏天都在工地工作，說到他的膚色，只有深小麥色或慘白得嚇人兩個極端。

「真高興你們能找到這裏，進入我們小小的平行宇宙，」他說：「來向影子新娘獻上敬意。」

「還有他的新郎。」奧莉薇亞邊說邊將淡紫色男用腰封往下拉。

他倆的觀眾紛紛點頭，其實也就是一群今天才認識的人，都是男方那邊的青少年表兄弟姊妹，大夥兒隨性地靠著印有毛澤東和瑪麗蓮．夢露畫像的地板軟墊。他們之前都沒嚐過迷幻蘑菇，這是尼克去年到荷蘭海牙參加天體物理學講座時帶回來的，他當時發表了一篇暗能量的研究報告。他好喜歡迷幻蘑菇。

其中一個表兄弟發現閣樓裏的絨毛地毯竟然有音調，他堅持要示範到其他人都明白他的意思為止：「聽哪，先壓壓這裏，再壓壓那裏。」

尼克微笑著對他豎起拇指。他最喜歡的事就是讓身邊的人嗨起來。他的求學過程一路跳了半數以上的年級，所以雖然才十九歲，卻已是芝加哥大學主修天文學的研究生。不用上課的夜晚，他通過迷幻劑和鴉片劑開啟的大門獨自探索內心的小宇宙。服用藥物時，他再也感受不到與人相處帶來的焦慮感，而且面對異性也充滿自信。奧莉薇亞是他的新女友，現在她正像隻小貓蜷在身旁。他在一個派對上認識她，幾週前才開始約會，她的工作是郵差，並認為只有嗑藥後的高亢情緒才能讓工作順利。尼克在認識她前從沒想過郵差會神智恍惚地在街上工作，但現在他反而會猜他們是否全都嗑了藥。他可以在腦中想像郵差們超級仔細地將信件分類，這封信擺這裏、那張帳單一定要放那裏。然後他們謹慎緩慢地走在一貫的路線上，眼觀四面耳聽八方：樹葉不動聲色地變換顏色、風吹過的沙沙聲響，一切都逃不過他們的眼睛。

奧莉薇亞在威斯康辛州長大，她開車過來時告訴他：「這條路我熟得就像自己的手背。」所以她負責開車，他得以凝望路邊的寬廣田野，這些挺拔的植物中，高的是玉米，低矮的是大豆。被太陽曬得發白的天空晴朗無雲，車裏的卡帶哼哼唧唧地傳出威利・尼爾森的歌聲，他們傳抽著一根大麻菸，天使貼地飛翔。人生還有比這一瞬間更美好的時刻嗎？

尼克低下頭，看到她的絲襯衫像一團擠出的鮮奶油從禮服前面露出來，他用手指摸摸襯衫縐摺，試試那到底是衣服還是鮮奶油。他猜想，奧莉薇亞帶來的新鮮感大概還能再維持一會兒，然後就會消失。其實他也不太在乎。他本來就不打算尋求穩定關係，他喜歡穿梭在不同的體驗間，或是沒有目的地的旅行。他人與他們的生活，於他來說就像拜訪不同的國家。目前為止，奧莉薇亞最吸引人的景點、屬於她的本地特色，就是她永遠輕柔隱約的撫觸。她的另一個優點，當然了，就是總有辦法弄到藥。

樓上簡直是狹廊組成的迷宮，唯一的聲響就是某間臥房裏沉重風扇的轉動聲，以及從天花板傳下震撼力十足的貝斯聲。卡門找到浴室，用了洗手間，裏頭所漆的色彩明顯試圖融入達利風格。她在一個濺了油漆的水槽洗手，用了旁邊一塊顏色如膠水的畸形透明肥皂。她在鏡中審視自己的妝容，決定不用窗台上那管時髦過頭的梳子，直接用手指沾水扒梳頭髮。她合上馬桶蓋，靠著側邊坐下，才能把前額貼上水槽邊冰涼的磁磚。身在所有胡亂拼湊（有些她甚至不太贊同）的傳統中，她突然覺得有點暈眩。她的腦中浮現印度的娃娃新娘、部落搶婚習俗、以及為拓荒農民提供的郵購新娘。總之，所有關於新娘的脆弱本質讓她渾身顫抖。不過，現在做什麼都為時已晚，唯一的選擇就是向前邁進。

「我們用刀背切開，然後餵彼此各吃一塊。」麥特教導卡門的姿態，彷彿她是剛下飛機的外國交換生。他母親雖給他這樣的訊息，但她才是這場婚禮的老大，是發號施令的長官。卡門想要的所有婚禮細節，到頭來只有場地符合她的心意：婚宴辦在農莊後面一座夢幻花園中，這是之前改造農地留下的遺跡。木頭和鐵網被整片花海淹沒，有爬藤玫瑰、爬山虎和鐵線蓮。礫石小徑長滿青苔，後頭小池塘長滿睡蓮，水面因水藻而呈現閃閃發亮的紅褐色。婚禮在接近黃昏時開始，整個儀式中，花香有如一席攤開的床單散落在現場每個角落，簡直讓空氣都泛起波浪。而當天可能下雨的危險，也只變成遠方地平線上一抹烏黑的雲影。就這麼一次，卡門感受到完美無缺。但現在，情況好像開始從高峰走下坡了。

「也許我們就省略餵蛋糕那段吧？」她向麥特提議，一面試圖判斷他酒醉的程度。嗯，也許有點醉了。

「喔，但我那些姨媽都很想看，我總不能拒絕她們。」他答道。卡門能在腦中刻畫這些女人聚在一起的樣子，手中緊緊抓著傻瓜相機，淚水湧上眼角，完全就像參加感性狩獵之旅的遊客，迫不及待要將一隻新娘獵捕回家。

她突然覺得麥特是個陌生人，這可不是神經緊張或偏執狂而產生的過激反應。事實上，她認識麥特才幾個月，對他只有粗略的瞭解。當時她在生命線工作，而他是志工，她訓練他的方式就是喝上整晚的焦苦咖啡，一面爭論、提出並探討某個案例，例如吸毒成癮的孩子、把家產賭光的男人、受虐婚姻中無處可逃的婦女、因選擇出櫃而遭受許多不公平待遇的男女同志等等。這些人打電話來時可能都正坐在旅館房間，期望手中的一把安眠藥能幫他們脫離苦痛，或是凝望著即將成為通往另一個世界門戶的那扇高窗。

和卡門一樣，麥特相信社會契約的重要，也願意對需要的人伸出援手。他是個好人，想對社會盡份心力。然後她懷孕了，雖然完全是意外，但他們都決定順其自然。對於和他一起建築未來的計畫，她抱著樂觀心態，但仍舊改變不了他是個自己並不熟悉的陌生人這一事實。

此時他眾位姨媽已開始喧鬧，對著慢半拍的客人揮動四肢、大聲疾呼，要求新婚夫妻和麥特的父母排好隊形供大家拍照。卡門的父母是時尚潮人兼無神論者，婚禮不是他們這麼酷的人會參加的場合。他們倆今天都沒到場。

疲憊就像突然飛來的實心球狠狠撞上她。她不只是新娘，也是個孕中期的女人，光是日常生活瑣事就能耗盡她的精力。今天大家都玩得盡興，但她現在只想送他們回家，然後運用瞬間移動的超能力，就算只把自己送到貝茲汽車旅館[1]，躺在一翻身就嘎吱作響的床上也好。旅館是艾莉絲為他們在附近找的，這裏離公路太遠，類似的住宿選擇少得可憐。其實新房不夠浪漫也無大礙，這個新婚夜只是象徵，他們從二月就已開始同居，認識第三個星期就睡在一起。明天他們要一起去釣魚，麥特很喜歡釣魚，連釣竿和小鐵盒裝的魚餌都買齊了。卡門試圖想像自己釣魚的畫面，她真的即將走入一個嶄新的世界，重頭戲現在才要開始。她早先的恐懼即將被未來的暈眩取代。

把所有人送上回家方向，看著他們的車紛紛駛出穀倉旁的空地，趕忙將沾滿菜汁的碗盤杓具清洗乾淨，在客人離開前送回他們手中，整件事堪稱是件大工程，好比駕著西部拓荒著的篷馬車，一路從馬里蘭州朝密里蘇州顛簸前進。雖然已近凌晨三點，晴朗無雲的夏季月光仍讓大地隱約透著時暗時明的夜色。其他上了路的車都已滿載，而奧莉薇亞那輛宛如巨無霸的老道奇汽車還有許多空間容納幾個落後的客人。湯姆．弗瑞斯把吉他放進後車廂時，卡門注意到後車廂已經塞滿，很明顯大部分是未送出的信件。湯姆隨即坐進後座，接下來是茱德，等卡門發現艾莉絲也跟進車裏時，不禁有點驚訝，這裏就是艾莉絲的家，她還要搭車去哪裏？卡門試著捕捉妹妹的目光，但艾莉絲的眼神刻意迴避。她和茱德身上透著睡意與情慾，兩個人都軟綿綿的，像兩隻熊寶寶似的接連爬進車內時還緊握著手。對於她倆的最新進展，卡門真是一點頭緒也沒有。

她上前謝謝湯姆在婚禮上獻唱，他從車窗內探出大半個身子，手指在空氣中畫個十字祝福卡門：「我只願意在天生絕配的情侶婚禮上表演。我真心祝福你們兩位。」不管說什麼，湯姆總是習慣誇大其詞。

她繞到前面查看弟弟的狀況，他還是睜大雙眼盯著某個東西。他稍微扭轉身子，頭就能倚著打開的前座窗戶。夜空中滿布的星辰帶來不可言喻的生命力，他也仍一如孩提時，

1 Bates Motel。希區考克的經典名作「驚魂記」中連續命案的發生地點。

看著看著就迷失其中。卡門捏捏他的耳朵，但他連眼睛都不眨。卡門還沒時間看看奧莉薇亞，她便已準備啟動引擎，試了好幾回才終於發動，而且還要加踩幾下油門，車子才不會突然熄火。

「妳還好吧？」卡門問她，視線越過仰躺著的弟弟，以便清楚看到旁邊的駕駛座。

「很好啊。」奧莉薇亞開朗地回答，也許聽起來有點太開朗了。但說到底，卡門也沒跟她熟到能知道她凌晨三點會是什麼樣子。「一切都很好。」她對卡門輕輕拋出一個自信滿滿的舉手禮，換檔開動車子。

卡門望著車搖搖晃晃沿著冗長的泥土路朝高速公路駛去，他們這群人是家裏最後一批客人。比利．喬的歌聲正在車內放送，隨著車子逐漸遠去，〈窈窕淑女〉（Uptown Girl）聽起來也越來越小聲而模糊，尼克的半個頭還倚在前座車窗邊。卡門看見車尾的霧燈亮著朦朧黃光，她大喊：「喂！妳大燈沒開！」

車子終於駛離視線後，麥特開口了：「她最後還是會發現燈沒開吧。」接著，他轉身將卡門一瞬間抱離地面。

「進洞房啦，親愛的！」他走向自己的車，小心翼翼將她放上引擎蓋。俯身親吻卡門後又說：「別誤會，這場婚禮真的很棒。但我很高興這一切終於結束了。」

「我也這麼覺得。我現在只需要一個帥氣老公、一張床、再一口氣睡上十五小時的覺。」有時當她和麥特說話，兩人就像在演某些偷懶劇作家寫的電影劇本。在彼此的故事中，他們一直扮演一成不變的角色：女朋友和男朋友、新娘和新郎、妻子和丈夫。也許婚姻就是這麼回事，你現在有了個固定角色，不知不覺就陷入為你量身訂做的常規。就像玩大風吹，音樂停了，你也順利搶到一個座位。

等到車子接近泥土路尾端時，每個人都已安靜下來。艾莉絲轉頭看看身旁的同車友人：茉德懶洋洋靠在她的臂彎裏、尼克在前座放空，看著一隻蚊子不時輕快掠過他的手臂、湯姆．弗瑞斯坐在茉德另一邊，正望著窗外發愣，同時反覆將車門鎖拔開又按緊。奧莉薇亞左轉駛進一條雙向道，也就是十四號公路，然後猛踩油門加速疾馳。艾莉絲將頭微探出窗外，心想，半夜在鄉村路上開車狂飆真是快活！天空如此清朗，高掛的月亮情慾滿溢。

駛過幾哩後，地勢微微向下凹陷，接著車子掃過路旁大樹，樹葉在月光照耀下反射微光，比利．喬的卡帶正唱到：「——妳是我心中的女神」（You're Always a Woman to Me）。艾莉絲第一次注意到那小女孩時，她不是站在馬路旁，也不是打算跑過馬路。艾莉絲看到的女孩，已砰的一聲撞上車子引擎蓋。艾莉絲看到扭曲成怪異角度的膝蓋和手肘，然後是她臉上因過於驚訝而凍結的表情，她就這麼睜著大眼趴在擋風玻璃外。

十四號公路

沒有貓頭鷹的叫聲，沒有夜行動物迅速掠過的身影，也沒有晚風顫動枝頭的沉重樹葉。彷彿有那麼一刻，所有事物都震驚得停擺了。飽滿的月亮透著微弱的銀光，慘白地高掛夜空，黯淡單薄的月光讓周邊的天空變成深藍。

他們乘坐的道奇汽車打算霸佔路旁一棵高聳橡樹原來的位置，卻因物理定律而受挫，現在車子側向翻倒，前端保險桿被樹幹整個撞凹。車輪已停止轉動，裏頭的乘客靜得毫無聲息，有如一包包麵粉袋。然這只是為了片刻後疾奔而至的未來給他們的短暫喘息機會。

艾莉絲恢復意識的同時，好像又不能確定自己剛才是否短暫昏厥。她扭動手指，雙腳彎曲一下，自己下了結論：她沒受重傷，只是受到一點猛力撞擊。她可以感覺身上的瘀血開始凝結變青，後腦杓很痛，手肘和屁股也是。她努力將脖子伸出車窗外，因為車子傾覆的緣故，如今車窗不在她旁邊，而是在頭頂上。她隨即發現後座的三個人成了人肉鬆餅，而她把其他人壓在底下。茉德在她身下，手還停在車禍前擺放的位置，也就是卡在艾莉絲的胸罩內，手掌捧著乳頭，宛如魔術把戲裏的道具硬幣。不管曾在哪個世界可能發生過懶洋洋甜蜜蜜的性愛，現在似乎都離她好遠，彷彿那是另一個時空或宇宙中的事。

她突然記起那個孩子。她應該在這片黑夜中的某個角落。

「妳還好嗎？」茉德壓在艾莉絲肩膀下面，用正忍著疼的聲音問道。

「我應該沒事。」艾莉絲努力把頭轉向左邊回應：「妳呢？」

「我的腳踝好像扭傷了，卡在前座椅子底下。那個男的，就是那個歌手，被我壓在下面，好像昏過去了。他有呼吸，可是頭上在流血。我要試試……」

湯姆突然開口：「我醒著。但我可能就快死了，真的。」

「頭受傷本來就會流比較多血。」茉德用手把湯姆頭上的血抹掉：「看來傷口不深。」她從脖子上取下銀色圍巾，緊緊繞在他頭上：「好了，你拿手壓緊傷口就沒事了。」

艾莉絲說：「有個大問題，還有個小孩，我想是女孩。我們撞到她了，她現在應該躺在外面。」她又轉向茉德：「我知道這樣很不舒服，但我得踩著妳一下下才能從窗戶出去。」

「沒關係。」雖然如此回答，艾莉絲踩到她手臂時，她還是發出一聲呻吟。

艾莉絲一將自己弄出窗外，就回頭把手伸回窗內抓住茉德的手臂，同時拉她一把，讓她可以靠自己鑽出來。在前座，尼克和奧莉薇亞身上的絲緞與人工纖維道具服安靜地擠成一團，艾莉絲往內張望，試著讓他們恢復意識。

「你們倆還好吧？你們能不能自己爬出來？外面好像有個小孩。」

「我沒看見她，她就這麼撞上車子，我還以為她是天使。」奧莉薇亞的聲音沙啞細微，聽起來就像瑪麗蓮．夢露。在這樣的場合，這聲音實在讓人厭煩。

尼克從所在的地方轉過頭，他把奧莉薇亞擠到一邊，幾乎就卡在方向盤後。他抬頭從窗口看著艾莉絲，羞怯地露出微笑，一面朝她伸出一隻手輕輕揮了揮。她察覺到尼克打算表現友善，好像有人督促他連這種時候都要注意社交禮貌。

「他們完全派不上用場。」艾莉絲轉身告訴茱德，再檢查她的腳踝，腫得很大，但看來傷勢不嚴重。「妳這樣還能走嗎？」

茱德試著走了幾步，但每踏一步就痛得猛吸氣。即使如此她還是說：「我們走吧，我們去找她。」

找起來並不困難。車後大約三十呎處鋪滿砂礫的路肩，那女孩就躺在旁邊的水溝裏。她看起來大概九到十歲，和某些犯罪率高的地區出來的孩子一樣，有張較老成的面孔。她長得滿漂亮，蓬鬆的頭髮經過半個夏天，顏色已曬得褪淡，綠色眼睛瞪著面前的一片空無。她穿著牛仔短褲和格子襯衫，腳上踏著軟皮便鞋，上面綴著色彩鮮豔的小珠子。她跌落泥土地後又滑行了一段路，因此衣服沾上烏黑砂土。現場血跡不多，她身上只有幾處刮傷痕跡，看起來彷彿只是小睡片刻，但四肢彎曲的幅度不是一般人所能做到，倒像是在練習高難度的瑜伽姿勢。而且就在她的前臂肌膚下，一根骨頭在手肘與腕關節之間穿了出來。

一看見這景象，艾莉絲迅速轉頭開始嘔吐。

茱德雙膝跪地，一隻耳朵壓上女孩的胸膛。她專心尋找女孩的心跳，還用手指測試女孩的頸部脈搏。

「我也不確定。」她對還彎著腰的艾莉絲說：「我好像有感覺到，但很微弱，像是回聲。我試試心肺復甦術，妳去找別人過來幫忙。妳知道這是哪裏嗎？」

艾莉絲直起腰桿，用手背把嘴邊殘留的嘔吐酸味抹去。她抬頭望向眼前沒有路標的道路，前方的樹林和夏夜氣息一樣沒有盡頭，淡漠靜止得像某種室內空間，又如寬敞黑暗但沒有牆壁的房間。望向東邊，大樹似乎不再生長，反之被田地取代。是誰家的田地？他們的車錯過轉入小鎮的岔路了嗎？這是這條路上的哪個彎道？是哪一帶有這麼多老橡樹，多得像玻璃瓶裏的一分錢硬幣？剛才和茱德在後座親熱，混淆了她的時間感和距離感，他們可能已經離農地有一大段距離。艾莉絲搖搖頭：「我沒注意車開到哪了，我當然不可能注意，所以現在也不知道我們在哪兒。我們應該在某地和某地之間吧！但不管怎樣，一直走下去最後總會找到人家。」茱德已經展開她的任務，一邊擠壓女孩的胸膛，一邊聆聽任何回應的呼吸聲。

湯姆．弗瑞斯像殭屍般朝他們踉蹌走來，一手還扶著頭側，茉德綁的圍巾現在已經浸滿了血，在清亮月光的照射下好像黑色。

「湯姆。」艾莉絲的視線從女孩身上移向他：「情況很糟。」語音甫落，他已雙膝跪倒在她身邊。他在哭，其實是啜泣，肩膀激動地起起伏伏。雖然現在的確是正常人所能想到最傷心的時刻，但湯姆的眼淚，他不費吹灰之力流出的淚水，感覺起來好虛假。艾莉絲的腦袋突然被這思緒打斷，卻沒時間細想，她起身準備找人幫忙，這時湯姆開口：「我最好也一起去。」

尼克能夠理解事情不妙了。他看見那女孩在路中間跳舞，當時他還以為她有魔力，但現在也逐漸開始明白她只是個普通女孩。他把目光轉向奧莉薇亞，也許她能提供一點線索，提示剛才發生了什麼事，或是現在該做什麼。然而她只是充滿好奇地凝視著他，好像他才是有答案的一方。她的前額有個烏青的腫塊，看起來很嚴重。

她費了點力氣才把繡花手提包從他倆之間拽出來，又往裏面拿出有封口的小塑膠袋，掏出幾顆藥丸後把手掌伸向他：「吃一顆吧，不管接下來會發生什麼，我們可能都需要來一顆。」

時間已近午夜，湯姆和艾莉絲總算找到一間房子，裏頭的燈光全都亮著。「壞夥伴樂團」（Bad Company）的搖滾樂聲從沒裝紗窗的窗內傾瀉而出。

「這裏住的一定是飛車黨。」艾莉絲說，因為房子前院停滿了重型機車。她還沒上前敲門，湯姆就一手搭上她的肩頭，讓她停下動作回頭。「這個嘛，我在想妳會不會介意我……有點算是先走一步？我可以自己搭便車回城裏。」

她這才第一次發現他的吉他盒已經掛在肩頭，這時他竟然還能分神想到先把吉他從車上拿下來。

「只是職業考量。妳知道，這會讓我背上負面名聲，而且說真的，從現在開始你們也不再需要我了。我一路上都在睡覺，基本上什麼都沒看見。」

「喂，你給我停下來，你現在不能離開。所有人現在都不能離開。」她沒脫口而出的是，他那微不足道的名氣根本沒必要擔心受到影響。她現在能做的，就是使出姊姊的講話語氣，卡門對於幫人脫離陰暗的另一面一向很有一套。

這群重機騎士原來是群頭戴紮染印花方巾、養蛇當寵物的龍舌蘭酒鬼。房子裏面聞起來很像髒鞋的內裏，還是隻擺了乳酪的鞋。然而，一旦到了緊要關頭，這些人全都令人驚訝地變身模範公民。其中一人用自己的印花方巾當繃帶，換掉湯姆頭上沾滿凝固血跡的圍巾，艾莉絲借用他們的電話聯絡警方。他們還提議陪兩人回到事故現場，但他們只有機車，沒辦法幫忙載那小女孩。最後大夥兒藏起水菸筒，一起陪著等待。艾莉絲和湯姆呆坐著，身體陷入橢圓形休閒軟椅中，看著寵物蛇繞著咖啡桌緩緩蠕動。終於有輛警笛聲大作的救護車快速駛過，後頭還跟著一輛公路巡邏車。另一輛警車沿著屋前的泥土路開來，把湯姆和艾莉絲接走，他們兩人沉默地坐在後座，頭轉向相反方向。

他們回到意外發生地點，周遭事物似乎全都凝結。很明顯地，茉德已經用盡所有救護技能，現在她只是坐在女孩身旁，女孩的一隻小手平攤在她雙手中間。她也已將女孩的四肢擺成較合理的姿勢，彷彿此時還得為這女孩的儀態著想。

艾莉絲瞥向尼克和奧莉薇亞，他們倆沉默地坐在公路另一邊，臉上表情嚴肅，也許有點嚴肅過頭了。他們嗑藥嗑得神智不清，現在扮起心事沉重的石頭。他們朝她點點頭，姿態如法官一般莊嚴，但她只想抓起他們的頭像椰子一樣互撞。

警察和醫護人員上前接手，開始將這齣悲劇一點點地拆解。小女孩上了救護車，這次沒開警笛。茉德站在明亮的月光和搖晃的手電筒燈光中，目送救護車遠去。她受傷的腳踝浮腫且顏色暗沉。

「嘿！」艾莉絲把手搭上她的手臂，製造接觸機會：「妳已經盡力了。」

茉德沒有回答，甚至沒有回頭看艾莉絲一眼，好像什麼都沒聽見。她只輕輕聳肩，也許是想藉機甩開艾莉絲的手。

其中一名警察打開道奇汽車後車廂：「看來我們這裏有點沒解決的信件問題喔。」

另一名警察發現奧莉薇亞的繡花手提包扔在地上，往裏頭摸索一番，找到好幾小包裝滿菸草、大麻和藥丸的袋子，同時還有透明玻璃紙袋和好幾個黃褐色藥瓶。

奧莉薇亞慢慢步行到她受損的車旁，坐在車子豎起的擋泥板上吸菸，她的牛仔靴頂著輪胎側邊。她以優雅的姿態告訴警察：「儘管翻我的包包，別客氣。」

「看來妳得坐我們的車了。」其中一名州警輕輕壓低她的後腦杓，讓她身子彎曲順勢坐進一輛巡邏車後座。車子啟動開走時，她回頭從後車窗往外看。她看起來非常困惑，好像不知自己為何先被挑出帶走。

女孩名叫凱西・瑞德蒙。今年十歲。有個急診室護士立刻認出她的面孔，因為她五年級的兒子剛好是女孩的同班同學。她家距離出事地點很近，就在黑土區和十字平原區之間的公路支線上。她父母得知消息後都嚇呆了，當然，一部分原因是女兒被撞死，但也很驚訝她竟會大半夜獨自在外遊盪。沒人知道她在那裏做什麼。當晚她在朋友家過夜，卻因為某個十歲小女孩才想得出的原因決定半夜跑回家。她父親正在趕來警局的路上。

他們從電話另一頭一名年輕副警官口中，零零碎碎拼湊出以上資訊，他也負責用兩隻手指非常慢地一字一句將他們每個人的筆錄打出來。要是談到細節，其實他們能說的根本不多。當然，他們全都滿懷歉意，心底的悲傷不可言喻，但事故發生時他們也全都心不在焉：睡覺的睡覺、發呆的發呆，老實說，可能大家也都有點微醺。所有人的偵訊內容沒有任何部分能減輕奧莉薇亞的責任，她已被警方拘留，待在那道淡綠色鐵門後的房間，牆上嵌著一扇窄小厚實、罩著鐵絲網的窗戶。除了尼克，其他人都跟她不熟，他們只知道她是駕駛，還因嗑藥而精神恍惚。於是最後，大家幾乎不約而同地悄悄將這場事故歸咎於她。

女孩的父親泰瑞・瑞德蒙從警局前門進來。其實他是一腳把門踹開。他個子不高，但身材結實。他彷彿剛剛衝出熔爐，不止充滿火氣，根本就是滿身火花直往外噴。他做的第一件事就是把坐在塑膠椅上打瞌睡的尼克猛力一拉，先抓住他禮服前襟的花邊一扯，接著單手對準尼克的臉，照著鼻子就是一拳。

他們眼睜睜看著尼克向後倒地。大家彷彿心照不宣地遵守一條舉世通用的不成文法則：當這男人的女兒躺在醫院的陳屍間，身為父親的他便有權力將這懶懶靠著椅子，還穿著女式禮服的男人痛打一頓。

等到所有筆錄做完，表格也都填好，加上一些塗塗改改、重新填表的繁瑣手續，警方便將茉德、湯姆和尼克帶往醫院處理傷口。艾莉絲問茉德要不要她陪著去，但這提議只換來對方空洞得宛如白紙的眼神。

現在已是清晨。艾莉絲踏出警局大門，獨自走向前方的道路。

鈦白

艾莉絲步行走完回家的最後一條街，讓身體冷卻一下。因為只穿短褲和T恤，她很快便感到絲絲涼意。她剛跑完步的這個早晨很快就會轉為溫暖的春季白日，空氣依然有些冷冽，但冬天的氣息終究已經遠去。回到閣樓後，她忙著找菸。最近她可算是有菸癮的跑者，並暗自希望這兩項活動可以相互抵消，讓她能夠擁有一定的健康指數。

事故發生後，她便回到芝加哥，至今已住了幾年。當時她需要趕緊回到真實世界，讓城市生活分散她的注意力。她找到一間破敗不堪的寬敞挑高閣樓，底層的一半空間曾被當作工業洗衣房。尼克在那裏裝上淋浴間、洗臉台和馬桶，還幫她磨光地板、擦洗牆壁，最後把牆面全漆成鈦白色，就像在嶄新的油畫布上用石膏粉打底。

只要有時間她就在這裏作畫。為了經濟考量，有時她會替低檔的報紙廣告畫插畫：如「哞哞與呼嚕肉品店」的側腹牛排和桶裝內臟、南方雜貨超市、戈德布拉特價百貨的床墊和躺椅等。她也透過公園舉辦義工活動，在老人中心開辦一週兩場的工作坊，一場的主題是手工藝，另一場是繪畫。其中最受歡迎的項目是將孫子女的照片印壓在黑膠手提包上，還有兩位婦女到最後能夠純熟地用塞滿棉花的毛巾布製作相框。在繪畫班上，雖然有些學生手指相當靈巧，他們的主題卻總是偏向某種現代宗教領域，像是天使扮成學校門前指揮交通的義工，或者耶穌在世界領袖之間為和平居中調解。幫助她的學生創作這種實在可怕卻對他們意義深重的畫作，是艾莉絲特別替自己量身打造的一點點折磨。

如此一來，一週裏她就只剩幾天能專注在自己的繪畫創作上。她住在一個僅能勉強餬口的世界，同個圈子的朋友也和她一樣因評論的褒貶、團體展的成果、藝術收藏家的青睞與否而時起時落。有些人擁有藝術碩士學位或以教書為副業，但沒人能過上體面的生活。艾莉絲的朋友要不是和她一樣住在帶霉味的閣樓艱難求生，就是待在聞起來散發酸臭殺蟑藥味的公寓，但裏頭依舊蟑螂成群。他們通常是主題餐廳裏穿著道具服的女侍、到芝加哥黃金海岸大廈當晚班門房、或是去市中心圓環區當單車快遞。他們所屬的階層是到廉價超市購物、冰箱裏塞滿許多萵苣頭和工業化大量生產的切達起士、只喝得起的一瓶三塊錢的路易．葛倫茲（Louis Glunz）葡萄酒與一手一塊四毛九的紅白藍啤酒。

今天她一路從白天畫到晚上，洗過畫筆、整理完工作室後，吃了個簡單的乳酪三明治，大約半夜一點便連工作服都沒換就癱在床上。門鈴聲把她吵醒時，她看向時鐘，電子數字剛好從三點二十三分跳到三點二十四分。她住的這條街有兩家整夜吵鬧的酒吧，所以偶爾會發生這種事。她置之不理，但門鈴聲持續了好一會兒。她下床來到窗邊，半個身子探出窗台往樓下張望，站在兩根街燈陰影中的，是個身材高挑的金髮女郎。女郎抬頭仰望，艾莉絲這才發現那是茉德。

艾莉絲在原地愣了好一會兒才想到按鈕打開樓下大門。這件事完全出乎她的意料。事故發生後，艾莉絲只在卡門和麥特的寶寶蓋布瑞爾的受洗儀式上見過她一次。當時她們表現得十分疏離。現在她出現了，看起來很焦慮，身穿牛仔褲和一件穿反的長袖運動衫。她看來宛如有十呎高，頭髮糾結成團，表情異常激動，聞起來有紫丁香和餅乾的味道。如果艾莉絲相信上帝存在，她一定會如此請求：請讓這一切發生吧。

「我完全不知道該怎麼做。」這是茉德說的第一句話。

「噓……」艾莉絲湊上前吻她，然後咬著下唇。

「我現在這個樣子，過了那麼久之後，而且……」

「是啊。」艾莉絲回應。

突然間，茉德的淚水流滿艾莉絲的頸子，她同時忙著把艾莉絲的頭髮往後攏，遇到頭髮糾結的地方也未放輕動作，讓艾莉絲忍不住疼得一縮。茉德接著將她帶著傻氣的模特兒厚唇靠過來，沿著艾莉絲的頸子一路往下吻，只在靠近肩上鎖骨凹陷處停下。接著她的親吻變成用力吸吮，並用齒舌咬嚙肌膚。

某種無言但深刻的情感撥動艾莉絲的心，彷彿鎢絲發出的細微嘶嘶聲或珊瑚觸手隨著熱帶海洋波動發出的窸窣聲在內耳縈繞。以情人來說，茉德的手法生硬而不熟練。她們還來不及回到床上，茉德的手就已深入艾莉絲體內，她能感覺茉德哐啷作響的硬實手鍊吊飾正緊貼著身體入口的敏感部位。「妳聽到了嗎？」茉德說：「我正試著告訴妳。」突然艾莉絲尷尬地發現自己溼得不得了。她像是關在黑暗地下室的人質，或是身在林間空地被一支槍抵著腰背。

這就是一切再次開始的源頭。

隔天早晨，她聞到爐上嘶嘶作響的奶油香味而醒來，她套上牛仔褲和T恤，茉德正在爐邊煎歐姆蛋。

「大學時我在快樂煎餅店打過工。」她站在爐前的樣子挺有架勢，先把蛋打到發泡，再順著鍋邊滑入加了奶油的平底鍋。她敏捷的動作和肢體語言是極佳的研究對象：只見她一下鏟、快速一翻，歐姆蛋就自動整齊疊起。對艾莉絲來說，這似乎不只是生產線上無關緊要的單純技能，而是魅力無窮的茉德又一樣耀眼的特質。之前一整晚，艾莉絲試著拆解茉德的種種成分、然後再組裝回去，卻不斷迷失在更高階的數學公式中，模模糊糊的都是數字。

就像現在。茉德快速轉過身，把艾莉絲叼在嘴上正要點燃的萬寶路香菸抽走，兩手滑入艾莉絲腋下，把坐著的她拉起來，再一瞬間將她壓上光禿禿的牆面。

「換妳選。」她湊在艾莉絲的耳邊說話，手已經在解艾莉絲的牛仔褲鈕釦：「歐姆蛋、香菸、還是做愛？」

於是艾莉絲體認到，茱德就像藥物：她是促進感覺改變的催化劑。

從那時開始的所有事情便大同小異，有的只是地點的變化。在工作室、也在茱德的公寓、在電影院、在林肯路上一家便宜的法式餐館「喬西之家」（當時她們正互餵對方焦糖布丁，結果被餐廳趕出去）、在富勒頓街往下走的第三座沙灘上。茱德把艾莉絲佔為己有，而艾莉絲則將自己的領地完全歸降於茱德。她讓自己變得極度敏感脆弱，而且不只在性愛方面。不過兩個星期，她已向茱德揭露許多自己的黑暗面：當然，低俗的性幻想是一定的，但還有低潮時的小心眼和嫉妒心，以及一五一十描述各種尷尬時刻。想到未來茱德可能的背叛或變心，艾莉絲就像生了大病般全身發冷。但她仍舊認為對茱德的徹底坦白是讓她倆能繼續走下去的必要之舉。

只有工作和茱德的課才能讓她們短暫分開。她的護士學位快讀完了（她曾讓艾莉絲充當病患，將四肢用夾板固定躺在床上來讓她練習換床單、聆聽心跳、檢查血壓）。她說在相機前的模特兒事業持續不了太久，她需要備案。

她們的問題不完全在於茱德並非天生女同志，但這確實是最重要的部分。她母親是個嚴謹的女人。瑪莉亞的小孩一出生便被期盼長大會結婚，而且一定是和瑪莉亞贊成的另一半。最好也是天主教徒，然後就該生個孩子。再來呢，他們當然不希望小提姆或小露西孤單長大，對吧？他們家已拚命催促卡門再懷一胎。畢竟家人最重要，而且每個場合都值得大肆慶祝。婚禮就不用說了，還有受洗、初領聖餐、堅信禮、結婚紀念日。茱德還沒找出方法告訴母親自己離她的計畫有多遠，瑪莉亞卻已認為茱德和艾莉絲的友誼沒什麼益處。艾莉絲不想真的責怪茱德逃避現實，但也不喜歡被強迫推回櫃子裏。她默默猜想，這就是帶某人出櫃後其中一個意料之外的困難。

沒辦法帶茱德徹底出櫃並不是她最強烈的恐懼。在她內心深處一個未成形的空間裏，有個煙霧般模糊不清的思緒正在翻滾。艾莉絲最強烈的恐懼，其實是她和茱德都與那起意外繫上了精巧難解的結，而那天晚上她得到的真正懲罰，就是上帝，或眾神，或整個宇宙，將茱德賜給她後又奪走。但這一切目前尚未發生。

茱德對艾莉絲說過那件最可怕的醫療事故。她在醫院已待得夠久，而這意外算是她見過最可怕的事。那狀況近似皮肉脫離，一個男人在工廠工作時發生意外，卡在一台機器裏面，最後下半身的皮膚被整片剝離。而茱德也剝離了艾莉絲的靈魂。如果茱德離開，艾莉絲覺得自己會永遠忘不了她，因為就算用上再多時間，也無法完成忘記茱德的任務。

這麼看來，當然啦，情況對艾莉絲相當不利。只要在茱德身邊，她就不能完全放鬆或表現正常，她心裏很清楚，一股可憐兮兮的氛圍如神壇上的焚香環繞著她。這也是問題的另一部分。茉德一定得是個更好的人，才不會利用艾莉絲的這個弱點。但茉德不是，她只是個平凡的好人。也許茉德會暗自計劃，一旦學業結束後就搬去紐約一段時間，趁著還能在模特兒界擠出點油水時盡量利用。或者她會搬去洛杉磯試試能否闖進電影圈。她可能擁有的潛力多得數也數不清。

然而，當茉德的注意力在艾莉絲身上時，表現出的猛烈激情常讓艾莉絲目瞪口呆，每一次都令她精疲力竭並歡欣鼓舞個好幾天，甚至精神恍惚、不時撞到東西，空間感完全丟出窗外。她會嘴唇腫脹、關節疼痛、黑眼圈加深，只有強烈氣味才能引發食慾，像是M&Ms巧克力或沾美乃滋的薯條。

艾莉絲把這種迷惘情緒視為好事，甚至是最好的一件事，但茉德的態度卻很矛盾。她會突然患上幽閉恐懼症。艾莉絲會靠得太近讓她不舒服，或是態度太激烈，或者事情太複雜。茉德會需要離開一陣子處理一下情緒，或呼吸一下不複雜的空氣。不幸的是，從艾莉絲的角度看來，四周的空氣原本就不複雜。她唯一愛過的只有茉德，這就是她每天醒來時的狀態，所以她也只能堅強地站著，小口呼吸，雙臂緊抱自己，等待茉德的顫抖和猶豫過去。壞天氣總會過去的。

今天是週六，茉德起得較晚，正俯臥在床上打盹，艾莉絲慵懶地用手指劃過她的肩胛骨線條，腦中亂想著她知道只有愛昏頭的人才有的念頭：茉德的肩胛骨看起來就像天使的翅膀長出來的地方。突然間，門鈴大響，打破了這份寧靜。

「喔，該死，我忘了。」艾莉絲望向時鐘：「是卡門和蓋比[1]。」現在剛好下午一點整。卡門永遠準時。

「我們沒打擾到妳們吧？」卡門走出電梯時問道，也許她早已嗅到空氣中的性愛氣味。卡門不太喜歡茱德，艾莉絲不知道確切原因，但她相信時間會撫平所有分歧。

「哈囉，小傢伙。」她把白紙和手指畫的顏料放在蓋比面前，接著催促卡門和茱德來幫忙：「替我把些畫掛起來吧。」

「再過去一點。」艾莉絲夾著一根剛點燃的菸，對著茱德和卡門打手勢。她們一人抓住畫框一邊的橫條。這兩個幫手的組合相當詭異：茱德穿著老舊燈芯絨褲和一件超人圖案T恤，踩著一雙黃色摩洛哥皮拖鞋。卡門穿著配套的酒紅色毛料寬鬆長褲和桃紅色毛衣。不只如此，她還上了妝，頭髮呈現一直以來的完美狀態：濃密、烏黑，光澤亮麗（但還是很有條理）地披散肩上。

卡門做什麼事都很有條理，她不只隨身攜帶記事本，冰箱門上還有個小白板，能用麥克筆在上頭記錄到收容所工作的日期以及到托兒所接蓋比下課的時間。她所擁有的就是一張行事曆、一個小孩和一個丈夫。卡門家裏碳鋼材質的廚房料理刀和全新沙發，剛好和艾莉絲從合作社撿回的那套紅色絲絨彈簧椅墊的破爛成反比。對於生命中的每個層面，無論是當媽媽、她的事業、或是政治工作，她都嚴肅以對。還不到三十歲，卡門在成年歲月的賽跑中便已輕鬆贏過艾莉絲。以艾莉絲這種生活方式，面對事情的角度就顯得躲躲閃閃：她完全沒有任何實質計畫、正處於一段脆弱的情感關係中、所做的工作無法提供任何生活保障。她其實可以輕易奚落卡門太過精打細算來讓自己好過一點，但她甚至也沒這麼做。她們之間的同盟關係相當深厚，早從童年的戰壕中便建立起來。她們是彼此的同胞，商討計謀和求生計畫的夥伴，她們協力迴避父母表現出的厭惡，並共同奮力保護她們的小弟。她們之間的位置從多年前便已定型，不會輕易瓦解或重組。所以她和卡門總是小心翼翼接近對方，言行中帶著尊敬，彷彿她們倆都是某小國的外交官，一個來自北極，另一個來自赤道國家，雙方都試圖理解對方的禮俗、並參與彼此的國定假日。

把菸頭捻熄後，艾莉絲把鉛筆、鐵鎚和釘子一併拿來。這是最後也是最大的一幅油畫。這次展覽從週五開始，是一群把這間舊洗衣房當工作室的藝術家聯手舉辦的團體企劃。《讀者》和《新城市》雜誌會報導這幾位藝術家，或許真能為這次展覽帶來點人氣。

「我可以看到遊牧民族蜂擁而入的身影，我好像還能聽到他們的馬蹄踢踏聲。」茱德

1 蓋比是蓋布瑞爾的暱稱。

總會鼓勵艾莉絲的創作。

艾莉絲回答：「也許會有人來，但說不定只是來吃免費點心。就是這裏。」她說：「很好，不要動。」

「只是來吃點心也沒關係啊。」卡門彷彿半作夢般倚著牆，艾莉絲一面把釘子敲進牆壁，她一面填補艾莉絲的未來藍圖：「越多人來，妳就越有機會嶄露頭角，馬上妳就能在市場上卡到位子啦。」

「也許吧。」艾莉絲雖這麼說，但其實很高興得到姊姊的信任，還聽到她用「嶄露頭角」或「市場」這樣的字眼。以前他們只用這種字眼形容他們的畫家父親，他在藝術市場的地位很高。直到她的作品真正開始得到青睞前，父親一直很鼓勵艾莉絲的創作志向。但他現在反而表現得有點輕蔑。哈瑞斯把自己以外的所有畫家都視為威脅，現在連（也許尤其是）艾莉絲都包括在內。

「畫完了。」地板上傳來蓋比的聲音，但他沒有抬頭，然後發現自己錯了，還有地方尚未完成，所以他繼續畫。

「天啊。」艾莉絲蹲在他身後張望。他憑著記憶畫出自家後院，還沒忘記在角落畫上那個被卡門遺棄的小花園。所有東西都畫進去了，有點歪斜，彷彿是分別從四個不同的角度畫的，但十分精確。破舊的車庫、前任住戶留下的狗屋、垂滿鐵線蓮的花棚，他爸爸正在旁邊的吊床上午睡。看起來實在不像出自孩童之手。

「都畫出來了。」每隻手指都沾上不同顏色的他宣布。他是個非常有條理的小男孩。

「是啊，嗯，這實在……」艾莉絲沒把「太驚人」說出口，也沒說在兩歲半的年紀，他應該只有能力畫出綠色和棕色的大樹、黃色的圓圈太陽和長得像竹竿的人形。他不喜歡別人說他年紀太小，這件事不適合他做。「下次我讓你用筆刷來畫。」他穿著條紋針織衫，紮進有鬆緊帶的褲子裏，屁股還包著幼童底褲。雖然他有天賦異秉的藝術才能，卻還不能完全自己上廁所。他專注作畫時，前額的頭髮垂下蓋住眼睛，他看起來像古早年代或鄉下地方迸出的孩子，正朝真實人生中更險惡的鄰近地帶前進。

茉德靠向前，也不吝連連讚揚。有時艾莉絲一想到他們之間都有某種聯繫，就感到一絲倉促不安。首先是兩對兄弟姊妹相互配對，現在又加入下一代，不知不覺中延續他們彼此在世上的存在感。有時他們的做法似乎相當新潮，彷彿創造了一個全新的酷炫家庭。但其他時候又好像他們全都住在同一個山谷底，因為很少出門而目光狹窄。

這樣的家譜還是倉促一瞥比較賞心悅目，如果擺到現實生活中，老實說，艾莉絲覺得麥特很乏味，她也發現卡門對茉德一直抱有戒心。或者說，卡門不能信任把艾莉絲改變成現在這樣的茉德。卡門一向不認為真正的愛情要像對另一半下了魔咒，反之，所有情緒都應該平衡、穩定，且彼此都付出平等的支持、得到相當的成長。她已經清楚向艾莉絲表達過自己的看法，導致之後再深入討論起這話題時，兩人都感到無形的壓力。

艾莉絲和茱德將可樂拿給大家。卡門快速瀏覽房間內部：「艾莉絲，這些畫都好棒。」

艾莉絲打心底希望能擁有姊姊的把握與信心。她很清楚自己是個不錯的畫家，但她想創作出有意義的作品，而這樣的想望就如踏在沙地上。說到有意義，這是很難在市場上立足的。在某些靈感泉湧的時刻，她一想到有能力畫出這些飽含深意的畫作就心滿意足。畫作內容在她腦中推擠打轉，彷彿青少年時期，雙腿有時會因經歷身體最後一個階段的成長而整晚隱隱作痛。

如果未來媒體前來採訪，艾莉絲會說她的作品大部分是受李希特（Gerhard Richter）、盧西安・弗洛伊德（Lucian Freud）和巴爾蒂斯（Balthus）的影響。她想畫的是人，並在畫作與觀眾之間製造騷動，徹底毀壞傳統概念下的肖像畫。她目前的主題是四十和五十多歲的女性摔角手。藉著摔角比賽的海報和照片，她描繪她們的全盛期，同時也畫她們現在過著各式各樣退休生活的樣子。她們全都是令人驚奇的女性，在輕蔑的惡言和虛張聲勢中建立自身形象。幾個月前，她在一家店面型的藝廊舉辦一場小規模畫展，首次展出這批作品，結果幾乎銷售一空。艾莉絲把這個小成功歸功於主題選得好，這和她詮釋的手法同等重要。

「喔，我們是不是忘了掛……」卡門走向工作室後方，寬敞的窗台旁擱著幾幅油畫。但走到一半她就停下腳步，一旦看清這些畫作，她頓時明白它們並不屬於這場畫展。

艾莉絲從未提起這些肖像畫。她不曾展示出來，但也未刻意隱藏。目前她已完成一幅，另外兩幅尚在進行中。畫作中全都是那個女孩，只是伴隨逐漸增長的年齡而擺出不同姿勢。凱西．瑞德蒙一頭撞在擋風玻璃上時，艾莉絲只注意到她受盡驚恐的雙眼。她第一次認真打量這女孩的臉龐，是在凱西即將入土之前，這時臉上的神情早已不復見。所以，雖然女孩在畫中表現出成長的動態：坐著木筏漂流在靛藍湖泊上、坐在雪砌的堡壘中、在生日派對上略微不自在地起舞，但她總是穿著單薄的格子襯衫和牛仔短褲，因為那是艾莉絲在她身上唯一看過的裝扮，而她臉上的表情也如保存在玻璃神龕內的聖人雕像一樣死板。

艾莉絲之所以不曾提起這些畫像，是因為大家似乎都不願再談起那件意外。對艾莉絲而言，一塊黃灰色的低沉烏雲早已形成，混淆遮掩每個人推卸責任的動作，最終堆積成難以歸類的包裹。屬於她的包裹則是：一開始她到底為何要上車？既然上了車，看到尼克和奧莉薇亞嗑得茫成這樣，為什麼還堅持待在後座，一秒鐘都沒想過換自己開車比較合理？只因為她想繼續和茱德親熱？現在她取出良心的磅秤，一秤之下便能看出，她的慾望只是區區輕如鴻毛，而凱西的生命卻重如岩石。巨大如高山的岩石，用鉛塊做成的高山。

艾莉絲沒有一天不想起那女孩。至於每個人，她暗自認為，都會以自己的方式將這顆沙子掩蓋起來，而創作這些畫就是她的做法。她完全不知其他人如何處理這體積龐大的重擔。女孩的父母如何承受失去孩子的痛苦，她更是連稍微思考都不敢。

她知道卡門也受到良心苛責，因為當晚她竟讓那輛只亮著霧燈的車載著大夥兒離開農莊。卡門深知那時夜色已深，他們全都太過疲倦、嗑太多藥、為了性愛太過莽撞，恰好將容易犯下錯誤的因素一一匯齊，只需要一個在外閒晃的孩子就能製造一齣悲劇。因此，艾莉絲很確定一旦卡門看清這些畫作的原貌，她會心頭猶疑地停頓一會兒，然後轉身、回神，接著她們就全都能釋放回到現在的時空，回到她們緩慢前進的人生道路上。

卡門低頭看錶。

「我們得走了，我還得回家準備晚餐，然後我和珍約在百老匯和貝爾蒙街口見面。」她從大袋子裏抓出一堆圓形小徽章，上面印著「帶回夜色」的字樣。今晚有場遊行，但艾莉絲忘得一乾二淨。卡門身為這組織的委員之一，主旨在推廣為女性創造安全的都市環境，且宣導在危機發生時需具備的高度警覺心及自我防衛策略。這又是卡門的另一個崇高使命。幾乎艾莉絲認識的每個人都發生過類似故事，被迫陷入危險或相當詭異的情況中。出手的可能是陰暗室內停車場冒出的怪胎、計程車司機突然駛向陌生的路線，或是她的非同志友人在酒吧遇到感覺正常的男人，然而一回到他的公寓就打算把她們拴在電暖氣旁。

卡門開始這項使命前，對於男人與女人、甚至女人與女人間相處的黑暗面，心中早已沉甸甸地知曉全貌。她在婦女收容所的工作讓她親眼目睹拳頭或皮帶落在柔軟肌膚上的痕跡，這些受虐婦女身後拖拉的一籮筐故事能讓聽眾坐立難安。她會把故事告訴艾莉絲，有時連艾莉絲都無法聽完。一個女人踏進收容所時，她最近才被打落的一些牙齒在口袋裏碰撞滾動、另一個女人的臉從正面看尚無大礙，但從旁邊再看卻沒有五官輪廓，因為已被拳頭打扁。藉由與這些女人的近距接觸，卡門生出一種冷峻的目光，下顎也總是焦躁地搏動。

她頻頻出現在遊行和示威活動中，讓艾莉絲有些擔憂，但她不能多說什麼。阻擋這世界的錯誤、邪惡和不公義其實就是卡門一切行為的重點，她與受壓迫、被踐踏的人同心協力站在同一陣線。她依舊期盼美國朝社會主義國家之路前進，每個人都有權利擁有自己的房子、醫療服務和高等教育。她視共產主義為帶有缺陷但相當吸引人的社會實驗。讀大學時，她辦了文化簽證前往古巴和俄羅斯。她也曾嘗試用一本老舊教科書學俄文，結果只學會一堆用處不大的句子，像是：「我喜歡在工廠裏抽菸。」

卡門就像超人克拉克．肯特，隱姓埋名裝扮成社工和中產階級家庭主婦在社會上遊走，但皮包裏永遠帶著乳酪小餅乾和助人之心，隨時準備出手援助。因為所有這些事，卡門成了艾莉絲所認識最重要的人。

一股激流般的罪惡感拉扯著艾莉絲的心。她本該接過其中一個小徽章加入卡門和珍的隊伍，雖然卡門沒有強迫之意（她一向不會如此），但艾莉絲很清楚自己現身遊行中的舉動會讓卡門感激無比。但她也從茱德幾分鐘前快速拋來的一個眼神，以及之前到廚房拿可樂時指關節迅速擦過乳頭（茱德的指關節，艾莉絲的乳頭）的舉動得知，如果她選擇躲在幕後支持婦女安全議題，而且不與卡門和蓋比一起出門，她就能利用剩下的週六時光和茱德裸身共處。重點是，她不知道她們之間還剩幾個這樣的週六。

那天晚上，艾莉絲坐在超市推車上，裏頭鋪滿尚有餘溫的潔淨柔軟衣物，被茱德推回家。即使艾莉絲住的地方曾是洗衣廠，她還是需要把衣服拿去自助洗衣店清洗。一到這樣的日子，茱德會把自己的衣物帶來，兩人共度一個開心的夜晚。幾個月前，她們在房子後巷發現這輛推車，之後其中一人會把對方推到洗衣店，另一人再把對方推回家。隔壁有間低級酒吧，無窗的小房間裏散發放了多時的啤酒酸味，並摻雜尿液和消毒劑的強烈甜膩味。酒吧顧客都是頂著醫生髮型的退休老人，不在酒吧時就是躺在床上消磨幾個小時，所以頭髮都服貼地平壓著後腦杓。艾莉絲和茱德找了最靠近門口的小卡座，以防醉茫茫的酒客突然打起架，因為這真的很常發生。她們喝了幾杯啤酒，之間不時得跑回洗衣店加點衣物柔軟劑，或把洗好的衣服丟入烘乾機。她們什麼都聊，又好像什麼重點都沒聊，以假裝隨興的侵略態度向對方提問，彷彿刺客打算在殺了目標前先搞清楚對方的基本資料。

然後她們結伴回家。尤其是這一夜，陷在聞起來有人造花香味的乾淨衣物中，夜晚的空氣嘶嘶作響，輕柔撫過她的臉頰，喝了酒後的腦袋迴盪著低沉的嗡嗡聲，艾莉絲突然懂了她們擁有的是什麼：混和了激情、喋喋不休、將彼此內心撕裂的這種東西，其存在的定義就在它的稍縱即逝。她們擁有的就是短暫無常的時光。失去茱德就是給艾莉絲的懲罰，因為如此，艾莉絲和茱德共處的所有時光就變得珍貴到讓人痛苦，尤其她倆的未來已被塗上絕對的悲劇色彩。這是她必須贖的罪，很單純、很酸澀。

她們走出老人酒吧的同時，門口的公用電話突然鈴聲大作。短短一瞬間，艾莉絲的腦海迸出一個不合邏輯的念頭：她可以確定這通電話是找她的。

廣義相對論

電話已經響了大概十多分鐘，但好像除了尼克沒人聽見。沒人看似要起身接電話。對李索斯基家的人而言，打進來的電話都有些棘手，對方大部分是討債的收帳員。要說到濫用信用卡，奧莉薇亞的家人正是核心目標。而且這時他們全都專注地盯著嵌在牆上的電視機播放的美式足球賽。奧莉薇亞的兩個哥哥也在這裏，他們都是鎮上的清潔工，目前單身，而且活了二十幾個年頭還沒搬出家裏。現在他們分別盤踞沙發和躺椅前緣，褲子後口袋塞了條亮黃色乾抹布，每當察覺敵方球隊作出任何犯規舉動，他們便立刻跳起來把抹布當犯規旗扔在地上。

「威斯康辛式娛樂」是尼克想出的名稱，借此歸類這種性質的活動。威斯康辛式娛樂也包括城裏人把舊車停在冬天結冰的湖面上，然後下注賭春天冰融時車子掉入湖中的日期。威斯康辛其實還有好多其他娛樂，都是尼克目前為止成功閃避掉的活動，像是每週五必吃炸魚薯條、以及一種名為綿羊頭的紙牌遊戲。當然他從未對奧莉薇亞和她家人說過。

但尼克總認為，威斯康辛就是愛因斯坦的廣義相對論最好的論證對象，因為這裏的質量如此稠密，已在時空構造中造成凹陷，其架構就在這裏扭曲變形。他知道自己表現得像個勢利鬼，但他把傲慢藏得很好：這是他在威斯康辛的私人娛樂。他也明白其他人在伊利諾州也能找到樂子。

他花了意料之外的許多時間和奧莉薇亞的家人作伴。這次他北上的原因是要前往耶基斯實驗室。昨夜他待在芝加哥大學這個靠近日內瓦湖、早已破舊不堪的實驗室裏，他和他的老教授柏尼．卡托有時會一聚談談工作的事，他們所謂的工作都和宇宙萬物的創造有關。然後如果天空像昨晚那樣晴朗，他們會相偕來到觀星台，把台面往上升、打開屋頂，花時間尋找超新星的影子，如痴如醉地望著群星美得動人、震撼人心的墜落。

今天早晨，他就來到李索斯基家裏。他其實可以直接開車前去監獄，但他通常會先停在這一站，之後才和他們一起出發探監。他從未在比較正常的情況下和這個家庭接觸，他們之間第一次見面，就是奧莉薇亞被判刑那天。

「小夥子，該走啦。」奧莉薇亞的母親把電視關掉。這對兄弟不悅地繃著臉，但還是磨磨蹭蹭起身找外套。

在訪客室裏，這對兄弟相互模仿崔維斯．拜寇在電影裏的經典台詞，藉此打發等待時間。他們都很喜歡《計程車司機》這部片，家裏也有含特別花絮與未收錄片段的珍藏版影帶。

「你跟我說話？」

「你跟我說話？」

然後奧莉薇亞從一扇上了厚漆的鐵門走進來。她入獄後變了，但不是監獄改變了她。她如同一塊硬木，逐漸修削塑形，最後讓自己的邊角變得平滑。她看起來嚴肅多了，更像個成年人，而他曾經覺得很性感的氣音語調，現在也不見了。她利用坐牢時改造自己，變得和以前截然不同。以前的她吸完一天份的大麻、吃點迷幻蘑菇後、會再吸點古柯鹼平衡一下，然後坐上駕駛座撞死一個孩子。她現在對這樣的人絲毫不予苟同。尼克羨慕她，監獄迫使她為自己的過錯贖罪，最終她將能完全得到釋放。

如今她在獄裏待了兩年，未來還要再待上一陣子。如果當時這案子直接送上法庭受審，現在她非常有可能已經出獄，但她卻一五一十吐露所有罪行，而且全都承認有罪。她想要償還，不只是為了自己的罪行，也為了心中的罪惡感。現在她仍在獄裏，但為的不是魯莽駕駛或濫用藥物，而是後車廂那一大堆沒有送達的信件，那是聯邦罪行。

獄中高度規律的生活似乎讓她沉著許多。她早午餐時都在餐廳工作，在一個大缸裏攪拌雞蛋粉和水，舀起半顆罐頭水蜜桃放入一個個窄小扁平的塑膠盤內，在一片片白麵包上啪地放上一片片鹹臘腸。獄裏共有三百多名囚犯，所以每天都有數不盡的攪拌、舀盛和放臘腸的工作得做。

她和一名身軀龐大的女人芙瑞狄同住一間牢房，她告訴尼克：「換作是你也一定希望她睡下鋪。」芙瑞狄因持械搶劫被判重刑，目前距離出獄時間已近。她幾乎一半以上的人生都被關在牢牆後面。她們都參加獄中的美妝課程。但芙瑞狄說，即使如此，她出獄後可能還是不會考慮進美容這行，而是回頭做持械搶劫的老本行，如此一來不但金錢上富裕得多，還不用整天接觸有毒物質，除非你把槍也當成毒物。另一方面，奧莉薇亞卻驚喜地發現自己相當喜歡美髮業，還希望出獄前能順利拿到美髮執照。美妝指導員說奧莉薇亞很有天分，但服務客人時禮貌不夠周到。她告訴奧莉薇亞，沒人喜歡自己的美髮師看起來像隻臉色陰沉、虎視眈眈的禿鷹。

「那可不一定。」奧莉薇亞不以為意地對尼克說。

從前她的頭髮總是柔順地披散背後，現在的髮型卻是俐落的小平頭。尼克可以理解這是她表達自我的方式，卻不太清楚她想表達什麼。現在情況變得很怪，平時走在街上，他絕對不會想上前和這個校正版奧莉薇亞攀談，然而她卻是尼克目前最想一起共度時光的人。一切一定都跟監禁的感覺有關，她能夠監禁他，成為他柔軟陰鬱的牢房。為了報答，他會好好照顧她。這是他欠她的。

但他怎樣都無法對她坦承，其實自己早在她之前就看到那女孩。他當時本可大叫或抓住方向盤把車子轉向另一邊，但重點是，他當時以為女孩是魔法幻覺，也許還擁有法力之類。一旦嗑藥嗑過頭，這樣的小驚喜就會層出不窮。

他本可改變現狀，這樣的話他要如何對她說出口？所以只好捧著這令人厭惡的線索呆坐原地，在腦中一遍又一遍重複播放。然後不由得幻想起另一個版本：他及時抓住方向盤，把車轉向路肩，撞上路旁溝渠。車內的每個人這一瞬間都受到猛烈撞擊，茉德扭傷腳踝、湯姆的頭裂了個滿大的傷口。但女孩呢，她繼續往前奔跑，繼續過她漫長的餘生。

尼克在心中譜寫出他倆一起度過的未來，奧莉薇亞卻沒有同感。至少目前還沒有。她不排斥尼克探監，但他們的進展僅此而已。他個人倒沒感覺受到傷害，因為她對自己的家人也不曾表現出濃厚的關懷。她已從外面的世界隱退，而監獄就是她的修道院。當然，她也得到宗教的慰藉，有著監獄獨特的味道，什麼都脫離不了引述經文、影印的冗長聖經章節，還有一位心胸寬大的神，願意原諒並給予第二次機會。

她給過尼克一些宗教小冊子，還有芙瑞狄替她拍的個人照。他把照片放在隨身皮夾裏。這所監獄的囚犯全都穿牛仔襯衫，所以不會因為獄中制服而暴露她的所在，如果她家也有水泥灰牆的話，甚至可說這是沒事時在家拍的照片。照片中的她完全沒有笑容，尼克認為她的表情正在「沉思」，彷彿忙著思考很重要的事，而且還需要時間深入想想。

「妳的黑眼圈怎麼那麼深，我好擔心。」奧莉薇亞的媽媽對她說。她是個疲憊不堪的婦女，肩膀就像掛洋裝的鐵衣架般細瘦，她的面容彷彿五十年前住在西邊幾百哩外的人家那樣乾枯蒼老。見到她會給人一種感覺，女兒入獄這件事只不過是她眾多難關中最近發生的一件。

傻蛋兩兄弟倒是一聲不吭，來探監時，他們幾乎不曾跟親妹妹說過話。起初尼克以為他們為妹妹感到羞恥，然而時間一長他才逐漸看出，其實剛好相反。她父親很早就離開家，不知跑哪去了，甚至從來沒人提起過他。兄弟兩人一直以來穩定地保持完全不出色的發展，而奧莉薇亞竟然做出這麼戲劇化的事，結果進了監獄，她已贏得最高地位。現在她是整個家裏最舉足輕重的人。

他們坐在幾張老舊的木製辦公椅上，和她之間隔著刮痕纍纍的鐵桌。眼前景況很難誘導出輕鬆自在的談天氣氛，每一次探訪，她的家人都擺脫不了陰鬱低沉的情緒。至於奧莉薇亞好像也沒特別高興見到他們，只是慶幸他們來了，讓她不致被完全遺棄。一旦他們真的來了，她就得以放鬆心情，面對他們時，她也不管自己思緒是否不定時飄走。

「在這裏想睡個像樣的覺簡直比登天還難。」她說：「除了身為罪犯，這裏頭一半以上的女人都瘋了，她們就是要告訴所有人誰又把自己惹毛。即使妳在所有爛事發生時還睡得著，半夜三、四點又會有瘋子開始碎碎念，或有壓抑太久的傢伙開始呻吟哭叫。唉，而且到了四點，我反正也得起床，因為得下去廚房攪拌雞蛋粉。五點就是早餐時間。在這裏，基本上吃飯也是另一種變相懲罰。」

當探監時間接近尾聲，她家人總是留尼克與奧莉薇亞獨處，給他們一點私人空間，雖然他倆從未主動提出這要求。

「你沒必要一直來看我。」她說。

「我剛好在附近。」

「我們之間沒有任何實質連結。真的沒有。」

「我快把餐廳桌椅外層的漆剝乾淨了。完工後我會上潤滑油，不上亮光漆。」

「我忘了跟媽多要些紙。」拿紙是為了她在寫的書，說的是關於耶穌向世界傳達旨意時隱含的真義。尼克不想聊這個，而她不想聊他為了他倆的未來正在裝修的公寓。她沒興趣，那沒關係。還在獄裏時，他認為她可以盡情對他的計畫表現厭煩的態度。等她出獄後，幸運的話就是明年，到時她對眼前的選擇會有更清楚的想法。到時他也能有更可靠的東西給她看，而不再只是口說無憑。他現在正在建造他倆的小窩，是羅傑公園裏一棟三層共六戶的公寓。他兼做裝修房子內部的雜工，藉此降低房租支出。他買下老舊家具後重新修整上漆，也試圖重新調整生活方式以配合她。他開始節制藥物用量，因為他打算積極控制日常作息，等她出獄，他就能馬上擺脫這些微小的祕密缺陷。

「我還需要原子筆，有人偷了我的筆。筆在這裏可珍貴了，每個人都有東西想寫，都想申訴自己不屬於這裏的原因。」她突然仔細研究起他的臉：「你在大太陽下工作應該戴頂帽子。你的臉開始看起來像蘋果乾了。」

「謝謝妳喔！」尼克笑了起來，他把對方的批評視為流露感情的表象：「我會記得去買頂插滿花的遮陽帽，同事一定會很喜歡我這造型。不過我絕對不允許他們批評我的花帽！」

他的一番玩笑話讓奧莉薇亞露出淡淡的笑容，她的手伸過桌子拍拍尼克的手，隨即起身離開。她的觸碰打開尼克腦中的思緒，他立刻感覺到一股微微的歡欣情緒。

車子停在湖邊的停車場，他坐在車裏等著，從小盒子裏一次倒出一顆巧克力葡萄乾來吃。他把一卷「球風火樂團」（Earth, Wind & Fire）的卡帶放入車上的卡座。大部分他喜愛的音樂都是他青少年時活躍的歌手，都是棒呆了的音樂，他一直忠誠地喜愛至今。

他打開手邊一個關於放射影像的資料夾，是有人寄給柏尼的阿雷西博天文台拋物面天線的數據。那是一個黑洞的邊界，顯示後方有個黑洞。尼克和柏尼已經研究這份數據好一陣子。尼克從腦海中拉出一則方程式：

$$z(r) = sqrt\ (R3 / 2M)\ [sqrt\ (1 - (1 - (2Mr2 / R3)))]\ forr <= R$$

然後是

$$z(r) = sqrt\ (R3 / 2M)\ [sqrt\ (1 - (1 - (2M / R)))] + sqrt\ (8M\ (r - 2M)) - sqrt\ (8m\ (R - 2M))\ forr >= R$$

雖然尼克已不在學生名冊上，但仍和柏尼一起做研究。整個學校的形態一定都有問題，他對於出席課堂的漫不經心態度，讓學校行政部門怒火中燒。基本上，對於必須定期出現在任何場合的事，尼克都打心底沒太大興趣。他和學術機構就因為對這點的重要性分歧不歡而散。

停車場的人潮包含一些駕訓班新手，在這裏練習三點調頭或路邊停車，也有老人在替愛車上蠟，但大半時間，夜晚的停車場就是人潮熙攘的市集，充滿性愛與藥物。偶爾會有男人誤會尼克在此等待的目的而在旁邊停車，帶著傲慢的表情看過來。尼克到現在才明白那是為了刺激與挑逗對方。一開始，尼克盡量表現得不感興趣，但有時卻被解讀為忸怩作態，所以他後來都直接說：「嘿，我只是來這裏買藥。」

具體來說，他是來這和兩個叫安卓和唐的藥頭之一見面。如果其中一人沒貨，另一個總會有，他們倆的貨品質優良，而且從不爽約，只要有錢，他們就有藥。但在毒蟲的世界裏，幾乎沒有可信任的藥頭，所以好的藥頭就跟父母一樣重要。以瞬息萬變為核心的一群人在停車場上緩慢遊盪。他們給了尼克信心，他們的存在暗示著世上還有某些人仍有興趣了解藥物帶給人的淨化體驗。以前人人都愛嗑藥，不然也願意輕易嘗試。然而，越來越多人好像把狂歡的樂趣丟到身後，改為接受令人毛骨悚然、庸俗虛偽的「成年人」文化，只關心得穿西裝上班的那種工作，以及如何取得成功。真不懂到底是怎麼回事。

在停車場等待是整個藥物體驗的一部分，在得勝前先製造點緊張氣氛。等待的當下，他閉上雙眼，在眼皮後方點亮一則方程式：

Mb = Co3 / 2(pi) GPo2

龐大的引擎空轉聲打斷他的思路，那是開著黑色賓士的唐。尼克隨手關上車頂的閱讀燈。

「今晚真不錯。」唐把車停在尼克旁邊的空位，然後降低車窗。他正抬頭望著天空，肥肥圓圓的滿月掛在低空，他卻意不在指晴朗的夜空或舒適的秋季氣溫：「我手上有些很優的嗎啡液。」他把一小罐棕色瓶子靠向打開的窗戶，發出咯噠聲響：「未稀釋，直接從安養院拿來的。」

但這種藥價格很驚人，所以尼克只拿了一打含烴可酮的止痛藥。

「嘿，你或許可以幫我個忙。我的客廳是整間屋子最冷的地方，裏面有個老壁爐，但我從來沒用過。」藥頭總會把你或他們自己當作真正的人閒話家常，像這樣的短暫閒聊多少能潤滑一下交易的緊繃。

尼克告訴他：「叫工人過來看看。要確定暖氣管還能用，先清一下，整修煙囪內壁，然後就可以生火啦，保管又暖又舒適。」他先前告訴過唐他在工地上班，這麼說也算真的，只不過前提是他早上起得來、有心情去幾個工地接活。他發覺，告訴別人自己是天文學家，通常很難讓話題延伸下去。或者更糟的是，別人會開始對你說他所屬的星座。

開出車道後，尼克往嘴裏丟了三顆藥，讓派對提早開始，然後開向艾莉絲家。她家的廁所好像有點問題，除非有人握著把手很有技巧地壓幾下，否則裏頭的水就流個不停。尼克本來一週前答應幫她修理，結果忘了時間。他的駕駛座旁放著扳手和新浮球。他對艾莉絲的閣樓很感自豪，因為他投入不少心血將這灰濛濛且散發刺鼻消毒水味的空間改建成艾莉絲能夠安居的公寓。

根據租約，艾莉絲本來只能把閣樓作為畫室用途，但她其實也算半公開地低調住在裏面。她在角落設計了廚房，將厚木板橫放在四腳木架上當吧台，還有一組雙口瓦斯爐和六〇年代的橄欖黃大冰箱，重新人工打造出美式懷舊風情。尼克用手邊的鐵材，再接上大洗碗槽的排水管，簡單地搭出淋浴間。旁邊倚著一個尼克當時用石膏板封住的馬桶，現在水正流個不停。

等他在距離她家一條街處停好車，藥丸已融入血液，美妙的藥效蔓延，在艾莉絲的社區撒下一抹色彩，但又不完全像情緒的色彩那般鮮明。即使目光所及之處，他能看見養著狗的狗舍和乾洗機器，此處氣氛依舊像家一樣親切。他打開袋子又往嘴裏丟了顆藥，接下來要拜訪家人，他總得表現得精力充沛。

「嘿，布科。」艾莉絲打開大門出聲招呼。她喊的外號其實帶有嘲弄意味，因為他們家三姊弟都照歌劇人物來取名。他們的父親哈瑞斯對歌劇極度著迷，替孩子取這樣的名字剛好可用來展現自己的博學多聞。艾莉絲本名是露琪亞，尼克是納布科，只有卡門未因無法忍受而擅自改名。

他看得出艾莉絲好像很驚訝他會出現。他還察覺，人們似乎越來越不喜歡別人順道來訪，現在的社交禮儀總要求你先打個電話通知。順道來訪的時代很明顯地已經結束。

「你嗑藥了？」他才剛踏進房裏她就問道。突如其來的問題讓他一時防備不及，他仔細考慮該怎麼回答的當下，竟把問題也忘了。

「嗑高了嗎？」她試著再問一次，用手指往上比的動作幫助他理解。

「喔，沒有，不可能啦。」他不想讓她失望，她看起來好嚴肅。他很仰慕艾莉絲，尤其現在這一刻，他被自己對姊姊強烈的愛深深感動。很多人都愛她，其中不乏一見鍾情者，他們都想做她的朋友或是愛人；他們都打算雇用她，或讓她加入自己的團隊。這都因為她展露於外的氣質成功融入周遭環境。她沒有古典美人的容貌，五官組合過於嚴肅，棕深色眼珠越來越偏黑色，給人的印象可說是神祕難解又兼悲情。這兩種特徵的混合讓人產生想擁有她的渴望。曾經有過男同志向她求愛，連在非同志酒吧都有女人對她產生過興趣。

但此時此刻，她繼續瞪著他，不逼出實話絕不罷休。

「好啦，也許嗑了一點。」他坦承：「只是一點點讓心情變好的東西啦，充個電而已。今天是探監日嘛。」

「喔。」艾莉絲回應：「對喔。」

「妳知道嗎，奧莉薇亞真的超迷人。」他掏出皮夾，但艾莉絲立即伸手搭上他的手臂阻止他的動作：「我看過那張照片了。聽好，我們要安靜點，你修馬桶快不快？因為茉德已經睡了，她明天早上五點要進城，他們要幫她上妝，然後趕在通勤巔峰時間前出發，她得穿著晚禮服之類的在密西根大橋街進行拍攝工作。」

「是晚宴褲裝。」茉德躺在閣樓另一頭靠近轉角的床上，所以聲音像幽魂般飄在空中；但聽起來還很清醒就是。「誰晚上八點半能睡得著啊？」她走出暗處，穿著T恤和男人的條紋睡褲。

「小嬰兒啊。」艾莉絲邊說，茉德邊把她的頭拉過來夾在腋下，她比艾莉絲高得多，所以使出這招是輕而易舉：「小嬰兒現在一定早都睡了，所以別去吵他們啊。」

茉德很漂亮，但也是個令人頭痛的麻煩人物。當年意外發生後她立刻消失，然後現在又回來。算是回來了吧，因為她還不確定要不要當女同志。尼克心裏認為，艾莉絲在她面前表現出太多弱點。但現在這一刻，他注視她倆完美契合地站在一塊，不禁產生另一種全新觀感。他看得出茉德的手臂垂掛在艾莉絲肩上時，艾莉絲是如何得到細心關懷。他也看見現在她倆佔據了一個空間，並將延伸到未來。這幅景象讓他心中充滿希望，那平坦無邊的寬廣希望將你高高捧起的感覺：這就是他熱愛羥可酮的原因。

「我餓死了。」茉德說。

「我們可以從那家希臘餐廳叫外賣烤餅。」艾莉絲提議。

「喔，親愛的。」茉德接口：「妳很清楚我的愚蠢工作和愚蠢人生。我也許只能點顆葡萄吧。」

艾莉絲轉向尼克：「你餓了嗎？」

他搖搖頭。他努力想追上她們談話的內容，但每個字都不斷彈向左右，像乒乓球般在桌上來回跳動。咔噠，咔噠。

「我討厭他這個樣子出現。」他聽見茉德這麼說，但距離相當遠，彷彿隔壁房間電視上卡通裏的角色發出的聲音。當他清醒時，她的傲慢與對他的極低評價，總會讓他害怕。她憎恨他，因為他把奧莉薇亞帶來婚禮，因為他和她一起嗑了足以讓人昏沉的藥，然後還讓她開車。他也看得出她認定他是個廢物，她認為他為了藥癮而丟了成就事業的機會。

他無法向她或任何人解釋存在腦中飛快轉動的天文知識，光試圖理解外界發生的狀況就足夠讓他頭暈腦脹。他或許會是第一個能解開某樣重要天文謎團的人，而大多數人不能體會，以他的狀態來追尋某種資訊，很容易導致情緒焦慮。他需要藉助外在事物放鬆自己，藥物就很有用。幹點體力活也一樣，能讓他從抽象世界進入實體的、有限制、有條理的工作，例如做木工和修水管、使用工具和量尺。維修任何東西都行，說到底，就是讓他的雙手有點事做。

「我可不能讓他現在離開，像開碰碰車一樣在街上亂闖。」他回過神時剛好聽到艾莉絲這麼對茉德說，接著她把他領到沙發旁：「幸好你帶了扳手來，好幫手先生，今晚你可有很多工作喔。」

他看見沙發逐漸逼近眼前，感覺躺下來是唯一的出路，沒人會介意在沙發上躺一躺。一則完美而簡單的方程式浮現眼前，將黑洞和暗能量連結起來。它的光芒閃爍了一下，接著又立刻消失。

小微風

大約是幾千個親吻，或許還有幾百次爭吵，組成了她倆的情侶關係。茉德倚向沙發椅背親了艾莉絲一下，她正因嚴重的夏季感冒極度不適。

「我覺得妳沒有發燒。」她說：「吃幾顆感冒藥就好多了。」

「留下來陪我玩醫生看病的遊戲。」艾莉絲要求。

「不行，我十點有拍攝工作。」雖然嘴上這麼說，茉德還是脫了衣服，任艾莉絲把她拉到身上：「好，妳贏了，把感冒傳染給我吧！快啊，試試看！」

如果將這一刻單獨抽出檢視，會使人產生誤解，以為她倆的情侶關係已經往前跨出一大步，達到能讓艾莉絲安心的境界。艾莉絲只想要茉德能夠愛她，讓她們從此走上與別人相同的方向，將彼此共同遊歷過的道路攤在面前。然而這一切都沒有發生。她們依舊留在原地，等著茉德下定決心選擇往前走向哪一條岔路。她也許甚至會往後退，也許她們都在等道路工程車把柏油鋪好。

艾莉絲和茱德之間沒有問題。她們共處的時間、彼此的對話、分享的笑話及性愛，即使已經在一起三年多，但仍保有濃郁色彩，她們之間的每一件事都充滿驚人活力。真正的問題在於茱德和她母親的連結。瑪莉亞現在已猜出茱德和艾莉絲的真實關係，且正遊說女兒早日搬回自己的公寓。她把艾莉絲的閣樓稱為「罪惡場所」。對此，艾莉絲已投降不予理會。比較讓她擔憂的是茱德也接受了母親瘋狂古怪的想法而開始憎恨自己，她把自己對艾莉絲的吸引力視為心理不健全，而不是真實的自我。艾莉絲則害怕茱德會認為這樣的不健全是可以修正消滅的。

「這麼做什麼都改變不了。」茱德現在絕對無法準時到拍攝現場了，她匆匆穿好衣服，哐噹抓起一堆錄音帶往帆布袋裏塞：「晚上我再打來問妳的情況，那就週末再見囉。」

獨自一人，艾莉絲坐在廚房的桌前任由咖啡逐漸變冷，然後終於起身走入工作室，拉起一張油畫布，開始從頭描畫凱西．瑞德蒙。這應該是第五張。艾莉絲畫前幾張肖像的靈感來自於凱西的童年：她在高山雪橇滑道旁的田野上，躲在用雪搭蓋的堡壘中；或是坐著木筏，一眼就能看出正漂流在蘇利文湖面，諸如此類的情景。艾莉絲還在幼稚園時對這些地方就不陌生，所以她其實是一面回憶一面想像凱西的童年。但下一幅畫中，凱西表情尷尬地和一個男孩在派對上慢舞，此景在艾莉絲腦中早有清晰的輪廓，背景似乎在一間牆面鑲著橡木板的客廳，然而她從未身處類似的環境中。雖然她尚未揮動畫筆，但這幅新畫作在心中早已有了完成圖：凱西大約十四歲，如果她還活著，現在大概就是這年紀。她仍舊擁有一頭淡金色秀髮，雖然艾莉絲也意識到如果女孩還活著，她的頭髮早該隨年齡轉為深色。圖畫中，她在一片陰影中，倚著一根長燈柱，頭頂上的藍白色光芒灑向足球場邊緣。

艾莉絲開始看出這些畫作和自己的關係。她會等待靈感湧現然後揮動畫筆，彷彿按下相機快門，只不過她是藉著油彩和畫布捕捉一閃而逝的風景。這就是她藝術作品的核心意義：記錄那女孩從未活過的人生。同時，她早已明白，這些將會是她最為傑出的作品。她能預見未來的人生中，整個世界的靈感都將擺在她面前，而她也會繼續作畫，但所有成品都比不上以凱西．瑞德蒙為題的這些畫。她不知道這是天賜的禮物，還是終身的懲罰。

接近正午時分，她的目光轉向畫架旁的窗戶。對街景物和以往一樣，留了一小塊空地，排列著少許幾家批發肉商、魚販和菜販的鋪子。艾莉絲的窗戶正下方人行道上有輛小貨車在賣雪花冰，還會淋上讓人驚艷的鮮豔糖漿：淡黃綠色、亮紫色和血紅的豔橘色。奇異的是，那氣味竟然也和顏色一樣甜膩刺鼻，混在稍微帶點工廠味的灰濛濛空氣中往上飄。

她去樓下的墨西哥餐廳「塔科瑞亞」吃午餐。回到家裏，她能感覺到茱德的缺席彷彿一陣小微風，匆匆掃過家中。她坐在電話旁卻不知該打給誰。她的朋友全都懶得聽她一再談論茱德，談論她的來來去去，她的優柔寡斷和無窮性慾。他們好話已經說盡，當時都曾經摟著艾莉絲的肩，帶她出門喝酒解悶，殷勤地接過幾次她在另一頭哽咽的電話，但現在他們都沒了耐心。如今艾莉絲只剩孤身一人。然後她想起珍；珍可能還剩幾滴同情心吧。艾莉絲騎上自行車，前往她在霍斯泰街的錄音室。珍正坐在音控台前，上上下下推著控制桿，她還戴著耳機，所以直到抬起頭才看見艾莉絲。

「妳在忙什麼？」艾莉絲問。

「喔，我在幫席爾薇的專輯做最後修飾。」

一年前，珍的叔叔在看古巴球賽時突然猝死，先前還高聲歡呼，接著就斷氣了，於是她一夜間發了筆意外之財。她搬回城裏，買了套最頂級的錄音器材和一間貨真價實的錄音室。那是一棟在霍斯泰街的兩層紅磚建築，一樓店面和街道齊高，樓上則是當住處的公寓。不再有經濟顧慮的她，從此開始將心力大幅貢獻在保存音樂的使命上，她已經與好幾位備受忽視的音樂家簽約，即使幾乎沒人聽過他們的作品，但她認為他們的存在相當重要。她已打算改變如此景況。

其中一位是年長的寫實派女歌手席爾薇．艾特德，珍有一次在巴黎蒙馬特區一家敲詐觀光客的餐廳發掘了她。當時她彈著鋼琴，有個男人打鼓伴奏，她演唱法文歌〈美好人生〉（C'est si bon）和〈嗨！莉莉〉（Hi-Lili, Hi-Lo），讓美國遊客等公車去紅磨坊的空檔聽歌打發時間。

「我覺得席爾薇的問題在於，我是指從商業上來看，她是因為太有才華才紅不起來。

她的歌，妳知道，關於一個身體殘缺的妓女那首，還有一首是一個女人的愛人死了，因為他捧著一大束給她的花，結果沒注意到從天而降的保險櫃。誰會忍心聽這種歌啊？我認為她的歌迷只有固定某種人，像是離過幾次婚的女人、年紀偏高的男同志，反正就是那種活在現實世界之外、懷抱浪漫虛無主義的人。對他們來說，聽席爾薇的歌就像某種宗教儀式，這麼一來當然很好，這種歌迷通常忠貞不移。但我還是希望她能建立更廣大的聽眾群。」

艾莉絲現在實在沒心情聽她討論席爾薇。她連忙告訴珍，茉德可能已經拋棄她了。

「妳還不確定吧？」

「不然能怎麼樣？她人一下在，一下又消失無蹤，她就是不想待著不動。我不是跟她在一起，就是渴望跟她在一起。我對她這種行為熟悉到心裏都要有陰影了。就像勞倫斯上校，他在獄裏被土耳其警衛打得半死，也許身心都崩潰了，從此如果想有性慾，他都得雇人拿皮鞭抽打他。」

「對耶。」珍說：「就跟妳一樣，也許比妳的情況更有異國情調，因為他有土耳其人和監獄什麼的。」

「還有一件事。」艾莉絲需要向一個認識卡門的人傾訴，藉此試試水溫：「麥特和保母搞上了，我在便利商店的停車場看見他的車。」

「也許他們只是去買牛奶。」

「他們不是在買牛奶，他們在車裏談話，表情非常嚴肅。我還寧願他們在親熱呢，如今看來，他們已經到了需要認真談話的階段了。」

「卡門打算怎麼做？」

「我還沒告訴她。我還在想該怎麼辦，我想也許不該告訴她。也許她不知道最好，也許這段外遇會自己冷卻。」

珍一語不發，空氣中充斥著冗長死寂的沉默，她一邊眉毛高高聳起，沒有放下。

「好啦，我知道了，妳別再擺這張臉，不准一句話都不說，尤其把妳那眉毛給我放下來。」

回家時，艾莉絲從信箱抽出一疊信件。有件好事發生了，她贏得一筆學術獎金，大概有幾千塊錢，她投遞了幾封申請函，如今幾個月過去，她只隱約記得申請內容。從電梯出來踏進閣樓時，另一份小驚喜正等著她。茉德的缺席造成的小微風已經不見，目前的空間內充斥著一股朦朧不清的能量。茉德坐在沙發上讀劇本，她正嘗試脫離模特兒生涯轉行做演員。

「我好想妳。」她抓過艾莉絲的手，順勢將她拉到自己膝頭：「我他媽太想妳了。」

隔天來到銀行，艾莉絲一邊聽著頭頂中氣十足的播音器以誇張音量報出下一個號碼，一邊哼著歌曲。「他在車裏昏頭了……」她填著一張存款單，嘴裏還在哼歌，接著她注意到先前看錯了學術獎金的金額，總額後面竟然多了個零，比她原先以為的多了十倍。比她一年賺的還多兩倍。她走向入口附近一張皮墊長凳，重重坐下。在過去，艾莉絲曾經疑惑這張鋪了軟墊的椅子到底有什麼用途。現在她可知道了。這張椅子是讓那些知道自己人生即將發生改變的人們能有一、兩分鐘時間，坐著默默消化這個消息。

聖人和烈士

卡門站在燈光充足、環境愜意的廚房內替蛋糕上糖霜。室內因為暖氣和烤箱的熱氣而加倍溫暖，如此氣氛恰好足以抵擋窗戶外溼答答的寒氣。收音機正在播放〈想像〉。今天剛好是約翰・藍儂的十週年忌日，所以廣播電台都在狂播披頭四的歌。

她幾乎可以站在原地昏睡過去。最近，她的睡眠時常夾雜混亂而累人的夢，彷彿烘衣機裏惱人的溼襪子。

突然之間，一群工作夥伴——丈夫、兒子、狗——從側門闖進來。他們順勢把一股濃烈氣味也帶進屋裏：腎上腺素和冷卻的汗味，還有潮溼的狗毛味。氣味從花園小徑跟進來，他們在那裏剷除昨夜的積雪，替車庫門前清出一條車道。突然湧入的冷空氣、大夥兒進門時爆發的吵鬧聲立刻填滿廚房，將卡門身邊纖弱、平衡的元素一瞬間推擠而散。

她剛認識麥特時，他的體型相當龐大，然而幾年前他開始定期前往YMCA的健身房，身上的大塊肥肉逐漸重塑。他讓自己從美國神話巨人保羅・班揚般的人物轉型為健壯的美男子。現在他一進門，屋裏必定充滿他沉甸甸的男人味。他的改頭換面不是為了討好卡門，她本來就覺得以前的他沒什麼不好。

蓋比跟在麥特身後，以誇張的姿勢懶洋洋地垂肩走路，試圖模仿老爸，藉以摸索變成男人的感覺。目前為止，麥特對蓋比稍感失望，因為麥特非常關心體育和運動，但蓋比對於或投或接或打任何一種球類都不曾顯露一點興趣。同時他也絲毫不想觀賞職業球員或投或接或打任何一種球類。當然，麥特努力隱藏自己的失望，但即使如此，不知怎的，蓋比仍然感覺得到。

打從他們倆一進門，那隻他們養了快一年、品種不明的雜種狗華特．培頓就在大家腳邊來回奔跑，把他們辛勤工作的興奮情緒藉著動作傳達給卡門：我們完工啦！蓋比一把抱住牠，蹲下親親牠的頭，讓牠知道牠可是幫了不少大忙。

才六歲的蓋比已經比同齡的孩子高，只是總帶著一股脆弱氣質。他想和阿姨與外公一樣畫畫。他戴著眼鏡，氣色蒼白，臉頰有點點雀斑。他身材瘦弱、心思時常飄忽不定，不禁給人一種可以任意欺負捉弄的形象。卡門一想到這便心頭一沉，所以每次蓋比走出她的視線、進入更寬廣的世界時，她就滿心恐懼。

「簡直是做苦工嘛。」麥特開口，想讓蓋比更驕傲些：「天氣暖了，積雪都成了十噸重的爛泥。」他經過時一隻手指順手插入放糖霜的碗。他倆剛開始交往時，卡門就痛恨這種侵略性舉動，然後逐漸習慣，但現在她又重新痛恨起來。然而她一句話都沒說，只是繼續將奶油乳酪糖霜平均抹在蛋糕表面，就像精神病院的病患示範一項不帶情感、不斷重覆的工作。蛋糕是為了她父親今晚的生日派對準備的傳統配方黑棗蛋糕，用的是從他小時候流傳下來的食譜。

蓋比抖抖肩膀脫掉羽絨外套，翻動放在桌上的一份《論壇報》，想找裏面的漫畫專欄。華特抓緊機會，鑽入正忙碌的卡門雙腿和長桌下的櫃子之間，等待也許會掉入嘴裏的糖霜碎片。如此溫暖的天倫之樂其實都是假的。這幅圖畫之所以存在，只因為卡門站在廚房裏，而她決心要讓一切保持簡單、平凡。

「我們晚餐叫外賣怎麼樣？可以點中國菜。」麥特對蓋比說：「讓你媽媽休息一下如何？」

面對麥特這句平淡無奇的建議，卡門的反應是開始流淚——因為麥特對她很體貼，因為她好幾天都沒睡好，也因為他完全把她父親的生日忘得一乾二淨：曾經他們倆都厭惺這種家族聚會，那段時光多麼快樂。她依然站在長桌前，拚命讓聲音聽起來堅夠強：「不行，我們要去見哈瑞斯啊。」

「喔，天啊，我完全忘了。」麥特說：「我晚一點還得去其他地方。」他邊說邊一手移向她的肩膀想摸摸她，但又疑遲地停在空中。幾天前他說卡門一直是他生命中如此重要的一個人，這下可比當時更糟糕。自從麥特把寶拉的事告訴卡門後，幾個星期來這種無聲無息但讓人心煩的示好言行就一再發生。

寶拉才十九歲，還是蓋比的保姆，讓整件事看起來彷彿一場相當乏味俗豔的肥皂爛劇，好像麥特的中年危機提前發生，或是他的風流性情晚了一步才覺醒。但事情又不是這麼回事。麥特一向不是多情種子，而且他過於理智、有條理，很難屈服於內心的中年危機。同時，「十九歲」和「保姆」的身分雖然不假，卻無法以此描繪寶拉的形象。她完全不是性慾高漲的年輕淘氣保姆。她勤奮好學、身形高瘦、相貌平庸，雖然略嫌晚了點，卻還戴著自己掏錢裝的牙套。他們的情事已進行了好幾個月，卻尚未抵達本壘。麥特是天主教徒，寶拉的信仰更是虔誠，所以他們在等麥特脫離婚姻狀態，才會進行下一步。

麥特給卡門拋棄婚姻的理由是，寶拉比她「更傳統、更虔誠」。她每天都望彌撒，留著又長又直而且中分的頭髮。她穿的許多衣服都有碎花圖案，大部分是用退流行的布料自己縫製。她告訴卡門，說她喜歡在家裏幫母親的忙，無論是做家務還是照料年幼弟妹。為了不光是談論蓋比午餐吃了什麼，或是工人是否前來維修暖氣爐，有時候卡門想和她閒聊，卻總是立刻發現自己淹溺在寶拉冗長的奇聞軼事中，不外乎關於她鎮日為維持生計所苦的一大家子、因為禱告而獲得奇蹟的救贖，尤其全家一同誦念玫瑰經的時刻。不然呢，她們就聊寶拉的學校生活片段，或是她近期一、兩個複雜的編織作品遇到的瓶頸。卡門怎麼會為了這種人而被拋棄？

現在他在等離婚文件通過，還要等法院宣布婚姻無效，他才能消除結過婚的紀錄，好在教堂舉辦婚禮。顯然這種作法手續繁瑣，卡門不清楚要多久才能搞定。她准許他目前待在家裏，所以他們可以像一家人一樣慶祝聖誕節。如果這些囉嗦的法律手續拖到一月以後還沒有結果，她就會要求他搬出去。在那之前，她只能在夜裏站在廚房後門前，看著麥特坐在外頭的臺階上，穿著軍裝外套的背高高拱起，吐出的氣息凝結成一小團水霧，心則跟著愛情的引力一起下沉。

蓋比可能不會介意這樣的安排。在他一半的人生中，寶拉一直是其中一份子，如果父親搬去和她住，感覺起來也許沒那麼顛覆。他熟悉的人都還在原地照料他。事實上，卡門是唯一被拋下的人。

她已開始看見自己的誤解有多深多廣。她本以為，雖然彼此存有差異，但他們的夥伴關係依然複雜而有趣。從一開始，她就認為走入婚姻和為人母親美好無比。而麥特出現在畫面中時就已自成一格，擁有完整個性，她必須靠自己逐步熟悉。蓋比則是個徹頭徹尾的驚喜。在他到來前，她頂多以假設角度將他看作一個需要餵食、換尿布、遠離傷害和疾病的小不點。她準備當母親的方式就是讀了幾本封面有常見那種可愛寶寶圖片的育兒書。然而，從他出生那一刻起，他就極度特別。他的性格特別善良，並時常反思：他一旦發現肉食是從動物身上來的，就不再願意吃肉。在兩人默許和上同情之下，她和麥特也成了素食者。等到大家都吃膩了烤乳酪三明治和炒蛋，卡門又從充滿懷舊氛圍的大眾場所如綠萌谷選了不同的食譜書，或是買《營養的豆子》等書籍，裏頭會從特定角度激發讀者的想法。她本以為這所有小細節都很有意思，她不用刻意做什麼，生活的點滴就自然灑滿空白處。她本以為這就是家庭生活的結構，需要他們動手解決和挺身面對的小小難題與挑戰不時發生，而她和麥特一直同心協力參與這份家庭事業。看到彼此的伴侶關係似乎開花結果、枝葉繁茂，讓她鬆懈了警戒。每一日都不過建立在閒話家常、對孩子顯露無止盡的驚喜、糟糕到引人發笑的野營之旅、或是廚房小白板上幾行下班後需要順道採買的雜貨留言。她曾評估自己的家庭生活風平浪靜，問題是，到最後，原來她錯得離譜。

上週的某個晚上，麥特帶卡門去她最喜歡的天堂餐館（美中不足的是，寶拉留在家照顧蓋比），他想和她談談「重要的事」。她以為麥特找到方法讓他們全家搬進更大的房子。他們目前的住處太靠西邊，而且面積太小。他們住在雷文塢路，房子面對火車鐵軌，住家不遠處最明顯的風景就是急匆匆往北開向郊區、往南前向芝加哥市中心的通勤列車。他們都希望能搬到火車頭少一點的地方。

因此她以為「重要的事」就是「新房子」。目前為止，麥特帶來的驚喜都相當討人喜歡。但這次的驚喜卻是寶拉。帶著高漲的羞恥感，卡門現在才看出，他們婚姻之間平靜和諧的氣氛，對麥特而言，只不過是無聲背景中一隻體積龐大、滴答作響的時鐘。當她步步前進，假裝這場婚姻雖然辛苦但還過得下去，他卻靜悄悄地等待某人拯救他，把他拉出這段在他眼中早已變質的關係。卡門也看到這段婚姻的污點。任何時候，她都依然可以回顧自己穿著那套帶著諷刺意味的紅色婚紗，滿腦子只希望婚宴客人早點回家，滿臉睡意地目送奧莉薇亞老舊道奇車的鰭狀車尾，帶著她的祝福滑向泥土路離開農場，單憑霧燈指引方向，開啟一趟短暫而充滿殺機的旅程。起初他們時常談論自己難辭其咎之處，甚至見了幾次情感諮詢師。但之後，卡門並不覺得問題消失了，可能永遠不會消失，然而這件事應由他們共同承擔，而不該分裂他們的關係。到了現在，她才看到整場婚姻結束在拖得老長而無法逃脫的陰影底下。

卡門和蓋比為了哈瑞斯的晚宴稍微做了打扮。對蓋比來說，就是換上乾淨長褲、刷亮的鞋子和正式襯衫。他又擅自加了頂老式紅緞魔術師帽。

「嗚！」他爬進車裏，後面跟著無論去哪裏總想跟來的華特。牠完全不介意發酸的霉味，呼哧一聲鑽到車後一堆舊衣服中間。

「先捏住鼻子。」卡門對蓋比說：「我們一會兒就到了。」昨天她一整個下午都在清理美國退伍軍人協會和救世軍組織拿來的衣架，找出大尺碼洋裝和西裝褲給家園協會的婦女。家園協會是她工作的收容所，專門幫助婦女參加工作面試或重返學校。除了年紀很大的婦女較為瘦骨嶙峋，其他收容所的客戶通常身形龐大。因為她們每天都以麥當勞和甜酒過活，此外也不曾花心思維持身體健康。

走向通往她父母公寓的階梯，卡門聽見派對的歡樂氣氛如浪潮般湧起又落下，吵雜聲穿透牆壁。華特率先衝上前，早已用鼻子不停嗅著公寓大門。

「多陪陪你外公。」卡門告訴蓋比，一手放在門把上：「今天是他生日。」

「好吧。但我其實不喜歡他。他嗓門太大，而且對誰都愛發脾氣。」

這間公寓位於父親的工作室樓上，完全採用六〇年代波西米亞風格，徹底走反傳統的垮派（beatnik）路線。屋內有淺色的網編丹麥現代風格家具。用磚頭和木板組成的書架因重量而凹陷、一對小手鼓掛在角落積塵，旁邊牆上是非洲原始藝術作品，當然，哈瑞斯的畫也在一旁。她父母的嬉皮夥伴都有相似格調的公寓。這些都是老派藝術家和他們當年贏來年輕女神垂青的巢穴，如今這些女人和他們一樣悄悄邁入中年後期，不是瘦得各形各色，就是腫得誇張。這些公寓舉辦過無數經典派對，填滿了藝術宣言、理念不合的火爆爭吵，甚至催生了某些經典雞尾酒。另外還有掉落馬桶的假牙、被吐了滿地的榻榻米、以苦澀告終的友誼、刻薄毒舌的爭執、愛侶在廁所和雜物間打得火熱、經常還會發現某人全身赤裸，昏睡在床上的一堆外套底下。

在眾多派對中的空檔，這公寓也同時是艾莉絲、卡門和尼克的家。雖然現在看起來有點像空蕩蕩的鳥巢。蘿芮塔拿到房地產經紀人執照後，女孩們的房間就被重新裝修成她的辦公室。尼克的房間現在有個被艾莉絲稱為哥多華豪華櫃的巨大華麗木製電視櫃，還有張低矮的U形沙發。蘿芮塔把這房間稱作「娛樂中心」。其他房間的擺設一如以往，變化不大。整間公寓有股獨特、凝滯的氣味。

蓋比快速鑽過客廳的人群，走向尼克以前用的反射望遠鏡，歷經歲月淘洗，現在陳舊不堪地架在屋子另一頭的牆邊窗上。卡門把蛋糕放在各式菜餚末端，邊對華特說：「這張桌上的東西小狗都不准吃喔。」桌子正中央擺著蘿芮塔聲名狼藉的德州監獄辣肉醬。卡門光是低頭看一眼，身體便發出胃灼熱的警訊。

她打量周圍賓客，大部分是父母的老友，在她孩提時，他們就是她心目中的成年人代表。帕克和辛蒂．貝克翰，萊瑞與吉賽拉．卓恩，還有守寡後一直孤身一人的費德拉．卡森。

她發現弟弟獨自在餐桌另一頭，坐在牆邊一張磨損的舊沙發上，姿勢有點過於挺直，顫巍巍地拿著一罐薑汁汽水，彷彿手上是剛拔掉引線的手榴彈。

「嗨。」他邊打招呼邊稍微移向一旁，讓出空間給她。

她現在已經習慣了尼克較細長也更明顯的鷹勾鼻，自從凱西．瑞德蒙的父親打斷他的鼻樑，復原後就成了現在這樣。新鼻子讓他看起來像英國人，彷彿平時會蒐集蝴蝶標本，而且讀過特洛普（Anthony Trollope）的所有作品。她也注意到尼克的頭髮修得一絲不苟，髮梢的顏色比其他部分稍淡。

「奧莉薇亞是不是把這裏漂白了？」她扯下一根頭髮檢視。

「哎呦，拜託，妳以為不會痛啊？我能怎樣，你跟美髮師同居就是會發生這種狗屁事。」他的氣息和平時一樣有濃濃的冬青樹味，感覺像在跟住在挪威森林裏的人交談。那是因為他慣用一種在卡車休息站買的迷你瓶裝擠壓式濃縮口香劑。自從有一回他該去上班卻喝得酩酊大醉後就開始用這玩意兒。

「那她跑去哪了？」

「她應該要去停車，但我猜她只是坐在車裏，等凝聚到夠多臨界能量後才會過來。」

卡門心裏很感激（其實大家都是）奧莉薇亞出現在尼克的生命中，因為她對尼克起了約束的效果。她是尼克眼中唯一比嗑藥重要的事。卡門不再視她為殺人犯，現在的她堅定專注，彷彿為了和先前那個藥癮上身、隨性開車撞死小女孩的人完全相反，才造就如今這全新的自己。另外她也已付出代價，事實上是替每個人都付了一點。這點大家心裏都很清楚。

「嗯，當然，我明白。」她真的明白。她能以鮮明的細節描繪出奧莉薇亞坐在一條街外的車裏，手指在方向盤上打拍子的樣子：「最近好嗎？回到學校感覺如何？」

「很詭異。不過休學幾年，回來後卻發現自己已經成了老頭子。」

「但你快完成畢業論文了吧？」卡門鼓勵他。

「算是啦。重點是，我有太多東西想寫，得開始刪點東西。眼前湧進太多訊息！一旦找到某個靈感深入挖掘，又會發現新東西。而且不只是理論，而是真正能看見的東西。我們現在有更精密的觀測儀器、更多觀察方法，當然，還有放射鏡、X射線太空望遠鏡。他們已經準備把一台大型觀測器送上太空，從大氣層外擷取更清晰的影像。大霹靂推動著宇宙，現在我們有更多方法觀察宇宙的動向了。」

「我喜歡大霹靂理論。」卡門說。

「是啊。」尼克不耐地吐口氣：「每個人都喜歡，這理論很招人愛。」從尼克口中，她知道宇宙非常、非常、非常小，同時極度壓縮。在爆炸發生前，整個宇宙大概只有一毛銅板大小。尼克也不願意你用「發生」這個詞，因為當時根本沒有空間或時間的概念讓這一切發生。在那時候——雖然他也不會讓你說「時候」——時空、物質和能量全被捲入某種極為濃密炙熱的東西裏。

卡門必須集中意志才能聽進這些資訊。天文學不是她的強項，尼克曾把蘋果放斜當作地球，繞著充當太陽的桃子打轉，示範了三次才讓卡門理解四季變化的原理。

「也許在『異形入侵』裏也發生了很多事。」她喜歡用這類論點折磨他：外太空生物和占星術是他最不喜歡的話題。說真的，他甚至不認為有談論的必要。

所以他一句話都沒接。

所以她也保持沉默。

終於他開口：「如果他們前來地球，可能根本不是出於友善的動機。他們也不可能長得像書上的小綠人。其他星球距離地球都太遠，任何像人的生物都不可能過得來。即使用光速移動好了——妳知道什麼比光速更快嗎？」

「某種速？」她猜。

「完全沒有。要來到地球，他們的設備必須比我們更先進。也就是說，他們得先進化成人工智慧。」他停下來看著卡門，語氣中飽含質疑。

「但我才從哪裏讀到，又有一個農場女主人被皮膚滑溜溜、頭上長角的生物帶上一種碟形物體。而且她也被抓去做測量，探針插進屁股的那種。」

「地球的影像要花上很久時間才能傳到這些綠人的星球，他們現在可能還在研究恐龍時期。根據這樣的資訊，他們拜訪地球時會帶著非常巨大的肛門探針，所以我們也用不上。」

「和你聊天真不掃興。」卡門回道。

他把她拉過來，在卡門靠近太陽穴的髮際印下一吻。除了他的毫無責任感，尼克其實非常貼心。只是你別想在任何事情上仰賴他，任何事都不行，最好也別相信他對任何關於自己或自己的生活說過的話。到最後，和他說話變成一件很累人的事。卡門已經降低期望，她現在只是單純感激他能和她一起坐在沙發上，而且看起來很清醒。奧莉薇亞出獄前，他想改過自新把她追回來，當時傾注心力到了嚇人的地步。他先排毒、然後進入戒毒中心、再次復吸、之後重新回到起點。他們把他送上飛機前往明尼蘇達州的戒毒中心，但兩天後明尼亞玻利斯機場的行李認領處打電話來，原來他根本沒去拿行李。他在雙城機場轉機時看到一間酒吧就抗拒不住了。一個月後，他回程時又來到機場，再一次過不了同一家酒吧的阻礙。

「機場對他來說很難克服。」艾莉絲分析道。

「是啊。」卡門回應：「機場是問題所在。」

奧莉薇亞穿著羽絨外套，頭戴一頂附耳罩的蒙古帽。她看起來氣色很好，帶著一股蘇維埃式的強硬氣勢。無論她身上曾經有過的任何溫柔痕跡，都已被牢獄生活連根剷除。哈瑞斯擺出盛大歡迎的架式，正一手摟住她的肩。尼克和她不在場時，他總是叫奧莉薇亞「男人婆」。當她走向公寓後面去放外套，哈瑞斯趁機瞄向尼克和卡門。他像男管家一樣鞠了個躬，接著腳步笨重地穿過房間朝他們走來。尼克開始低聲哼著電影《大白鯊》的配樂。哈瑞斯看來依舊精力充沛，雖然年輕時均稱的肌肉已從肩上滑落，成為掛在腰間的一截肥油。他棱角分明的五官倒是模糊了一點點。卡門還沒搞懂，原來歲月竟會讓他看起來更富同情心。他走近他們，大大張開雙臂在空中做出擁抱動作。

「真高興妳來了。」他說完又轉向尼克：「我剛才在門口遇見你可愛的新娘。」他說這話的方式帶著某種不悅的語氣，但又輕微到讓對方無法直接回應。奧莉薇亞身上有某種特質，也許是因為她對他的魅力無動於衷，讓哈瑞斯很不爽。

「嗯，我想我還是去找她吧。」尼克開口：「今晚的客人她都不太熟。」尼克捏了一下卡門的手臂，暗示把哈瑞斯交給她，然後起身沿著一群客人外圍悄悄溜走。

「我真討厭這生日派對。」哈瑞斯說：「每年都煩死了，我是為了討好妳媽才同意讓她辦的。」他在說謊，他很喜歡這個生日派對，他愛死了。卡門知道他又在裝模作樣。

「那加入我們吧。說真的，我們可以辦個宴會邀請所有討厭這生日派對的人參加。」

最後哈瑞斯終於得到應有的關注，大夥兒合唱了七零八落版的生日快樂歌，他花了幾秒吹熄卡門帶來黑棗蛋糕上的蠟燭，抓住機會侃侃而談生命的深刻意義和工作的重要，當然了，幾個變老的笑話絕不可少：比如，他現在比較需要多吃黑棗養生，而不是蛋糕。

蓋比精力充沛地埋頭奔過整個房間，猛然停在外公面前。

「嘿，小子。」哈瑞斯伸出手摸蓋比的頭髮，又拉拉他的帽子：「魔術生意最近還好吧？你會變什麼戲法？」

哈瑞斯完全被蓋比迷住，更正確地說，或許是他在蓋比身上找到他願意被迷住的某種影子。也許他在找個讓他能當個更好長輩的孩子。也許吧。卡門試著保持樂觀，但即使如此，她始終留神盯住他們，一旦發現第一個搞破壞的前兆，聽到他冒出第一個打擊人的字眼，她就會立刻衝上前把蓋比抱離哈瑞斯身邊，動作快到在他眨完眼就能完成。

「我帶了東西給你。」蓋比遞給哈瑞斯一個厚紙板筒，上頭標明著

薄荷糖

哈瑞斯興致勃勃地打開蓋子，立刻爆出做作的笑聲，因為筒子裏跳出一隻用布和鐵絲

圈做的假蛇。雖然蓋比很多方面都比實際的六歲早熟，他的幽默感卻恰好符合六歲這年紀（或許還是古早年代的六歲）。而過去這年，他開始覺得惡作劇很有趣。艾莉絲和尼克在這方面很支持他，所以現在他擁有一系列道具，包括一小袋塑膠嘔吐物、螺旋形橡膠狗大便、會潑灑出來的墨水瓶、放屁座墊、一管讓牙齒變黑的牙膏和會噴水的胸花。每個人和他見面時都得先做好心理準備。

現在哈瑞斯正用空出的手臂摟著艾莉絲的窄肩。艾莉絲的表情有些嚴厲，她的短髮抹了髮膠，全部梳向腦後。

「我當年畫莎朗．史東的時候，她的髮型就是這樣。」哈瑞斯告訴在場聆聽的人。好一陣子前，他有段時間為名人繪製肖像。卡門注意到，近來他拿這事自我吹捧的頻率比以往更高，於是猜想最近他可能不太好過。艾莉絲十月辦了場個展，又一個坎尼家的新人進了藝術圈。他當然參加了開幕展，滿口盡是讚美和父親的驕傲。之後艾莉絲獲得媒體高度關注，尤其登上《紐約時報》和《藝術論壇》雜誌的版面。哈瑞斯一定都讀過這些報導，也一定早已發現只有當地小報提到她是他女兒。他耐心等到她又有了新畫作，才當著她的面稱讚作品「在技巧上很有意思」。

艾莉絲站在他的懷中，根本懶得聽他說話。她應付他的技巧相當純熟，反正她完全不把他的魅力或惡意當一回事。卡門很佩服這種自我保護的方式，她就沒辦法徹底實行到這一步。她還是會（而且相當厭惡自己這樣）因為父親的輕微讚美而喜悅，或因為他不給予支持而刺痛。但艾莉絲也不是無事一身輕，她是為了討好蘿芮塔才參加生日派對，她永遠都會被蘿芮塔的束縛困住。基本上，她仍然像個孩子跳上跳下，等著媽媽看她怎麼從跳水板一躍而下，然而蘿芮塔一直以來都有太多外務，根本沒時間轉頭看她。

艾莉絲出櫃幾年後，便根本被不能理解成為女同志意義何在的蘿芮塔拋棄。在她的世界，男人就是一切，如果妳不是男人，也不屬於一個男人，那人生的價值何在？艾莉絲坦然接受不被認同的痛苦，也因此與蘿芮塔保持距離。最後是哈瑞斯修補了她倆的裂痕，他對蘿芮塔施壓，邀艾莉絲來家裏晚餐。即使他可以變得很邪惡：像是狙擊兵或陷阱佈置專家，但畢竟還是他對艾莉絲伸出援手。對此，卡門也得為他加分。卡門的榮格精神分析法幫助她用立體影像角度判斷人，能夠透視且從各種方面觀察。哈瑞斯和蘿芮塔是對相當糟糕而自戀的父母，這點無可爭論，但他們還算不上波布或伊迪．阿敏[1]。至少他們能大展身手的舞台非常侷限。

「跟我出來抽根菸。」卡門對艾莉絲說，一面把她拉出哈瑞斯身邊一圈祝賀的客人中。

1 波布是柬埔寨共產黨總書記，伊迪．阿敏是烏干達總統。兩人皆為七〇年代軍事獨裁領袖，在位期間以政治清洗手段屠殺了數十至數百萬人。

艾莉絲去拿兩人的外套，卡門趁機確認蓋比和另外兩個孩子玩得算是開心，他們是某人的外孫，其中有個胖女孩，另一個男孩看起來好像在教兩位玩伴如何扮演醫生病人。她發現華特蜷成一圈，睡在她爸媽床上一個印度圖騰枕頭上，享受社交之餘的短暫安寧。

「來吧。」她搔搔牠的頭：「我們去外面，該尿尿囉。」

今天下午的氣溫還不合時節地暖和，但太陽落下後，現在坐在室外已嫌太冷。即使包裹在毛衣和毛料大衣內，卡門和艾莉絲還是得用手臂緊緊抱住縮起的雙腿。這房子的後花園從秋天起就是一副被拋棄的蕭條狀態：沾了油污的坐墊扔在做工精細的鑄鐵家具上，上頭黏著潮溼雜亂的樹葉。蘿芮塔種了許多球根秋海棠，殘花敗葉全垂掛在彩繪陶盆外緣。華特抬起腿選了其中一盆花對著撒尿，接著又繞著露台一吋吋地東嗅西聞。

艾莉絲在其中一張矮桌上發現一個菸灰缸，裏面已有一半潮溼破碎的菸蒂。

「去年的菸屁股。」她仔細湊近看了看：「可能還是我們抽的。」她將菸灰倒在土裏，旁邊圍著一小圈極度乾枯的樹叢，接著替兩人點了菸。

「從技術上來說，我早了八分鐘抽這根菸。」她正參與一項戒菸課程，雖然可以抽菸，但必須有固定的間隔時間。這樣的目的在於打破抽菸和某些日常活動間的連結，例如講電話和喝咖啡。或是像現在這樣的聊天，抽菸好像常是談話中不可或缺少的部分。這項課程也包括觀賞肺癌手術和氣喘吁吁的牛仔之類的影片。她還得隨身攜帶果醬瓶，裏面裝的是水和她當天抽過的所有菸頭。

「這麼做是為了讓我自己覺得反感。」

「結果呢？」

「事實上，我只覺得滿尷尬的。我出門時要不是得解釋瓶子的來由，更糟的就是別人會誤以為我有收集溼答答菸頭的怪癖。」

卡門現在根本沒辦法戒菸，她深深吸了一口再吐出來：「我敢打賭，有些時刻的菸特別難戒。」

「是啊。我有時會想：我戒菸成功的話會是什麼樣子。像是，嗯，當了好多年異性戀後，雪歌妮．薇佛突然決定要體驗一下當同志的感覺，也許她只是為了練習電影裏的角色，但無論如何她決定選我陪她。這樣當然很讚，但事後她點起菸，還給了我一根。」

「那倒是，」卡門仔細考慮了一會兒：「同床的雪歌妮遞來的菸實在很難拒絕。」

她們沉默地抽了一會兒菸。

「那個嘛，我猜我們跟史隆家就分道揚鑣了。」艾莉絲說。卡門把和麥特分手的事告訴艾莉絲，關於這件事，當然了，艾莉絲不太驚訝，幾個月前她就在超商停車場見過他和保姆。而另一個史隆家的成員茉德，則已從芝加哥搬去洛杉磯，從模特兒改行做演員。根據卡門在電視上看到的茉德——她在一部迷你影集中扮演一個厭倦生活，私底下其實是毒癮纏身應召女郎的家庭主婦。她還參演一部關於一群格格不入的女童子軍的電影——卡門認為她是個呆板的爛演員，經常像是被其他演員脫口而出的台詞嚇得目瞪口呆。說真的，她能得到的任何角色都只是證明她長得好看罷了。她目前跟個攝影師同居，但卡門讀了《時人》雜誌後覺得他看起來好娘。現在到底是什麼狀況？

「為什麼我感覺她不是真的徹底走了？」卡門說：「為什麼我還感覺她盤旋在我們的談話中？」卡門認為茱德就是種癮，很無趣的癮，像是對鼻塞噴劑或賓果上癮，完全抑制了艾莉絲的情緒發展。

「誰管她在哪裏、是要回來還是離開？根本無關緊要，我受夠了。」艾莉絲說。

卡門喜歡她堅定的口吻，雖然，當然了，她一點都不相信。

「她會試著回心轉意，」艾莉絲說：「她可以跟任何她想要的男人在一起，但她終究會回到女人身邊，就像獵犬追蹤人家拿著破布給她聞的味道一樣。」

聽到艾莉絲這樣說話，卡門總會有點驚訝（而且興奮）。她不知道這是妹妹故意語出驚人，還是女同志都是這樣交談，反正她總被這種言論搞得心神不寧。她以前老是想像女人間的愛情不過就像一段平淡友誼的延長，彷彿薇吉妮亞．吳爾芙的風格，場景會有熱茶、談話、沙發，從午後時光跳躍到傍晚，旁邊一盞小燈本應被扭亮卻被閒置在側。艾莉絲的疲憊讓她不由得呆住——即使只是在旁目睹——她對茱德的熱情，以及她自從茱德離開後表現出的荒蕪。如此憤世嫉俗是種新元素，也許她進入了另一種更高層次。

「幹！」艾莉絲罵道。彷彿卡門一直在盤問她，而她的敘述聽起來支離破碎。她拿走卡門的菸來為自己點另一根菸。這下就超過了她的每日吸菸量，菸頭瓶被遠遠擺在其中一張草坪長椅上。「我就是個傻瓜，我會忘記她的。我只是需要點時間。」

卡門看見華特突然激動地挖起花園角落。牠可能聞到小動物的氣味。

「妳跟麥特。」艾莉絲繼續說：「你們之間才真的奇怪。他似乎不像會外遇那型，而且感覺你們真的很喜歡對方。就像有人聽錯了話，一個人說週三中午在大鐘下見面，但另一個聽成週四下午一點鐘。」

「我知道。我能怎麼辦呢，寶拉已經就起跑位置，他們倆已經開始往前跑了！他告訴我，他們有共同的目標，就是成為傳教士。基本上，我能做的只有退到一邊，讓他們完成自己的計畫。」

「對我來說實在太文明，太像聖人烈士的風範。換作是我，現在就該來點互扯頭髮的劇碼，不然就是開著我的卡車從旁邊撞進她住的拖車屋。」

卡門先前聽說（是珍說的）艾莉絲把「最後一次」分手搞得很戲劇化。憤怒的電話、難堪的公眾場合爭吵、用鑰匙刮車子烤漆等等。

卡門說：「我猜我看所有事情的角度都錯了。我不覺得我們已經分手，我以為我和他正在進行一場很有意思的溝通，談論二十世紀晚期的婚姻生活，以及我們如何一起成長。整個狀況有點像我收到許多違規停車罰單，然後跟市政府爭論，我以為這是充滿生氣、你來我往的關係，但有天等我踏出家門，卻發現我的車輪被拖吊處鎖住了。」

艾莉絲想要幫忙，但她能提供的只是一大堆唬得了人卻不太實際的建議。她口中的離婚就像不痛不癢的微風、就像報名葡萄牙語夜間課程、或是把衣櫃整理妥當。彷彿卡門只需要重新分配時間和興趣去做其他事就好了。艾莉絲不能理解的是，除了羞辱和傷痛，卡門名下沒有任何存款，在家園協會也只能拿到極微薄的薪資。會讓艾莉絲厭煩的都是這種細節瑣事。

「我們去轉轉吧。」卡門指的是哈瑞斯的工作室，她出聲招呼華特：「我們來看看這老傢伙裏頭藏了什麼寶貝。」

開燈可能會引起注意，所以她們在半黑的室內東摸西看，除了華特輕微的喘息、狗牌發出的叮噹聲外，四周一片寧靜。即使人不在場，父親的氣勢還是存在，這裏是他的地盤，在此他就是小宇宙的中心，可以在超大型畫布上盡情揮灑。房內的大型音響整日大聲播送普契尼的歌劇，蘿芮塔時會不時用托盤端著午餐或下午茶溜進來，彷彿哈瑞斯是「中西部平原的梵谷」。許多年前某個意圖奉承的展覽目錄曾經如此描述他，而不只是稱他走運又自大的老傢伙。

今晚她們找到好東西了：兩幅大型新畫作斜靠著牆，即將打包海運給委託的合作客戶。畫名刻在一小片銅牌上釘在畫框底。兩幅畫的主題都和賽馬有關：「聖安尼塔馬場的日出」和「小牧場的晨昏」。畫中的一切彷彿無聲無息，顏色柔和，動作停擺，陽光的塵埃溫柔地灑下，落在像馬的物體上。

「我們可能不該再嘲笑他了。」卡門說：「他現在越來越顯老，尤其做了髖關節手術後，還有那又白又瘦的胸膛。」

「瘦巴巴就算了，還有白毛露出來。」艾莉絲接口說道。

「是啊，會露出來是不是因為他不扣上衣，而且老穿那件絨布襯衫。他看起來好像法蘭克・辛納屈身邊的跟班，會在加長禮車裏搞笑娛樂辛納屈的那種人。」

哈瑞斯還在畫抽象畫時，他可以暗自幻想自己在世界名家中擁有一席之地。現在他的作品全都是受人委託所畫的再現性藝術，主題與畫布尺寸都已事先指定，配色也以對方喜好為主。他現在就像隻戴著帽子穿著百褶裙跳舞娛樂大眾的大熊。卡門懷疑，就是這點讓他的壞心眼變得更深沉、更隱密，和以往眾所皆知、任性多變的版本完全相反。

「好慘喔。」她突然說。

「媽的慘死了。」艾莉絲回應。

空氣凝滯的走廊一片漆黑、萬物靜止。接著艾莉絲突然嘶笑出聲，卡門也一腳猛踢地板。

「我們好惡劣喔。」卡門說。

「不，我們得到了我們專屬的爛笑話，這可是先付過代價的。」

她們步上階梯回到公寓裏。卡門走過走廊去看蓋比，他正在娛樂中心，面對一群小觀眾展示他的紙牌把戲。她回到客廳，被父親叫喚過去；他正在和尼克與奧莉薇亞說話，他們倆已穿好外套，但被拖住了。

「他們買了輛小拖車。」哈瑞斯告訴她：「他們要一起探索美國。」

「是新款露營車，叫淚滴。」尼克附和。他很緊張，像是感知到海嘯的小動物。他對哈瑞斯的判斷從來沒出過錯，搞得卡門也開始緊張。奧莉薇亞向門口移動時，哈瑞斯伸手扯扯她外套的袖子。

「我這週過去拿我的生日禮物。」他轉向卡門：「她要幫我剪頭髮，還要幫我吹。」他的眼神往旁邊一斜，表示這可不是無心之失，也不是不清楚這個字的意思。幫我吹，幫我吹乾頭髮。他總是玩文字遊戲，讓人拿他沒輒。大家也老是縱容他口吐這種言詞。然而這次可不同，奧莉薇亞不打算遵守這條潛規則。她先拉開身體，手掌再帶著足夠的速度甩回來，當她的掌心碰到他賊笑的側臉，聲響就像玩具槍發射一樣清脆。哈瑞斯順勢倒向一旁，他還來不及站穩腳步，就摔向一張吧台桌，打翻了好幾個酒瓶和玻璃杯。他的表情（徹底的不知所措）讓卡門心頭一樂，也沒上前幫忙。幾個熟朋友趕緊過來化解尷尬。奧莉薇亞走了，尼克緊跟在後。

艾莉絲拉住卡門的手肘低聲說：「好消息是，我想這下生日派對該結束了吧。」

開車回家的路上，卡門和蓋比在林肯路上的「金塊」餐館前停下。不吃肉的好處之一是得以逃過蘿芮塔的監獄辣肉醬，然而結果就是，現在這一刻他們好想吃素食垃圾食物。烤薄餅。他們沉默地吃著，沉浸在各自的思緒中。蓋比把一塊薄餅包在紙巾裏留給華特，牠正在車裏等著。他們可以從餐廳窗戶看見牠的身影，華特坐在駕駛座也回望他們。

卡門把哈瑞斯鬧出的惡夢暫時丟到一邊，她手上有自己的問題要解決。她得儘早加足馬力才行。她必須和諾拉．弗蘭德斯談談，她是和收容所有合作關係的律師；她也得找位財務顧問，然後回到她早先用的榮格精神分析法。她下定決心再也不會掉以輕心，對任何事都一樣。從現在開始，她會目光銳利、眼觀八方，每到一個角落必定保持強烈警覺心，因為眼前的未來已轉為危機四伏的地勢。

「你介不介意，」他們站在櫃檯前準備付賬時，她這麼問蓋比。艾莉絲今晚給了他毛茸茸的黑眉毛貼紙和爆炸頭假髮，現在他還戴著：「一段時間跟我住，然後一段時間和你爸跟寶拉住？」

「我想沒問題吧。」他邊捏住鼻子邊爬回乘客座，轉身打開包好的薄餅給華特吃。

「我想也是。」她刻意讓聲音變得歡快。

「就像去探險。」蓋比說。

他們都試著幫對方的忙。

人行道下，就是沙灘

「為什麼這裏聞起來有果香味？」珍坐進小貨車後座：「竟然沒有可怕的味道？」

「我做了徹底大掃除，蓋比有幫忙喔。我們沖洗了後座，椅子上噴了泡沫噴霧之類的東西，然後在洗車場買了櫻桃味空氣清新劑。」卡門在開車，艾莉絲坐在旁邊。

「我覺得他們應該不是用真正的櫻桃。」她說。

卡門利用週六積極參與許多政治活動，因為蓋比會待在麥特和寶拉的公寓。這將是他待在那裏的最後幾個晚上。麥特和寶拉很快就要出發前往奈及利亞。他們會當一年天主教傳教士，住在偏遠荒涼、陽光炙熱的村莊裏；蓋比曾給卡門看過傳教士手冊上的照片，村裏的所有東西：食物、動物、眼睛……似乎都覆著一層忙碌的蒼蠅。她幸災樂禍地想像麥特和寶拉拚命揮打一年份非洲巨蠅的樣子。

卡門說：「你們今天看了聽證會嗎？我只從公共廣播電台聽了一部分。」她們三個全都熱切關注法學教授克萊倫斯・湯瑪斯與助理安妮塔・希爾的性騷擾事件。

「我把那台小電視搬進錄音室。」艾莉絲說：「好多讓人發毛的細節浮上檯面了。」

「可樂罐裏發現了陰毛。」珍說。

「還有A片呢？還有他說什麼『又長又重、還會發亮』的東西。我就聽到這些。」卡門輕按喇叭，催促前方發呆的駕駛趕緊開過剛轉綠燈的路口：「不會更綠了，快點開。」

「但比他糟糕的大有人在。」珍說：「那些『男人之牆』，本來應該保持中立的參議員如今只忙著保護他們的老男孩俱樂部。到了最後，希爾可能會在市中心被亂石打死，而湯瑪斯則順利進入最高法院。從今以後到我們死前，他媽的每天他都會去最高法院上班。」

珍還有一則讓人洩氣的消息，至少讓她很洩氣。

「湯姆的太太又懷孕了。」

艾莉絲從不隱瞞自己認為珍和湯姆交往是在浪費時間：「真不知道怎麼發生的喔？」

「我以為他打算脫離這段婚姻啊？」卡門說：「不是說那是政治婚姻，是為了拿到她的公民身分，現在他又要離婚？他們的計畫什麼時候改變的？」

珍沉默一會兒才說：「每次談到這裏就很棘手。我想也許問題在於我不知道怎麼和他溝通。」

她們的車轉過彎，突然間，眼前的交通幾乎陷入膠著，一個男人就站在窗外，握著一個裝了詭異紅色液體的玻璃瓶，還有個裸體塑膠娃娃蜷縮在瓶中。

「哎。」卡門：「好戲上場了。」

活動一開始總是很像：人群聚集，越來越大聲。到了這一刻，人群的節奏變得容易預測；到了這一刻，她們知道場面看起來雖像完全失控，但其實只是兩群立場相反的人經過仔細排練的政治秀。

她們三人穿著黑色長褲、高領毛衣和羽絨衣，看起來像身手敏捷的小偷。她們是支持女性掌控自己生命權的一方。這幾週的早晨，她們前來支援的是一些希望脫離懷孕狀態的懷孕女子。反對方則以上帝名義現身，他們堅信無論個人情況為何，上帝都要這些婦女留下寶寶。

過去幾年，卡門和珍對這類事情儼然已成老手。她倆的過往早已密密麻麻充滿示威、活動、抗議：為了投票權、支持罷工的工會、反對核武和女性在獄中受到的苛待。她們心想，ＦＢＩ應該已握有兩人厚厚一疊詳細檔案了吧。她們曾在各種場合手挽手串成人鏈：在軍方基地外圍、新兵召募中心、白宮的前門或國家廣場上。她們也練習保持面無表情，即使被人大喊：共產黨、反基督、嬰兒殺手、撒旦姊妹。還有同性戀，她們老是被叫同性戀。而最近艾莉絲，唯一真正的女同志，也開始加入這些踏青活動。但事實上，艾莉絲寧願把這個早晨花在床上，一直昏睡到下午，結果卻跑來這裏和一波波侮辱人的聲浪推擠對抗。她當時腦袋轉得不夠快，沒及時想出藉口推掉。她應該要準備幾個無法回絕的理由，事先安排的行程一定不夠，也許說要開刀好了，而且是急症。她姊姊可不會輕易相信站不住腳的故事。

卡門一向以清晰的道德角度看這世界，她不只以高標準衡量自己，也期許每個人都和她一樣。所以她在有些場合實在很討人厭，但又討厭得很狡猾。從來不曾公開表現得自以為是的她，走到哪裏都帶著一股謙虛氣質（因此適得其反，老是散發自以為是的態度）。她從未告訴別人該怎麼做，但她的目光會過久地停留在你的蜂蜜罐上，因為你用了不可自然分解的塑膠瓶，而不是重複使用過無數次的老舊玻璃瓶，能夠拿到「麵包坊」直接從蜂蜜缸把瓶子裝滿。她也許還會熱心建議你關掉爐子上的小火，省下誰—知—道—有—多—少的瓦斯，並建議以後該用火柴點爐子比較節省。

「『人行道下，就是沙灘。』」她們正在檢視四周狀況，卡門開口：「妳們一定要一直想著因為我們來了，所以事情會開始變好。」她可以說這種話卻不顯愚蠢。是卡門所懷信念的力量，相信走上街頭後可以實現的理想，才將艾莉絲拉上這條路，不然她一定會避免與之牽扯。

「我光走過這群人就累癱了。」珍說：「我和苦役囚犯待[1]了一整夜，光是讓每個人都現身就夠讓人精疲力竭。」她正在製作一張關於監獄和苦役囚犯的錄音專輯，結果變成相當困難的企劃案。這些老傢伙當時為了消磨艱苦時光自編自唱，原則上他們能夠理解自己的歷史價值。但往往無法控制激動的情緒，唱起這些歌讓他們憶起那段已經摒除於腦海的

1 chain gang，意指獄中用鐵鏈鎖在一起做苦役的囚犯。

過往。還經常會有一、兩個人沒有出現，珍就得一路開去西區說服他坐上車，再回到錄音室。

這間女性診所位於羅傑斯公園。她們推擠開的群眾都以標語牌當武器，上面畫著醜陋的血淋淋胎兒、墮胎用的鐵絲衣架也滴著血珠。他們看來疲倦不堪，也許是因太急切地干預他人的生活。大部分拿標語的都是女性，但捧著擴音器大喊的都是男人。男人們都帶著天啟般的眼神略過世界末日，只定睛在基督下凡接他們上天。

「我一想到這些瘋子對女人握有生殺大權，就為她們擔心。」艾莉絲說。

「妳們注意過沒，所有宗教都有一樣的時間軸？」她們迂迴在人群中尋覓同伴時，卡門說：「首先人們感覺到信奉某種事物的需要，不管那是太陽或一根超大玉米。這是第一步。然後大家說，好，現在我們有超大玉米可以崇拜，那麼來想想，該怎麼用大玉米來壓迫女性？」

自從她的婚姻瓦解後，卡門對宗教的批評就變本加厲。原本她以為和麥特共享關於社會契約的相同興趣，如今變質成兩種完全不同的推動力。

「麥特現在所做的一切都和教堂有關。當傳教士、在芝加哥南區天主教青年團契籃球隊當教練，現在和他合作的都是和孩子相處愉快的年輕神父。有魅力的神父一向讓我反胃，我老覺得他們應該穿著黑長袍，而不是美式足球衫，還有我們本來應該叫他們某某神父，但相的反，就因為我們屬於同個團契，所以可以直呼他們喬或鮑伯。」

艾莉絲並不覺得麥特是個混蛋，不完全是啦，但他畢竟和茱德來自同一個迂腐保守的家庭。爸爸有自己的事業，負責養家糊口；瑪莉亞待在家中照顧孩子，再多生幾個孩子，現在又有了幾個孫子。卡門給她看過瑪莉亞影印的食譜檔案，她特別用花稍的資料夾收好，再分發給每一個兒媳（當然沒有給艾莉絲）。瑪莉亞喜歡以時髦面貌見人，所以資料夾封面是女超人圖案，裏頭還有許多篇傻里傻氣的食譜：「洗衣機魚」和「引擎肉丸」。不過輕鬆愉快的食譜只是假象，弦外之音是她對家務的崇高敬意。

卡門常因種種苛責和規矩而痛苦不安。和丈夫共用一張信用卡——卻是麥特的名字，卡門用卡買任何東西前都得先打給他，連買件毛衣都得打電話。他也不喜歡卡門夜裏獨自外出，有時反應激烈到讓她為之畏怯。先前，他表明自己不喜歡吃剩菜，他每晚都要吃親手做的新鮮晚餐。因此她說，若是這樣，那他有時也該下廚做飯。到最後，整件事就像一場艱苦的戰役。現在，以艾莉絲的眼光看來，卡門又回到平地，從此以後，她可以盡情地做自己，不用再穿不合身的戲服玩角色扮演。但艾莉絲也深知姊姊認為他們的分手，至少有一部分是因麥特想要逃離那次意外，把污點從他的永久紀錄中完全抹滅。也許真是那麼回事。反正不管他基於何種原因終止婚姻，珍和艾莉絲都認為他的離開是卡門之福，儘管卡門一時間還看不出來。

她們今天幫助的孕婦二十來歲，看起來非常緊張。抗議群眾不斷找她麻煩，或懇求她留下腹中胎兒的性命，有時他們會把病人嚇跑。他們很清楚施壓技巧。

「我們一起來吧！」「全國流產權行動聯盟」本地分部派來的藍諾．查爾斯催促志願者圍成圓圈把孕婦包在中間。艾莉絲看得出珍越來越煩躁，她之所以出現在示威活動中，一部分出於社會關懷，一部分則是要宣洩壓抑過頭的精力。她本質上是個有良知的流氓，要是哪天缺乏目標理想，她就會去搶銀行。

「我現在最想看到警察現身。」珍四處張望制服身影：「這群暴徒有點太熱情了。」反墮胎派的婦女如同以往，投以冷漠眼神、像農婦般穿著淺色花紋洋裝。她們反覆吟誦著「寶寶殺手，寶寶殺手」，以及「上帝喜愛一切小孩」。

「但祂也許沒那麼喜歡妳們喔。」珍夾緊孕婦的手臂：「昨天晚上，耶穌到我夢裏說：『我還真不想永生永世跟這些白痴為伍。』」

藍諾擋在開始騷動的群眾面前：「女士們，我們開始移動吧。」

今早有十個志工，以一組團隊來說數量正好，他們拉緊彼此的手臂排成圓形，圍住嚇壞的孕婦，緩慢地左右搖擺朝診所大門移動。此類行動大夥兒做過不下十幾次，早已熟能生巧。珍領頭帶著大家接近診所前門。

艾莉絲對卡門說：「其實——」

煙霧彈從右邊而來，嗖嗖飛過，擦過卡門的右耳，瞬間爆發劇烈聲響，變成一團水霧般的橘紅煙霧。卡門一掌打在頭側，先是彎下腰，接著跪倒在地。她發出的聲音不像人類的驚叫，完全像隻受傷的野獸，而且尖叫聲久久不歇。艾莉絲蹲在她身旁，把卡門的手硬拉開，看見她的耳朵已經發黑、有一部分已經不見，剩下的殘部像冒著煙的培根，同時湧出大量鮮血。

「喔，天啊，我的天啊，快起來。」艾莉絲攙扶起卡門，一面推開人群向外走。她一反正常邏輯，以最快速度將卡門帶離診所，奔向視線內的第一輛警車。她奔跑時，卡門一手搭在她肩上，她手裏握著卡門被削去大半的耳朵。當時她腦中流轉過千百個思緒，擔心姊姊的狀況是一定的，但也同時被嚇傻了，因為姊姊竟也有不堪一擊的一面。

淚滴

奧莉薇亞站著，讓尼克把她的手臂繞過他的肩頭。他們今早走了一段毫無挑戰性的登山小徑後，她就把腳趾弄傷了。他扶著她坐在「淚滴」露營車的側門邊。

「我知道現在上床睡覺有點早，但戶外活動把我累慘了。」她接過他遞來不加牛奶和糖的牛仔咖啡，這是她的睡前飲品。咖啡因對她起不了作用。學會在獄中一夜好眠後，再也沒有東西可以讓她失眠。她朝他的肋骨下方捏了一下。奧莉薇亞以行動來表達情感：捏手臂、用指關節揉對方的頭皮，或在浴室用溼毛巾輕抽對方。彷彿他們是隊友，而不是丈夫和妻子。

「我在外面再待一下吧。」他從她身邊撐起身子，爬上露營車頂：「跟史努比一樣。」他好喜歡這樣：躺在車頂，從他年代久遠的尼康望遠鏡看出去，調焦輪的邊緣已因大拇指的數百萬次碰觸而磨損。這麼一來，他可以回到第一次注意到星星時，用偷懶的方式觀星。當時他還不曾用牛頓望遠鏡仔細觀測，不會讀星星的無線電波；當時他也不理解星星的化學成分、它們外圍氣體的重量和年歲，以及它們燃燒自己的速率。當時，它們還只是讓人眼花撩亂的謎團。

他對待天空，就像閱讀一本書頁都已磨破的愛書。他從夏季的北邊天空找出各個星座：天蠍座、武仙座及裏頭閃亮的織女星、和較難發現的北冕座。還有老愛出風頭的大角星，連心都在燃燒。雖然他心裏很清楚，他看到的是仍在攪動、燃燒、爆炸和誕生的群星，同時在冰冷的死亡中隕落，但他的心仍能藉著童子軍般的隨興觀星得到平靜，至少在表面上，萬物皆在原地不變。

他早期的天體觀察已逐步縮小範圍，後來的特長落在天文學園地。雖然他能建構一則像樣的方程式，或制定一顆恆星的光譜中多普勒效應的轉移以計算它的質量之類的事，但他真正的才能卻是做個天文學家而不是物理學家。他可以從觀看望遠鏡、解讀無線電波中發覺別人忽略的細節，尤其是隱藏在星體陰影下的東西。如此天賦讓他得以接收難倒一個又一個研究者的許多資料，因此其中某人乾脆放手把難題拋給尼克。即使課堂出席率坑坑疤疤、加上校內社交場合又發生過幾次不幸意外，如此天賦讓他仍在科學研究院佔有一席之地。他永遠不會得到終身職，他的舉止肯定會不時脫軌。他已拿到博士學位，但他的推薦信總是溢滿模糊的讚譽，字裏行間隱約暗示他的不可信賴與無法預測的行為。甚至，他不管到哪都無法得到重要的工作。他們讓他在芝加哥大學兼職，也許之後能給他們帶來一點好處。目前為止，他們先讓他每學期教授一堂基礎天文學，並留心注意學生給他的評價。

沒有人要他。他實在很會惹麻煩。但很多人想要他的學術發現，所以他至今仍能留在這個圈子。最近他得到一系列補助，前往位於波多黎各那有個大盤子般電波望遠鏡的阿雷西博天文台。目前他能從無線電波中找到需要的數據，但光學天文學依然佔據主導地位，一副即將有重大發現的架式。這是屬於它的時刻。美國太空總署已著手開發一座名叫哈伯的大型太空望遠鏡。維修是必須的，照相機也需要更換，以克服主反射鏡的球面像差。一旦任務達成，望遠鏡便會流連在外太空、咔噠幾聲拍下不會因地球大氣層而模糊不清的相片，宇宙論可能因此而有重大突破。現在正是四處探尋的好時機，但（對尼克來說）也有點毛骨悚然。感覺就像率先把腳趾伸入深不見底的不知名湖水中，而水的顏色還是紫色或桃紅色。

現在他不再有毒癮戒斷焦慮，現在他只能依靠木工和奧莉薇亞充當讓他鎮靜的力量。他是個已婚男子，負責兩份薪水中的一半。他一週有四天在工地，一天教書。她在社區的美容院剪頭髮，有滿多固定顧客，薪水也不錯。他們在靠近湖邊的愛迪遜街買了間公寓。他的雪佛蘭才開了兩年。他離成為體面人士已相當接近，這尤其要感謝奧莉薇亞。

即使那場事件已是幾年前的往事，尼克依然思索著該如何應對哈瑞斯在生日派對上的古怪行徑。那晚，尼克之後又回到父母住處，但他只是坐在車裏沒有進門。幾天後，他買了把槍。他沒有事先計畫，腦中甚至沒想到自己用槍的畫面。有天奧莉薇亞在他的內衣褲抽屜後面發現這把槍，她說：「買這個是為了你老爸？欸，拜託你，他算哪根蔥？他和你的連結只有他提供的精子而已。」

他當時很慶幸自己順利脫身。當然，現在已經過了很長一段時間。他越花時間思考如何應對哈瑞斯，思緒就越複雜，他不得不更進一步琢磨心中的草稿。他還以為從這趟旅行返家後就會準備好。是要完全準備好，而不只是快準備好。

他知道奧莉薇亞認為他很軟弱，但她似乎不在意。

「如果我要個硬漢，那嫁給芙瑞狄就好啦。別以為不可能。」

他翻身跳下車頂，爬進「淚滴」。這輛拖車內的小臥房有張雙人床墊，但略顯擁擠，靠牆的一邊稍微往上捲起。他非常喜歡這輛車。他從一個俄亥俄州來的人手上買下，接著花了快一年整理修復。他把車身噴上知更鳥蛋般的藍色亮光噴漆，總共噴了七層。車內到處貼滿白色嵌板。他和奧莉薇亞讓雪佛蘭拖著「淚滴」，整個週末連假都在中西部四處跑，去看貓咪秀，沿路露營。他們是自娛自樂的移動馬戲團。

在車內，奧莉薇亞睡得很熟，還在打呼。她有鼻中隔彎曲的症狀，讓她不時考慮接受治療。但她一向不莽撞行事，每幾個月就會和新的專科醫生見面，取得第十或十一個不同意見。尼克扭著屁股把牛仔褲脫掉，身體滑進一團舊床罩和軍毯下，床單因頻繁使用和點點塵垢而變得柔軟。他們倆都對家務事沒太大興趣。他用屁股頂著她，抓起枕頭蓋住腦袋堵絕外在的聲音。和奧莉薇亞同床共枕，以某種方式觸摸她，無論用什麼方式，尤其是待在小拖車內的時刻，都能讓他不會橫衝直撞，誤入他特別為自己打造的死胡同。

他醒來時，貓咪們已喵喵叫個不停，在枕頭上走來走去，還踩在他頭上。根據用細線掛在車頂搖晃的小鐘顯示，現在是凌晨五點。有隻貓用後腿立起，揮出貓掌打著時鐘玩。

「我來餵牠們。」奧莉薇亞開口，空氣中頓時瀰漫一股剛起床的發酸口臭。她把一隻貓從他臉上抓起，推開車門，輕輕把牠放到外面。

當他再次清醒時已經六點半。奧莉薇亞和貓咪都不見蹤影。他跨出車門，周圍的松樹讓空氣中滿是露珠蒸發的氣息。

「好早喔，這麼早能做什麼？」他對奧莉薇亞說。她雙腿交疊坐在一張網編躺椅上吃著糖霜麥片。貓咪們從窩裏往外窺探，雖然門未關上，但面對野外世界時，牠們就全變成膽小鬼。

「我知道啊。」她回：「戶外生活就是這樣，總是比你希望的稍微早一點開始。」他們倆是露營生活新手。這一切對他們還很新鮮，還在試著實踐與感覺每個過程，經常因為小瓦斯爐燒焦了晚餐而乾脆放棄，最終開車出營地尋找高速公路附近的麥當勞。他們違規入住汽車旅館的次數也比對旁人承認得多。

「妳的傷還好吧？」他指的是她的腳趾，目前看起來還是像枚發紅的燈泡，只是消腫了點。

「比昨天好多了。而且我們今天只需要開車，所以沒事。」

貓咪們試探地從木板箱內跑出來繞著他的腳踝打轉。牠們發出的咕嚕聲像是裝了馬達。牠們聞起來有蝦味，因為奧莉薇亞一直餵牠們某種特殊貓食。牠們不是一般貓咪，不像平常的家貓。牠們是喜瑪拉雅貓，白毛配上起皺的臉，血統證明書上寫著冗長華麗的名字。平日在家裏，奧莉薇亞都喊牠們「蛋花」和「炒麵」。尼克很討厭裝模作樣的高貴品種和裝可愛過頭的暱稱，他對貓咪無論如何都不太有興趣。

但奧莉薇亞愛死牠們。每次其中一隻贏了獎，她才會難得表現出一點點快樂。她在家裏也過度寵愛牠們，覺得牠們的一舉一動充滿無止盡的驚喜。牠們追著一雙綁起的褲襪衝過地板耶！牠們坐在箱子裏耶！她自行捏造錯綜複雜的性格強加在眼中的貓咪身上，但從尼克的角度，牠們很明顯成天只會吃、睡、揮打亮晶晶的球，而且對於生命中有尼克和奧莉薇亞的存在幾乎毫不關心。然而貓咪卻是通往奧莉薇亞的入場券。為了讓她永遠留下，他連水牛都肯養。他總有感覺她已一腳踏出門外，雖然他每次提起這事，她都擺出非常驚訝的神色，彷彿她腦中從未出現這念頭。

「你只管當個好孩子，我就不會走。」

基於起得早的優勢，他們一整天精神奕奕地開車，從密蘇里州南下開往阿肯色州。一路上聽的都是鄉村音樂電台，車內因為塞滿小提琴和踏板電吉他的伴奏而膨脹。奧莉薇亞轉動旋鈕，試圖找找喬治・瓊斯（George Jones）的歌，他們倆都是他的頭號歌迷，曾經穿著同款牛仔襯衫參加他的演唱會。是很俗氣，但又怎樣？他們因為愛美蘿・哈里斯（Emmylou Harris）和蘭迪・崔維斯（Randy Travis）才開始喜歡鄉村樂，但現在他們又回頭聽巴克・歐文斯（Buck Owens）和漢克・威廉斯（Hank Williams）及史丹利兄弟（Stanley Brothers）和「左撇子」費里澤爾（Lefty Frizzell）。

中途短暫停車加油、買可樂時，他們小心翼翼不打擾到貓咪，牠們剛服用煩寧，在後座的木箱裏乖乖待著。

整個下午，她的頭斜靠著打開的車窗，拇趾發腫的那隻腳蹺在儀表板上，一面讀著一本羅曼史小說。她可以完全投入這種東西，讓尼克覺得十分怪異。她大概是他見過最不浪漫的人。他讀了幾本，試著理解讓她入迷的原因。從他的角度來看，這種書不過是一頁又一頁關於慾望以及偽造的古代故事大鬼扯，接著來段驚天動地的銷魂愛情，最後是場皇家婚禮。

「好看嗎？」他問了一句。

「嗯……」奧莉薇亞深陷在故事中。他看了封面一眼，這本書應該是關於一個男人和一個女人，兩人都有一頭隨風飄逸的長髮。

他們抵達尤里卡溫泉時已近黃昏，這裏有場貓咪秀。

「這地方簡直是用汽車旅館組成的。」尼克說，他們到處亂轉，嚴重迷路：「而且每間旅館的牌子上都說房間有按摩浴缸。他們好像把『溫泉』這東西看得太認真了。」

「我覺得之前走過這條路了。」奧莉薇亞以夢幻的姿態抽著菸，對著打開的窗戶吐煙：「我們是在原地打轉。那條路左轉看看，過了『傻瓜高爾夫』那條。」

但左轉後仍舊是個錯誤，導致他們又花了半小時在路上亂繞，才終於開進早先預約過的藍傑旅舍。到了這時，鎮定劑藥效已逐漸消退，貓咪們在木箱內踱步哀叫。

「怯場了。」這是奧莉薇亞對貓咪焦躁不安的診斷：「牠們要面對觀眾前總是特別激動。」

他們的房間，217號房在二樓，搞得他們必須拖著行李、貓咪籠和貓咪的梳理用具走上長長的樓梯。房裏的一切：地毯、床單、牆壁都是藍色。床頭櫃擺著一個投幣筒，投入硬幣，床墊就會啟動魔法手指般的按摩服務。床的正對面有個家庭號冰箱靠著牆，佔了房內好一部分空間。尼克暗想，不知道過大的冰箱算不算這房間的特色之一。房間很小，但浴室很寬敞：都是為了容納一座全藍塑膠模巨型按摩浴缸。

「按摩浴缸耶。」尼克把頭探進去，一隻手往後伸，滑入奧莉薇亞雙腿之間。他想逗逗她。

「等等。」她向後退，打開木箱把一隻貓抓出來：「我們得先把女孩們清乾淨，牠們把午餐吐在籠子裏了。喔，不妙，可憐的寶貝。」她拉出長長的塑膠手套，把其中一雙遞給尼克。尼克不禁注意到貓咪的毛因嘔吐物而發硬結塊。

接下來半小時如同暴風雪，滿是飛來的肥皂泡和噴霧、赤裸裸的貓爪、貓咪烘毛機發出的高亢轟轟聲，還有到了最後，護毛噴霧的水氣飄散在空中。

他們完工後，奧莉薇亞跌入房內唯一的椅子：「貓咪總覺得自己可以打理好梳理工作，舔、舔、舔就行了。但牠們忽略了大局，例如呢，明天早上前牠們一定得準備充足。」

他們在按摩浴缸裏做愛。

「這真是少不了啊。」尼克說。奧莉薇亞坐在他的膝頭，搖動身體感受他的堅硬，而他摟著她，從後方啃咬她的肩膀。這是她最喜歡的姿勢，而不只是為了在水中才作的調整，而他暗自希望這不是因為她不想讓他看見自己和他做愛時的表情。他腦中最悲慘的版本是，她呆滯地瞪著前方，注視著他看不見的東西。根本上來說，奧莉薇亞深不可測。

她從來不願在快樂的回憶中流連，一結束便快速跳出浴缸。她擦乾身子，套上花俏的運動衣，在床頭的電話旁找好位置，展開激動又興奮的社交生活，基本上這也是這些週末貓咪秀的一部分。尼克獨自泡在水中，他將下背部靠在其中一個水流出口。十年來的木工活讓他的頸部肌腱十分緊繃，肩旋轉肌群受傷是很棘手的。他本來可以用幾片止痛劑撫平不適，但這種藥嘛，當然了，並不被他目前參與的課程允許。說來諷刺，因為長久以來消遺式的用藥習慣，他對於普通的疼痛並不熟悉，現在他體驗到一種新鮮、清爽的痛感——而且對此完全無能為力。然而，就跟奧莉薇亞會說的一樣：是很難啊。這也是他眼中的自己：在事件發生的水平線上保持平衡，試著不被黑洞吸入，試著抓緊眼前的明燈。

他踏出浴室，她說：「你還是把內褲穿上吧。」她把話筒抵著耳朵，等著對方那頭接聽。貓咪開始大肆撒野，每一次梳理後總是如此，牠們在家具上跳上跳下，玩著追逐對方但一點重點都沒有的遊戲。「你知道，」她用手遮起話筒：「如果你想確保你那小花生米的安全的話。」

尼克倒不至於傻到認為他和奧莉薇亞之間是愛情。他們擁有的比愛情更認真。他仍能嗅到她身上監獄的痕跡。她得在內心鑄造一層堅硬的殼才能挨過在獄中的每一天、所有細小的侮辱羞愧，導致她後來的性格成分稍微剛硬了些。這樣的她滿性感的。他聽她描述過牢裏真正強硬的女人、複雜的階級制度和無止盡的規矩。物品可以換取幫助，幫助可以換取保護。經過某幾間牢房前必須先得到允許。替地位較高的女囚洗衣服、清馬桶。他知道奧莉薇亞曾躲在某個有權力的殘暴人物羽翼底下：「你只要記得，不管我在裏面做了什麼，那都是為了自我保護。」

她對他一向嚴加管理。這是唯一的可行之道，他能理解。她回到他身邊的條件就是一切都得聽她的。他們會低調地結婚，不會也不生孩子，奧莉薇亞相信他們已因過去的罪孽而喪失擁有孩子的特權。如果尼克還想在天文學圈打混，沒關係，但她必須看到定期寄來的薪水支票，也就是說他要穩定維持工地的工作。他們不嗑藥也不喝酒，如果他重蹈覆轍，她立刻閃人。他既安心又恐懼，深知她站在他和過往之間，同時在他和她能力以外的世界之間，在那裏，糟糕透頂的事隨時都會發生。他真的不知道她為什麼還跟他在一起。

他們在城外一間同時兼作屠宰場的餐館吃飯，紅色霓虹燈閃爍著「牛排屋」，周圍都是宰殺動物的木棚。

「我們到了。」他們把車開入停車位時，尼克說：「美國人民邪惡心臟的主動脈。」他們在這都是因為奧莉薇亞的兩個朋友——藍迪和吉亞——的大力推薦，他倆也是貓咪團的一份子，之前來過這裏，認為這裏充滿地方色彩。尼克和奧莉薇亞現身時，吉亞和藍迪已經喝開了：他們臉頰通紅、略有醉意，激動地從桌子邊對兩人揮手。身為不再碰酒精的人，尼克發現應付醉鬼相當累人。

藍迪幫全桌人都點了紐約客牛排。他表示，這頓飯算他帳上。

「至少我能保證這裏的肉絕對新鮮。」他說。

藍迪和吉亞是從密西根州的休倫港來的。吉亞的職業是健身專員，也就是說她是在健身房教腹肌鍛鍊和強心脫衣舞。她的妝很濃，但化妝技巧高明。她的胸部不特別大，但她一定穿了某種特殊胸罩讓中等尺寸的胸部高高聳起。藍迪有副寬厚的肩膀，植過髮的傷口還在復原，簡單來說，他是已見老態的典型兄弟會男孩，職業是銷售高檔快艇。他們的女兒正處於青春期，任何觸及她的話題都是禁忌。她做了某件非常糟糕的事，大家都不能提起她。這祕密是目前這對夫妻最有意思的部分。

藍迪談到他的工作，他愛得不得了。他說他能把船賣給任何人，就算從未動過駕船念頭也一樣。

「我可以讓顧客從口袋掏出好多錢，有時我都想為他們流淚，為這國家滿是這些白痴而流淚。我真想一路哭到銀行啊。」他一掌打在桌面，但太過用力而使水杯哐啷搖晃。他們坐在卡座裏，但藍迪坐在奧莉薇亞旁邊，而尼克身邊是吉亞。這是藍迪的提議，為了「讓氣氛融洽點」。

藍迪和吉亞雖然只有一隻名叫「艾爾公爵」的貓，卻曾是冠軍貓。那又怎樣？尼克心想。他們有隻優秀的貓咪，但他們不也有那個女兒嗎？尼克認為那女孩可能是新納粹黨成員，又或許是提供特別服務的應召女郎。

「公爵一直保有連勝紀錄，公爵不管做什麼都不會出錯。」藍迪滔滔不絕，尼克讓自己短暫放空。尼克已經把九條命都拿來聆聽貓咪競賽，實在受夠了。他才回過神就注意到藍迪的手臂已悄悄摟上奧莉薇亞的肩膀，此時吉亞正繪聲繪影描述某個搞笑的貓咪事件，他們三人笑得不可開交，笑到藍迪非得偷偷捏捏奧莉薇亞的肩膀不可。但他們接著開始聊貓咪洗髮精，那隻手卻還在原地流連不去。就當他注意到時，尼克的大腿內側突然感到輕微壓力，剛好滑過他的私處。他把眼光轉向吉亞，但她沒有轉頭，依舊自顧自地談論洗髮精，話題還延伸到她找到的一種潤絲精，可以在秀場燈光下讓貓毛閃閃發亮。

「那只能郵購。」她邊說邊繼續撫摸尼克的睪丸。

「每次比賽前，我的腎上腺素不知怎麼搞的，都會讓我精力超級充沛。」藍迪說。尼克可以看見他熱狗般的肥手指圈住奧莉薇亞的肩膀。尼克的眼光越過桌面看向她，擺出他希望夠明顯的暗示表情。她回望的樣子彷彿老電影中的角色，被一捆長長的導火線綁在山洞裏，嘶嘶燃燒的導線連在旁邊的火藥桶上。

「我得小解一下。」尼克起身滑出卡座，彷彿吉亞的手指不是忙著在他大腿間幹活。

「我們的膀胱是不是同步了啊。」奧莉薇亞也掙脫藍迪的手臂。

他們都不敢正視對方，直到走上通向廁所的長廊，廁所門上標示著「公牛」和「母牛」。接著他們才不可抑止地爆笑出聲，笑到必須靠著牆壁。

「我們該怎麼辦？我可不想讓他們難堪。從現在開始到結束，他們會參加每一場競賽。他們可能對每個參賽者都試過這套把戲。天啊，我腦中都有畫面了，我做到狂喜尖叫，激動地把藍迪的植髮都扯下來。」

「乾脆說我們都有可怕的性病，而且是無法根治那種。」

「他們才不會相信。」她說：「就說我們找到了耶穌，現在我們信奉某個偏激教派，像是耶和華見證人或摩門教。我可以編出不錯的說詞，就是我在牢裏那套。」

結果他倆竟漫天花言巧語，十足是大撒謊家。他們說起在他們的旅館裏有些宗教文件，也許藍迪和吉亞可以和他們一起回房禱告。尼克本來擔心對方不信，但無論可信度如何，大夥兒的話題很快就被淨化，開始談起雷根和布希總統，藍迪認為他們兩人的權力交接就像傳遞接力賽棒。他還認為美國應該直接選個共和黨當國王，把國會裏的其他騙子都趕走。聽藍迪說話讓尼克氣得咬牙切齒。

回到旅館，尼克投了個硬幣讓床鋪震動，接著和奧莉薇亞雙雙倒在上面大笑。奧莉薇亞一向不太大笑，所以尼克讓她再把故事回憶一遍，搞得他倆在震動中不斷狂笑。「我想出去呼吸點新鮮空氣，」冷靜下來後，他說：「妳要不要一起走走？」他心知她會拒絕。

藍傑旅館位於一座小山丘頂。他一路下山，經過其他幾間旅館：春流、泡泡河旅舍、「什麼都有」旅舍。到了山腳，還得再走十多分鐘，路過一間高級餐廳、兩間平價餐館，看到便利超商後轉個彎，然後就看到了：在荒蕪一人的空地裏有停止營業的米達斯修車廠。有三輛車在等待，亮著停車指示燈，收音機傳來的旋律飄蕩在濃濃夏夜的空氣中，陰暗的車裏只能辨識出菸頭一閃一閃的火光。尼克從口袋掏出一包萬寶路，彷彿要表達親密般也點起菸。這些陌生人都是他的夥伴。

大部分人認為嗑藥只是浪費生命、搗毀生活，但他們不理解其中的快樂。他們都覺得你一旦戒毒幾個月或幾年後就能把它忘了，拋之腦後、永遠擺脫，但往往不是這麼回事。藥物擁有質量和密度，濃郁、美味，填滿體內的每個縫隙。藥物給了你全然的舒適和幸福，相反的，沒了藥物只會讓你空虛無力。

清醒時，他必須保持忙碌、有目標、不間斷地移動。一旦停下，他便立刻聽見內心的沙塵暴呼嘯而過，讓他嚇得要命。

他一根菸還沒抽完一半，藥頭就過來了，開著林肯汽車，啪地關上車燈，準備做生意。尼克等到藥頭和一個開著凌志汽車的女人進行交易，才轉過身走回山丘。他自己不買，只是喜歡知道無論在哪裏，自己仍能找到交易地點。找到地點並不難，每個地方基本上都相同。就像身在廚房，通常第一次就能找到放銀餐具的抽屜和垃圾桶。你只需要對周圍的環境稍加留意就行。

遊戲節目

華特和葛蕾絲目前已是一團不停滾動的球，在空地上揚起陣陣塵土。芝加哥的老一輩會稱這裏為大草原。葛蕾絲比華特的體積大上兩倍，有顆熊一般的頭和一對小耳朵。牠們是好朋友，都十分熱愛拳擊：雙掌搭住對方的脖子，又是呼嚕又是咆哮，跟電視裏的摔角手一樣噱頭很多。把對手壓倒、一屁股坐上去、雙雙打滾、鼻子頂著對方的私處，然後終於累得癱在地上，肩並肩，偶爾把頭湊過去舔對方的嘴。

蓋比是牠們最忠實的觀眾，他會跳上跳下，身體興奮晃動。不久狗兒累了，體內一滴滴的拳擊精力都不剩。

「我覺得牠們玩夠了。」卡門對葛蕾絲的主人說，他是個名叫傑克的年輕人，會把狗帶來這裏參加拳擊賽。他們都同意狗兒需要這種活動，好好打幾個滾；這可是狗主人無法親身給予的。

她和蓋比匆匆忙忙帶著華特回家。為了讓日子過得更順利，他們正試著改進一種新的生活方式：前一天晚上就把隔天的午餐準備好、蓋比的課本先收進書包、讓蓋比穿著學校制服上床睡覺。他沒有抗議。而且他看來只是稍顯凌亂，沒有邋遢到會讓人出言批評。回家的路上，卡門一看錶，才發現時間已緊迫逼人，她抓起小狗的繩子和蓋比的手開始小跑步。不只是這一刻，而是從全世界、全宇宙來看，她面對日常生活已毫無優勢。她絲毫沒有察覺幾星期、幾個月的時間流竄而過、或是被丟到一邊，因為她忙著應對生活中的遊戲節目。她從石柱上跳到欄杆上、再跳向下一根石柱：按搶答鈴，手指忙著壓發亮的按鈕和呼叫鈕，耳朵還不確定聽到什麼問題就胡亂拼湊答案，該跳的時候卻用走的，該唱歌時卻開口說話。這個遊戲節目就叫「單親家庭」。除此之外，還有修復耳朵的手術佔去的時間，上週已是第三次。她永遠不知是誰傷了她，不知是刻意還是意外。當時警察封鎖現場、進行盤問，但反墮胎派群眾一致拒絕合作，也沒有旁觀者注意到火燄從何處飛來。反正對她不重要。她不覺得自己算是瘋子手下的受害者。要說起來，整場瘋狂的抗議活動，以及很不幸的，普遍大眾潛意識中相信女人是男人的財產，才真正加害於她。

到了明天，她的抽屜只會剩下一件乾淨內褲，而且質料還很差。有一次擦一雙黑鞋時，她誤把自己的內褲當抹布來用。她真的很需要全新內衣褲，她也在腦中暗自筆記，但事實上她無法想像自己近期內會有時間跑一趟費爾斯百貨。住家附近唯一販賣內衣褲的商店在百老匯街，而且是家情趣用品店。那裏賣的不外乎配上小拉鍊的皮革內衣，或是前面縫了顆心形的丁字褲。不管還有什麼事，她今晚都得乖乖去洗衣服。

髒衣服還算小問題。真的，整間屋子都脫離她的掌握。破舊的迷你百葉窗佈滿灰塵，每一雙鞋走過廚房時都會被地板絆住，得伴隨撕裂聲才能把腳拔開。浴缸內有圈因長年累月未曾仔細清洗累積的污跡。浴室磁磚邊緣的黴班非常惱人、但又增添了色彩般閃著水光。冰箱裏倒是一點空間都沒有，但不是裝滿食材，而是多得驚人的芥末醬瓶。裏頭還有各式各樣補給食材——覆盆子、黑芝麻和朝鮮薊——有人保證對身體有益，所以卡門就買了，但一直都沒實際用過，最後完全忘了每一種材料所針對的病痛和療法。推開雜物，會發現冰箱底層擺著用錫箔紙包裹的壓扁球塊，以及幾個塑膠餐盒，只是老早過了可放心食用的期限。

在車裏，卡門拿掉蓋比的眼鏡，用自己的襯衫一角替他抹去上頭的油漬。她又遞給他一把梳子：「你能不能把頭上那團老鼠窩整理一下？」他非常討厭洗頭。

「我需要紅色、橘色和黃色的勞作紙。」他說：「我們要做個作業，是關於秋天——」他從書包裏抽出一張四開紙，讀起上面的文字。「秋天的顏色。我加入了這次作業小組。」

「你怎麼可能加入小組？你才九歲耶。你一定要今天買到勞作紙嗎？」

「他們早就告訴我了，是我忘了告訴妳。」

「喔，好吧，讓我想想。」她將車子迴轉，開回往沃格林藥妝店的方向。因為時間就是金錢，她變得常在那裏購物。同樣的，她也去便利超市買雜貨：長滿斑點的香蕉和貴得離譜的萵苣頭。這些小店是她瘋狂遊戲節目中亮起救命燈的按鈕。

蓋比把買來的勞作紙放在膝頭，沉默地坐著，車子又一次開回原路。她把蓋比的一語不發解釋為感到內疚，但車子一停在校門對面，他就拿起背包和畫圖冊活潑地跳下車，繞過車頭來到駕駛座窗前。他把右手伸進窗內跟卡門握手。她正暗想，蓋比真是個可愛的小紳士，就感到一股尖銳的麻痺感迅速從手掌竄向手腕。蓋比笑得喘不過氣，手上的東西都掉在街上。正是這樣的時刻，讓所有事情、一切煩惱都消失無影，卡門只覺得自己是世上最幸運的人。

「你從哪找來這麼邪惡的東西？」她從他手中挖出一個電人握手器。這玩意兒看起來相當專業，像是真有那麼回事，算是惡作劇裝置中的高檔貨：「誰賣這種東西給小孩的啊？」

「艾莉絲買給我的。」他告訴她。

「她人真好。」卡門甩甩被電擊的手：「我得好好謝謝她幫你電我。」但她心裏想的是，自己何德何能可以有這完美的孩子。每天的生活對他倆來說都不容易，但只要他一不在身邊，即便只有一晚，她也不斷思念。去年冬天，思念蓋比是她復原時最可怕的部分。她接受許多次耳部手術期間，他一整個星期都待在艾莉絲家。

蓋比彎腰撿起滿地東西，一輛車突然從角落急速衝出。卡門反射地將手伸出窗外把蓋比往內拉，貼在車門上。一瞬間，她湧起一股慶幸之情，能及時讓蓋比免於傷害，但隨即又感到一抹淡淡的內疚，因為她保護了蓋比，卻沒能救那女孩。

遊戲節目的下一個環節（這關有隧道和陡坡）就是卡門的工作日。她現在擔任家園協會的執行董事。就當她匆匆穿過活動室走向辦公室時，卻被莫琳．麥奎奇揮手攔下，她只得又花十五分鐘和莫琳並肩坐在格子沙發上，聽莫琳滔滔不絕說著收容所不但老鼠數量大增，連體積都變大了。莫琳不是個可愛的客戶。她對收容所不屑一顧，認為食物太難吃、賓果遊戲不夠公平、夏天室溫太高而冬天又太冷。同時，她始終極度不注重個人衛生。若是和她靠得夠近，通常會讓對方感到一絲暈眩。實際問題來自於她的嘴，裏頭的牙齒都蛀得差不多了，而剩下的牙皆籠罩在黑黑黃黃的陰影中。當然，難聞的除了她的口氣，還有濃烈的體味。有時卡門不禁暗想：管它什麼食物、收容所、職業訓練和心理諮詢，先把大家的牙齒治一治吧。

「我昨晚看到的老鼠有一隻貓那麼大。」為了發出「老鼠」和「昨」的音，莫琳的齒縫漏氣連連，還把一點口水噴到卡門膝上。「一隻貓耶。」她重複強調：「而且牠嘴裏還叼著一塊香腸三明治。」

卡門無法完全確定這是不是莫琳妄想症發作。

「我會查清楚。」她說：「我們會把牠們趕出去，我保證。」

「不然的話，」莫琳以黑道大哥的語氣低聲說：「我可能就不繼續待下去了。」

一九七〇年代，精神病院的紛紛關閉，讓大街上，至少在芝加哥，頓時擠滿許多精神相當不正常的人。收容所內大部分客戶都是女性，她們不是無家可歸，而是缺乏避難所。收容她們之後的工作便是找出她們應該接受的藥物治療，並確保她們按時用藥。這可不是件簡單的事。一旦因為按時用藥而習慣了康復的感覺，精神患者便經常把這當作明顯的徵兆——通常還是上帝的指示——也就是她們不再需要用藥。和這樣的病患講理很困難，所以，當然了，既然老鼠早在這間機構裏大肆出沒，要說服一名患有老鼠恐懼症的病人更是難上加難。卡門幾乎剛在辦公室坐下，一隻老鼠就從桌下鑽出、跑過油氈地板，瘋狂地在牆壁裂縫中穿梭。她對於老鼠完全束手無策。所有解決之道都很可怕。她可以毒殺、用鐵條斬斷牠們的頭、讓牠們被膠水黏住直到餓死，或是更殘忍的，讓牠們為了逃離膠水而咬斷自己的一隻腳。這些方法全都無法讓她的良心點頭答應。

即使如此，她還是無法放任牠們自由奔跑。這群鼠輩似乎把大半空閒時間都花在大啖食物和交配上，所以兩星期前只有幾隻老鼠，但現在似乎已從幾隻變成許多群。以前她只在食物櫃和廚房後面看見牠們飛奔而過，如今牠們已移居到她的辦公室，即使這裏根本沒有食物。也就是說，牠們懂得在兩地間來回以蒐集食物。牠們是會通勤的老鼠。

「有什麼東西可以把老鼠趕跑，但又不會傷害牠們？」她問大樓的清潔工友史拉維克。他從濃密的睫毛下回望她。這男人曾經從嚴寒的冬季倖存下來，身處克拉科夫一間冰冷的公寓，只能拚命往衣服裏塞報紙取暖。他曾接受未做局部麻醉的根管治療，只能抓緊牙醫的椅子把手忍痛。他逃向自由的旅途中，第一回合就是在車子的後車廂度過。他的道德觀不容他對幾隻老鼠的痛苦產生同理心。

活動室內傳來一聲接一聲的尖叫和驚呼，打斷了他們對話之間的沉默。在她腦中，卡門能看見穿著運動長褲的女士全都跳上了椅子。

「我想，隨你怎麼做吧。」卡門告訴他：「只要別讓我知道你怎麼做的就行。」

「有時間嗎？」安．威爾奇把頭探進門裏。

安是卡門的助理，一整個早上都在幫助一個年輕母親和她的小男孩。這個女人是從諮詢中心轉過來的，她名叫娜迪．穆尼，目前正在躲避她的另一半。

幾天前，娜迪來到收容所，情緒激動得無法和人交談，卡門給她一顆煩寧，來源是蘿芮塔不時開給她可無限拿藥的醫師處方。她認為煩寧不能潔淨身心，只是鎮定劑，但她也察覺一旦服用，至少能立即讓狀態失常的人神智稍微恢復穩定，好讓旁人能提供幫助。

安為她和她兒子在重返社會訓練所找到一個房間，家園協會太小且資金不足，無法提供過夜服務。她和小男孩分別報名了鄰近的小學和工作面試，娜迪面試的工作是喜來登路上威爾遜百貨內的一家麥當勞。娜迪相當緊張，她唯一的工作經驗就是採收番茄和莓果。

她是從密西西比州一個偏僻到沒有麥當勞的城鎮搭夜班長途巴士來的。她說她來芝加哥打算投靠姊姊，卻發現姊姊根本不住在這個城市。很多女人帶著這樣的故事前來，都描述過相似的窘狀。

「我需要妳給她打打氣，她緊張得不得了。妳又一向很會鼓勵人。」

卡門走向安的辦公室，一路上試圖強化自己激勵人心的氣息。像娜迪這樣的女人，幾乎逃不出所嫁惡魔的掌心，總是把獨立生活看成生命中最可怕的時光。她們從來看不見，最可怕的時光其實是她們剛經歷的過去，通常是跟丈夫在一起，但有時，比如這個案例，就是被女性伴侶打得半死，所有的錢還被拿去買醉。

卡門一進門見到娜迪就發現，她被打得如此之重、如此頻繁，一邊臉頰明顯不只是瘀青，還變得軟趴趴的。有些是新傷口，但卡門也看見在近期創傷下的意義，這女人已經被虐待很長一段時間。

卡門坐在她身邊，順手拉來幾台玩具卡車給小男孩，他的神色既害羞又陰沉。卡門對她細說接下來的步驟，以工作分析的方式引導她：先做第一步、再做第一步半。第二步還可以等一段時間。娜迪感激至極的態度讓卡門甚至不好意思正視她。雖然如此，女人一離開，卡門就靠在安的辦公室門邊說：「她撐不了的。最多兩天她就會搭巴士回去找她的大媽媽。」

這就是卡門的工作中令人洩氣的部分。她試著讓大腦不去細想，試著幻想這女人在六個月後有份正當工作，臉傷也好了大半，孩子不再每晚都受到精神傷害。有時還是會有這種可能。

她到學校時，雖然已經遲了一點，蓋比卻沒等在校門口。她循跡到美術室找他，蓋比正聚精會神地作畫，畫中是個細節完整的房間，她猜想那是他在麥特和寶拉家的臥房。從奈及利亞回來後，他倆搬進拜倫街上一棟佔地寬廣的破屋。因為房子年久失修，所以價格便宜。而屋裏要整修的都不是像破窗或品味低俗的牆板這類簡單的東西。這棟房子樓上的浴室地板幾乎已完全爛光，還有一窩老鼠住在車庫裏一輛廢棄汽車的引擎內。先前擁有這棟房屋的老先生在樓上的臥室斷了氣，隔了好一陣子才被人發現，因此整個房子都充滿病菌和死亡的臭味。卡門從蓋比口中得到這些細節，他有時也相當八卦。這棟房子唯獨缺少一具藏在天花板上的屍體，但即使真的有，麥特和寶拉還是會買下房子，他倆迫切需要空間來容納領養的孤兒。那是一對奈及利亞姊妹，同為七歲的雙胞胎：恰露琦和恰譚娜，都很可愛，但有玩火的傾向。而且就在幾個月前，他們又收養了一個名叫弗拉德的面容憂鬱、罹患腹絞痛的羅馬尼亞嬰兒，結果大家都覺得這名字太像吸血鬼，所以他們改叫他麥克。蓋比對於這些突然冒出的兄弟姊妹似乎完全不介意。

美術室的氣氛很寧靜，唯一的聲響來自一台音量很低的收音機。

「嗨。」她來到畫架邊，停在蓋比身後。他轉身露出微笑，稍稍扭動雙手，唱道：「呀吧答吧答吧答吧答吧答吧答吧，猴子對猩猩說。」這是他開始牙牙學語時卡門教他的一首歌。他經常讓她驚訝不已，原來他記得這麼多事。

「別怪我。」他的美術老師說：「我叫他回家了。」這名叫萊恩·海德利的老師剛從藝術學院畢業，全身充滿不可思議的活力。就在這時，他正在一張四個桌面寬的長條狀棕色包裝紙上描繪「第一個感恩節」的壁畫。「要貼在布告欄上。」他告訴卡門：「這是初等教育的基石。我想畫出歷史的全貌，我們如何出賣印地安人、搶奪他們的土地、讓他們染上酒癮、再把他們全趕到保留區去，卻又管理不善。」

「像是賭場。」卡門說：「在裏建賭場真是好主意。」

蓋比把筆刷洗乾淨、畫布掛在架子上。雖然萊恩總有一、兩個需要晚走的理由，但卡門猜測他在課後時別多留一小時，是刻意漫不經心的指導蓋比。他認為蓋比天賦極佳，也告訴過卡門：「我只是想親眼看看能挖掘出多少天賦，就算只是剛萌芽也好。」

地盤爭奪戰正在醞釀，艾莉絲還沒見過萊恩就已對他懷有疑心。她擔心萊恩想把蓋比改造成「裝飾畫」畫家。對啦對啦，卡門敷衍他。她暗自認為，才九歲的蓋比，不該無可救藥地被一個又一個藝術派別腐蝕了思想。

「嘿，我可以開車嗎？」穿過停車場的路上，他左右甩著背包。他只是喜歡問問。再七年他就能開車了。

她今晚請了個保姆，同條街上住了兩個都叫珍妮弗的高中生，她找了其中一個。每週四她都和艾莉絲一起參加紐貝瑞街上一個關於普魯斯特的課程。

「我覺得我們不該停在這裏。」卡門說，艾莉絲的車正大搖大擺開進圖書館後的空地，入口清楚標示「員工專用」。但艾莉絲沒聽見她的話，她在福克斯先生的專屬車位上停車。

「快點。」她對卡門說：「我們遲到了。」

課堂上有大約一打學生和一位熱切的老師寇斯特勒先生，他熱愛普魯斯特，也試圖點燃一場深奧微妙的文學對談，關於在時代變化中，作者的書以及巴黎社會的苛評。他也拚命和課上的無聊鬼抗衡（共有三個）他們總覺得書中的每一則事件都和自己的人生有關。彷彿普魯斯特是特別對著他們說話。艾莉絲很想尾隨這三個吹牛大王回家，然後用尖嘴箝把他們的車胎刺破。

「妳知道的，給他們點警告。」

休息時間，班上的幾個男生中有一個走向走廊上的卡門和艾莉絲：「要M&Ms嗎？」他拿出一包袋角已經撕開的巧克力豆。

「誰會說不啊？」卡門說，於是他倒了幾顆在她掌心，也給了艾莉絲幾顆。

「你從哪買的？」艾莉絲問：「這裏有販賣機嗎？」

「我下班路上順便買的。」

「你真是太有遠見了。」

卡門很高興艾莉絲扛起對話的責任，她跟這樣的男生完全無法交談。「這樣的男生」泛指所有可能跟她調情的人。當然，他可能也會，也許根本就是在向艾莉絲調情。卡門在課堂上就注意到他了。他們前面都掛著名牌，他的寫著「羅勃」。他穿著昂貴的毛衣，是純羊毛深V領款式，但底下什麼都沒穿，而且脖子上還掛著一條細金鏈。他的頭髮修剪得清爽整齊，沒有一絲雜亂。他還擦了很有男人味的古龍水。從他在班上的言談看來，他似乎對普魯斯特想表達的感受一無所知。他認為斯萬應該放棄奧黛特，然後離開巴黎，別再抱持浪漫的法國情懷，整理一下思緒吧，也許乾脆搬去紐約。因為他毫無見識的評論，讓卡門認為他只是來班上把妹的，一旦他察覺艾莉絲是錯誤的對象，他就會轉頭找卡門。她很清楚自己報名這個班主要也是為了認識男人，但那個男人不會是羅勃。那個男人應該要像雷夫・范恩斯這型的。

他頸上金鏈的墜飾，等她站近時才看清楚，是個小小的古埃及十字架。藉此，她已能想像他公寓的全貌：皮沙發和可調節燈光明暗的開關，以及一整套路德・范德魯斯（Luther Vandross）的唱片。羅勃目前在一家連鎖髮廊擔任藝術指導，雖然她不知這到底是幹什麼的。她明白自己這樣想是自以為是的勢利眼，她也知道，尤其她才被一個以為跟自己處得來的男人甩了，加上現在只剩一邊耳朵的聽力，另一隻耳朵看起來彷彿滴滿半邊頭部的融化蠟油。她要是能跟這男人在一起可能都算幸運了，但是人家還沒表示，她就在心裏拒絕了他。前方的社交之路看起來就像寒冷刺骨的高速公路、充滿末日後的絕望氛圍，到處都是塵土、灰暗、了無生機，只除了異形會突然從某處探出頭來。

女孩在窗邊的畫像
（艾莉絲在阿姆斯特丹）

殭屍群步履蹣跚、顫巍巍地走在螢幕中的高牆上，緩慢而飢餓。看著它們，艾莉絲感到一股短暫，但極度的，快樂。坐在商務艙看殭屍電影，吃加熱過的堅果，從芝加哥飛向阿姆斯特丹。事情真是不同了，她逐漸發現，一旦出了名，或只是接近成名邊緣，就再也不需要自己掛畫，或把畫作裝進搬出木板箱，每件事情自然有人接手負責。為了參展而遠遊時，也不用坐便宜的冰島航空經濟艙，不用睡在朋友家凹陷的沙發床上。而所謂朋友，可能還只是有回在密爾瓦基的畫家聯展中僅有一面之緣的人。

幾天後，在阿姆斯特丹，她仍能感受到這股亢奮。她被安排住進紳士運河邊的飯店，客房服務菜單上有魚子醬，床上有亞麻被單，頂樓還能做spa。所有花費都由一間美術館支付，他們將舉辦一場她的近期作品個人展。她需要做的就只是出現在現場，而且這一刻，她甚至可以短暫缺席。館長和她的助理終於也受不了事事干涉、過度焦慮的藝術家煩擾。艾莉絲接收到這個暗示，便到處觀光打發幾小時焦燥的時光。首先她參觀了梵谷美術館，再前往安妮之家。她對安妮．法蘭克的故事只略知一二，像是躲在閣樓、日記本、死亡集中營、不幸逝世。在今天之前，她以為安妮．法蘭克只是個象徵，是代表數百萬猶太人不幸命運的一張面孔。在王子運河，她循著緊貼房屋的信徒隊伍排到最後面。她拖著腳，跟著身旁沉默的旅伴前進，踏上藏在旋轉書櫃後的陡峭臺階，進入窄小的祕密加蓋隔間，唯一的聲響是周圍的鞋子踩在木頭上的沙沙聲、皮製手提包的嘎吱摩擦聲和不時的低聲咳嗽。彷彿大家也正要悄悄躲藏起來。

來到空無一物的房間，時間停擺了。所有人如同夢遊般恍惚移動。艾莉絲觸摸著褪色的土黃色壁紙，因為幾千隻手指輕觸後的侵害及翻攪空氣的低語聲，接合處和邊緣已然磨損。她凝視安妮用膠布黏貼的明星油墨像，這些名人的名氣早已消失在時間之流中，而黏貼他們圖片的女孩，到了最後卻比他們任何人都有名。

站在房間後方安妮和姊姊瑪戈睡覺的地方，從窗戶看出去有棵栗子樹，枝幹隨著一陣輕風垂下頭來。艾莉絲突然想到，這一定是安妮當年注視的同一棵樹，是她在兩年躲藏中唯一稱得上自然的一景。突然間，艾莉絲被一股氣流吸進隧道，讓她想起因為命運擺佈而被毀壞的孩子們——不論是因龐大而蓄意的殺人機器，還是雖小但愚蠢的意外。有個小孩因為死亡而被迫停止人生的道路，再也不能重返生命，她眼前的一切被修改得徹底無痕，連足跡都不復見。

她發現自己在原地站得太久，迫使一整排遊客必須繞過她前進，於是隨著人潮移動，但只是為了再繞房間一圈。她還沒準備好離開。雖然她總是不間斷地創作一幅又一幅凱西的畫像，艾莉絲憶起意外事故的思緒卻已陷入死胡同。到了現在，當時的回憶已被過濾、反思到透徹。這一刻，凱西和安妮．法蘭克一同現身，就像快速翻閱相簿時瞥見的照片——兩個女孩，一個望著窗外，另一個飛向窗外。

接著茱德的身影跳映在相簿上。在滿是碎砂石的路肩後方，茱德把草地上破碎的女孩輕輕整理好。艾莉絲記得這一幕，彷彿一幅畫：病人穿著格子襯衫和牛仔短裙，護士一身絲綢，在道奇汽車昏暗的頭燈照射下閃閃發亮。找尋女孩微弱的脈搏、努力將自己的氣息送入女孩口中，她對茱德的所有印象起源於此，生動寫實、焦點鮮明，導致茱德目前的缺席反倒不大要緊，只是小事一件，藉此掩飾她一直存在的身影。

當然，還有其他茱德陰魂不散的原因。像是她隔著電視螢幕的影像，劇中她叫琴潔．史萊德，演的是個刀子嘴豆腐心的女警，是一部爛影集《藍光》中的一角。只要遇上星期三，艾莉絲就會收看琴潔在追逐戲中跳上一座高柵欄，或審問充當運毒工具的可憐哥倫比亞女人。或是站著，穿長靴的一隻腳踩在椅子上，當她彎腰瞪視眼前厚顏無恥的古柯鹼毒販，腰背處還露出看起來很像一回事的手槍皮套。艾莉絲最討厭這齣影集的部分，就是琴潔和犯罪現場專家之間語氣強勢的戀情。艾莉絲也不是嫉妒這些愚蠢的虛構羅曼史，但一想到某個鬍子沒刮乾淨的笨演員可以和茱德親熱，而艾莉絲卻不行，她就感到火燒心般的急躁。

然而，更糟糕的——簡直是為了艾莉絲量身訂做的折磨——就是因為蓋比，艾莉絲和茱德的人生道路仍會偶爾交會。艾莉絲仍能以這樣渺小而令人發狂的方式擁有茱德。彷彿盒子裏用起皺錫箔紙包裝，放在一層半透明紙蓋下的巧克力。這種形式的聯繫只讓困惑的情緒更加嚴重。去年蓋比的十歲生日就讓她回到芝加哥。那是在她和那位經營租給電影拍攝用車的男人分手後，嫁給那位攝影師之前的事。

生日聚會辦在一家保齡球場。當時蓋比瘋狂迷上保齡球，沒人得知他是從哪培養的興趣。他的所有朋友都愛踢足球。終於茱德和艾莉絲從球道邊悄悄離開，來到外面的停車場，半站半靠著艾莉絲的車子引擎蓋，一起低頭望著腳上色彩鮮豔的保齡球鞋，直到茱德突然轉過頭，全身壓向艾莉絲，邊吻她邊說：「妳以為我不再想要這一切嗎？」而艾莉絲，她從來無法對茱德拋出那難以回答、下一步該怎麼做的問題，只能在那一刻之間呆站著，脆弱得彷彿手中捧的是自己的一顆心。但這個吻後，接著便不過是再打幾場保齡球、再一起溜出去久一點，然後是相對的沉默。至少對艾莉絲來說，更多的是找回與失去、回心轉意和轉頭逃跑，兩相糾結滾動，從卡門婚禮那晚開始，如此的循環至今尚未結束。

她曾試著逃出過去的束縛，她試過找尋茱德的替代品。有段時間，她發現一個名叫「職業女性」的社團，也檢視過一群外表男性化的木工和電工。最近這些日子，她正和世上最嚴謹的女人約會，她叫英格麗，是卡門介紹認識的。英格麗是卡門收容所委員會的一員，她也同時是很多委員會的成員，經常發表關於女性權力的演講和展示。她吃素，穿塑料鞋，她用的香皂總讓她聞起來有點新蓋好的屋瓦味。精神層次方面，她自稱是督伊德教徒。艾莉絲覺得這一切嚴肅的要命的東西，在理論上及重述時又都非常好笑，不過一旦套上英格麗的角色，竟然又變得很有異國風情。好像跟聖女上床一樣：粗糙的床單、沉默的性愛。她們共處的日子屈指可數，艾莉絲一定會說溜嘴提到「過去」，或在某個情緒高昂的時刻，要求對方「上」她。她和英格麗很快會有一場微不足道但惡劣至極的分手戲，看起來好像有因有果，但其實真的只是艾莉絲沒有繼續下去的熱情。這就是茱德遺留下來的：她讓艾莉絲留下一顆虛弱的心，每個心室都傷痕纍纍。她再也無法付出愛情所需的激情。

她回過神，發現自己坐在長凳上俯視王子運河，她慵懶地查看手錶，馬上跳起來。明亮的日光耍了她，她已經快遲到了。

回到飯店，她冷熱水並用洗了個戰鬥澡，換上黑色窄腿褲和絲襯衫——典型的開幕夜服裝。她徒步走向美術館，沿著黃棕色運河，跨過橋面，走過積滿落葉的凹陷雨篷，經過紅磚建築物，門扉都漆上高光澤色調：墨綠色、深藍色、暗紅色。現在非但說不上結束，白晝還繼續延長。非但談不上黃昏，傍晚六點看起來竟像午後時分，在漫長得驚人的北方早夏時節，陽光要到夜裏十一點才落下。邁向午夜時仍在外逗留，就像在時鐘的法則下逃學。咖啡桌散布在狹窄的人行道上，為了容納一波波顧客。運河上擠滿附有交誼廳的豪華遊艇、賽艇、引擎外露的小型釣艇。不出任務的救生船上塞滿外出尋歡的人們，每個人都站著，身上穿著上班服裝，拿著一杯杯紅酒、一瓶瓶啤酒，般通過橋墩時要稍微閃躲一下，他們的談笑聲迴盪在橋下的磚砌防洪牆內。

河邊的街道捲起一股腳踏車陣的氣流，男人穿著西裝、女人則是寬鬆裙裝，他們的隨身包優雅地垂掛在車把上。一位音樂家的大提琴用帶子掛在背上。爸媽把小嬰兒放在拼裝的座椅內，腳踏車前後都能坐。一個女人把小狗放在懸在前輪上方的盒子裏。路上沒有停止號誌，所以各種交通混雜——有腳踏車，但也不乏汽車、摩托車、送貨卡車、行人遊客，五條流線肩並肩——在每一條交岔路口，每個及時片刻，各自分散又相互聚集。

她想，她在這裏也許會很快樂，用一種稍微哀傷的方式生活。

艾莉絲這場畫展的負責人安妮克．瑪芮等在美術館大門口，無精打采地抽著菸。安妮克渾身散發控制欲的臭味，因此身材神經質地瘦弱，你幾乎能嗅到她內心的堅硬如石、她金屬般的鐵鏽味。她最愛的飲料似乎是熱水加片檸檬，艾莉絲也從未見她吃過東西。她有深色眉毛、黃色但淡得發白的頭髮，戴著電視般的正方形眼鏡。今晚她披了件質地輕巧的紫色披肩，底下穿著黑色調衣服。排在任何隊伍中，她的館長身分都會一眼就被認出。她身上還有一股從容不迫的濃烈麝香味。開幕式對安妮克來說無非是日常生活的一部分，沒有激動不安的必要，除此之外，她自有手下以她的名義表現興奮異常的情緒：兩個穿黑長褲與白襯衫的年輕男生正笑得無法自抑，好像有人搔他們的癢，其實他們真正的工作不過是替美術館大廳擺好鋪上白色亞麻布的桌子、整理酒杯、排列銀盤上的魚子醬、把花瓶插滿昂貴又奢侈的花朵——有紫色桔梗和金色水芋。這裏畢竟是荷蘭：他們的花多得可以拿去燒。

「妳的畫展一定會非常成功。」安妮克一邊預言，一邊用一隻鳥爪般的細瘦手臂搭上艾莉絲的肩，領她進入館內：「我總能預先感應，就像某種氣味，群眾會聞香而來。這很難解釋，反正我從來不會出錯。」

她們走過展廳，趁最後幾分鐘把即將展出的十二幅畫作瀏覽一遍；展覽館把此次畫展命名為「美國假期」，一系列48乘以72公分的大型油畫，想呈現出粗糙的觀光明信片風情。畫中描繪了種種景色：加油站洗手間、陰暗的旅社房間、動物園內骯髒的可愛動物區、三星級路邊觀光景點。艾莉絲對這些作品感到自豪，如果這是別人畫出來的，她一定會嫉妒。她懷疑這一系列之所以被歐洲人喜愛，是因為內容有美式異國情調。她比較希望大家欣賞的是作品本身，不過只要有人肯定，她還是會欣然接受。

「妳還滿意嗎？」安妮克揚起披肩朝寬敞的展廳揮了一圈。換作幾年前，艾莉絲會克制不住地放聲大笑，但現在的她沉穩得多。現在的她即使面對最做作的言論和姿態，仍能維持那張撲克臉。

「喔，很滿意。」除了畫作，室內還不過分佔空間地放了老式飯店桌和寫字臺，桌面擺著兩疊印了油畫的明信片、鋼筆和郵票：「但這都是妳的功勞，展廳佈置得太好了。對我來說，最棒的部分只有作畫的時刻。」

她希望這聽起來像是實話，她倒也沒說謊就是，雖然她對工作的心得談得越多，聽起來就越是空洞得像罐頭答案，無論是從她口中吐出的字句、事先錄製的面試或與收藏家和藝廊老闆的短暫閒聊。當她的作品沒沒無聞之際，她只需專心作畫。如今她不但作畫，還要清晰地描述創作過程、作品主題、調色選擇。同時，她得因得到肯定而樂不可支，還得努力不因批評而出言辯解。當然，這樣的壓力還是讓人心滿意足。

「妳知道嗎。」艾莉絲試著讓接下來的話聽起來無關緊要：「我今天下午參觀了安妮之家。」她想和人討論戰爭期間的阿姆斯特丹是什麼樣子？安妮克的父母應該親身經歷過那段時期。艾莉絲立刻察覺她竟在這歡快的時刻帶入太嚴肅的話題，沉默的氣氛拖長，她能看到安妮克顫抖的下顎。艾莉絲懷疑她已和外國人談這話題談得麻木了。安妮克很有禮貌地終止話題：「安妮．法蘭克。」她回答：「一言難盡啊。」

接下來幾小時，或許有上百名參觀者來來去去。艾莉絲本來擔心至極的語言障礙結果根本不存在。每個人的英文都很流利，和她的常用荷蘭語手冊恰好相反，裏面只教你對商店老闆和飯店女傭說「請」和「謝謝」。當然，開幕會的每位來賓都是滿口善意的讚美，而她對於現場的言行皆持保留態度。如果在這裏裝了竊聽器，她可就不確定會聽到什麼了。在她早期繪畫生涯某次聯展中，當時艾莉絲滿腦子是對自己的喝采，直到之後讀了苛刻的報紙評論、接收到藝廊突然冷卻的態度，才彷彿被打了一記耳光。經過時間洗禮，她學會不把開幕現場愉快的氣氛當回事。夢幻泡影多在於引人注目地出現在作品旁邊，跟藝術本身無關。

艾莉絲正和一對收集電子雕塑的夫妻說話，安妮克衝過來（當然是以她低調穩重的版本）在艾莉絲耳邊低語：「凱斯．弗威到了。這是妳的莫大榮幸，他幾乎不來開幕會的。尤其最近，他除了待在哈倫的工作室外很少出門。」

弗威，弗威，艾莉絲暗想。然後她的記憶抓住某個東西。凱斯．弗威，靜物，生動形態的人物畫。她想不起任何一幅特定作品，而且他不是早就死了嗎？他的作品不都是三〇年代的創作？接著她看到身材厚實的他穿過藝廊，因年紀而微弓著背，留著後梳的整齊髮型和又短又硬的小鬍子。她之所以認出他，是因為群眾順從地向四周散開，彷彿他面前有把掃街拖把不停旋轉，而他則步伐緩慢地沿著一幅幅畫向前走。

他快速檢視了幾幅畫，接著停在一幅名為「盼你在此」的畫前。背景是個經營不善的旅社泳池，拘泥的主色調像用舊的粉蠟筆。落葉浮在泳池角落，塑膠滑水道垂掛在旁，早已從中斷裂。畫中的主角以鬼魅般的姿態隱褪在背景中，是一家子人。艾莉絲試圖以陰影描繪這個家庭，製造一種情境：來這裏度假，任何最先懷抱的希望都已幻滅。她的內心不斷旋轉、下沉，看著老人先是站在畫前，再移向展廳後方從遠處端詳。突然間他的意見有了分量。她等著他吐出最糟糕的批評。她和許多藝術家一樣都受到詛咒——讚美如同汗珠凝聚、從她的額頭滾落，而批評則如膠水黏得死牢，彷彿緊緊黏合毛玻璃的強力膠。

他觀賞完艾莉絲的作品後，在一位帶他前來的中年男子陪同下走向自助餐區，自己動手做了分量十足的三明治，黑麥麵包夾上煙燻鮭魚。艾莉絲心想，呼，至少不用跟他交談。然而她立刻瞥見安妮克悄悄滑向展廳那頭拖住他，慢慢將他引導過來。

艾莉絲告訴他，他能光臨真是她的榮幸。

「我反正在這裏有約，要看牙醫。」他敲敲臉頰，肥厚的食指指甲尖端摻有墨綠色顏料。他的西裝剪裁是早期樣式，貼身、方正，袖子和口袋斑斑點點地灑上塊塊顏料。他繼續侮辱她：「我來這不麻煩的。放在短評上的那幅畫讓我稍微有點興趣，現在我看過其他畫了，我可以告訴妳，畫得都不錯。但這些只是妳練習階段的一部分，我覺得妳還有未展現的天分。我很想看看妳之後的作品，妳可以跟我聯絡，把畫帶給我。我會看的。」

艾莉絲感到一股熱氣衝上臉頰，連忙轉過頭不讓他發現。等她轉過身，他仍注視著她等待著。這下，她終於發覺他提出一個很有價值的建議。

「我不知道會是什麼時候。」她說：「我不住在這裏。」

「沒關係，我經常都在家。妳準備好了再把畫帶給我。」

艾莉絲點頭，握住他伸過來的手，正準備再說些話，但他已經不想繼續社交了。他技巧地掙脫她的手，轉過身走向吧台區。

「真是太優秀了，真的。」安妮克說：「他到現在還在作畫。」

「我覺得。」艾莉絲說：「他是穿著那套西裝作畫。」

「可不是嗎。」新的聲音傳來，有旁人加入談話：「他總是穿西裝打領帶，好像畫畫是個生意。至少有訪客來時他都會穿西裝。」艾莉絲一到現場就開始注意這個女人——她穿著四〇年代的華達呢外套，搭配一件T恤和瘦長鬆垮的外國軍裝款式短褲。不性感的打扮卻透露出極度性感。她像近期藝術圈內某個二流角色，也像二〇年代走在巴黎街頭的美國女同志，或遊走在當年布盧茨伯里派的邊緣人物，也許就像伊迪絲．希特維。

她叫夏綠蒂什麼的，安妮克介紹她倆認識。她是藝術家，也是當地藝術和娛樂週報的藝評。她的英文講得非常好，但摻著一點俚語和方言，她聽起來像個友善的陌生人。「我拜訪他兩次了，都是為了採訪。第一次他很高興見到我，下次卻把我推出門外。他的畫室像是災難過後的場景。現在他不常離家，他手邊抓到什麼就畫，腦中飄過什麼想法就塗。他餓的時候就推開桌上的一堆雜物，直接在空出來的地方吃飯，然後又接著畫。」

艾莉絲聽著這段談話發出的細微回聲，她能聽見字句之外的隱約含意：今晚她會和這女人共枕。從現在到事情發生前，中間的一切都只為了填補空白。

「妳這裏有他的任何作品嗎？」艾莉絲問。

「喔，當然啦。」安妮克聽起來有點被冒犯之感：「我們有一個展廳都是他的作品。在三樓。」

「我帶她去看吧。」這位夏綠蒂說。人真好啊。

這間展廳的牆壁全被漆成陰暗濃濁的紅色調。這種顏色是為了襯托現場的畫作。艾莉絲先看向水彩畫，其層次和不透明度相當驚人。但真正讓她驚奇的是弗威的油畫。他的手法同時結合了色彩的鮮明與幾近黑暗，顏料彷彿冰霜般厚實，隨性的筆刷卻仍在混亂中帶來建設性的精準筆觸，好像混亂只不過是稍顯趣味的規律。

「這傢伙很厲害耶，怎麼沒有更多人認識他？」

「嗯，也許因為他很難搞吧。」

艾莉絲繞了展廳第二圈。「天啊。」她說：「從我開始創作以來，大家一直說繪畫已死。但看看這個，這就是繪畫不會死亡的原因。因為還有人能畫出這樣的傑作。」

過了不久，夏綠蒂問：「也許等妳這邊結束後，我可以帶妳去別的地方轉轉？」艾莉絲本來的計畫——回到飯店後稍微批評反省今天的表現、重溫這個午後的憂鬱情懷——似乎不再適用。

夏綠蒂相當喜愛一家咖啡館，店面跟普通客廳差不多大。她們用小瓶子喝可樂，還分享了一些叫「白寡婦」的大麻菸，艾莉絲不到一會兒就舒服得神智恍惚。她們的談話進度緩慢、內容廣泛。談到藝術和女人，兩者同樣難以掌握。兩人都有不好過的童年，雖然夏綠蒂的困難主要建立在史詩級的貧困潦倒：豬油三明治、貼滿報紙禦寒的牆壁、撿別人的鞋子來穿。艾莉絲不時恍神，搞不清楚故事脈絡。她們從咖啡館出來時，太陽仍未西沉，白晝為了她們繼續敞開雙臂。夏綠蒂攔住艾莉絲，倚著教堂的邊牆吻她。她們沿著鵝卵石步道前進，邊走邊又親吻一會兒，接吻成了走路的一部分。幾個男孩坐在船上從旁邊的運河經過，他們高喊了幾句。

「他們在說什麼？」

夏綠蒂噗哧大笑：「他們叫我們直接去開房間！」

再走過幾條街，在運河的小支流旁，夏綠蒂推開她家前門。艾莉絲抓著扶手一階階爬上螺旋梯，夏綠蒂跟在她身後。來到頂端，她從後伸過一隻手打開大門，兩人雙雙入內。入門處窄小的走道牆上用圖釘掛滿一幅幅繪畫——全是極為詳盡的人體器官研究。

「在『星球日報』當藝評——這名字是從超人漫畫直接借來的，所以還是保留英文吧——嗯，反正薪水實在不好。我只得用這種方式賺錢過活，醫學圖畫，幫教科書畫的，其實這份工還不算太糟。」

「不，不。」艾莉絲研究著圖畫，其實畫得還不錯：「我曾經畫過肉呢。」

「妳是說吃的肉嗎？」

「對啊，幫超市畫的。我可以教妳怎麼畫出美味的羊排。」

「那對我一定很有用。」夏綠蒂接道，而且聽起來像是她講了個超幽默的笑話。艾莉絲笑得好厲害，笑到膝蓋都發軟了，接著夏綠蒂也開始大笑。她們感覺似乎笑了一整個小時，每個動作都變成慢動作。然後她們突然不笑了，夏綠蒂正用一隻手指滑過艾莉絲的耳廓、下巴的線條，在艾莉絲臉上印下無數個吻，或者更準確地說，是印下一個持續不斷的長吻，直到她們失去所有的優雅與技巧，變成單純啃咬對方的嘴。在小門廊後，整間公寓因為藍色油氈地板顯得一團模糊，牆壁是抹茶冰淇淋的顏色，一台老式手動打字機擺在木頭桌上，房內還有好多書——不光在書架上，到處都堆成高高一疊。接著她倆雙雙跌進一張老舊的鐵架床，夏綠蒂想解開艾莉絲的褲子，把拉鍊向下拉，艾莉絲也稍微翹起臀部，幫夏綠蒂的手滑進去。艾莉絲滿心都是感激之情。

到了清晨，根據床頭的鬧鐘，時間剛過四點半。艾莉絲睡到一半醒來，看著一隻灰白相間的貓從一個小碗吃著粗糙的貓食。房間另一頭有排很高的大窗，此時水波般的晨光流洩滿室。她看向趴睡在床上的夏綠蒂，一側頸子印滿吻痕。雖然她不自知，但這女人卻搖身一變成了聖經裏善良的撒瑪利亞人。她解救艾莉絲不致於獨自待在飯店整晚痛飲琴酒，放任自己帶上整個歐洲的傷痛暗自咀嚼。

艾莉絲又醒來了。這次夏綠蒂側身躺著，頭枕著手。她低頭輕柔的吻了艾莉絲，氣息甜美、嘴唇微腫。「所以，」她說：「這不是做夢。我真的跟艾莉絲．坎尼在床上過了一夜。」

艾莉絲離開前，夏綠蒂問她可否在畫展目錄上簽名。那支筆在艾莉絲手上漏了點黑墨，夏綠蒂伸手抹了抹，又玩笑似的親親手心。她明顯想要討好對方，但艾莉絲卻像被抽了一鞭猛然清醒。她還沒歸納出，原來成功也會讓某些情況變得棘手。關於昨夜，她腦中已然預見必定會被一再重複描述，是這個女人向她朋友炫耀的小勝利。艾莉絲這才發現以往互相吸引的平等標準，如今已在她這邊發生了變化。她不只不用再自己掛畫，她也不用繼續仰賴自身的魅力。從現在開始，至少會持續一段時間，光是透露她的名字就能輕易和仰慕者鑽進被窩。一股哀傷的情緒襲捲而來，讓她退縮了一下。

土耳其浴
（卡門在巴黎）

卡門假裝在讀《遠離非洲》（這本書已在床頭櫃上積了好幾年灰塵，當時她很喜歡那部電影，心中想要立刻開始讀原著）。她翻過第三章時，整個外在注意力已被坐在旁邊的希瑟打亂，她正用簽字筆在手背上畫隻黑色蜘蛛。

希瑟並不理會卡門的興趣。她很有技巧，表現得像是並未忽視卡門，只是卡門剛好沒出現在視線中。為了避免任何可能的接觸，他們從上機至今的五小時，她都戴著隨身聽。

希瑟另一邊坐著她爸爸，他和卡門在普魯斯特課上結識後開始約會。羅勃拱著背，前面擺著攤開的文件夾。他的計算機耗盡了太陽能，於是他在座位上調整姿勢，試圖利用頭頂的閱讀燈重新充電。同時，他看向卡門並眨眨眼，彷彿他倆正同心協力密謀某件好玩的事。

希瑟今年十五歲，基於某種羅勃含糊帶過的問題而暫時休學。他們倆所處的階段還停留在美化孩子的學習狀況、把其他問題掃入地毯底下。但既然希瑟瘦得很，而且還有個專門的治療師，卡門猜想應該是厭食問題。這次短期公差——浪漫之旅，就是治療師建議希瑟和他們同行。

目前看來希瑟似乎很恨卡門，但又不太明顯，因為卡門是爸爸的新女友。他的上一任女友泰絲經常被希瑟掛在嘴邊，她只比希瑟大七歲。從所有情感邏輯來看，應該都會讓希瑟特別難以接受，然而明顯地，她們卻變成很好的朋友。她們還一起參加學習期刊製作的課程。

對卡門來說，她不能對希瑟擺出家長的疏離面孔。因為希瑟的時髦和基本上黑色調居多的衣櫃就像巫毒魔法，把長久以來被拋在後面、從青少年時就被冰凍的卡門徹底融解。希瑟引出這樣的卡門，她赤裸發抖，身上滴下一圈藍色的自卑水珠。希瑟是卡門那段時期無情敵人的化身——在卡門高中時那些專門裝酷的討厭女孩們，以及那看似可親，卻在瓦薩爾大學度過第一學期後一句話都沒解釋就申請搬走的安靜室友。當時沒人理解卡門的熱情，她太政治化，對許多人來說太過激烈。她把毛澤東的口號標語貼滿書桌：「東方已紅，西方也預備好了。」她可能真的太過激烈，總是試著跟人講理，事後又很困惑，因為對方沒有修正自己的信念並採取行動，反而選擇和別人交朋友。希瑟帶出了卡門過去許久、藏得極深的情結。她也很驚訝地發現那些情結還在，仍有可能再次燃起火熱情緒。

到了巴黎的旅館，行李和房間都安排妥當後，卡門和羅勃總算能暫時獨處。她感覺像是有人用沙袋從四方撞向她。她已經許久沒去不只相差幾個時區的地方遠遊，把時差的威力忘得一乾二淨。計程車載著他們經過凱旋門駛向香榭大道，雖然每個景點在晨光照耀下都美得驚人，她還是一路昏睡到旅館。

她想跟蓋比報平安。但芝加哥現在才凌晨三點，她猜想，打了電話只是讓自己安心，卻會讓所有人心驚膽跳。蓋比待在麥特和寶拉的家。即使她打算讓他早幾天跟學校請假，他仍舊不願同來。他認為跟羅勃出去很丟臉，而且他被希瑟嚇得半死。他說她想吸他的血。

羅勃高舉雙臂轉過身。「棒極了，對吧？」他用補習班教的商業法語說：「我覺得之前可能誤會了這地方。我想我應該能夠融入。首先我們先來測試一下床墊吧。」

說完，他就像魔術師的助理全身挺直向後倒。他的身體砰地落在床上，卻沒有彈起。「啊，和盤子一樣硬梆梆。太棒了，我們不會像睡在某些飯店的軟床一樣腰痛得直不起身。來吧，和我親熱個……」他看向手錶：「兩分半鐘。我很快就要離開，所以妳不需要太投入。」

卡門鬆開鞋子，應允似的走過地毯。

他換上商務套裝：柔軟的黑色長褲和襯衫，長得像拖鞋的鞋子。羅勃工作的一部分就是確保生意進展順利。他的總店開在芝加哥，「馬克安東尼」是擁有國際連鎖店的美容沙龍，因此他半數時間都需要飛往不同地點的連鎖店查看產品銷售、雇員問題、跨越幾大洋推出的新髮型樣式。他讓奧莉薇亞參與公司的髮型師受訓課程，如果她能堅持下來，賺大錢就不是問題，她可以在第一等的沙龍剪髮，而不是待在艾文公園的「夏儂的卷燙染」。那是奧莉薇亞唯一申請過會接受她監獄美容證書的美髮店。羅勃的心胸真是寬厚。

基本上，卡門已經精疲力竭。她自覺幸運，還能跟某個人產生一點點可能。羅勃年紀較大，約四十五歲上下。但她慢吞吞遊走在三十多歲的階段時，注意到和她一般大的朋友有時會跟大上二十五歲的男人約會。也就是說，他們不只是老一點的男人，而是真正的老男人——耳朵長毛、繫著白皮帶、結實的大肚腩，艾莉絲稱之為「前面的屁股」。羅勃身上還有種飢渴的眼神，還殘存著一點未來的希望。他還是有幾分可能為她製造驚喜。

他並不完美，她看得出來。聊起他感情關係的趣聞時，總有太多不同名字根植其中。有一次他說漏嘴，提到自從結束最後一段（第三段）婚姻後，幾年來被迫換了四次電話號碼。她知道一旦有人告訴妳這種事，就像拋進水池裏的小石子，妳應該仔細觀察其言外之意震盪出的漣漪。但誰那麼做過？疲倦不堪的約會老手說，言外之意去死吧。

他的政治理念沒那麼理想。他不是共和黨，不會斷然排斥任何事情，但對於特定議題卻會變換立場——像是社會福利和死刑。他認為人民應該像他一樣更努力工作。他也認為把某些罪犯煎熟了也不為過。他選的是最不值得同情的例子：把受害者大卸八塊煮成燉肉那些傢伙之類的案例。

但事實上，她自己也未達到完美標準。她不如曾經以為的開放或樂觀，她對某些男人來說已經定型，對其他人又太過嚴肅。還有點過於苛求吧，她猜。雖然她喜歡想成是因為她很嚴謹。光是帶著蓋比就會讓某些男人望之卻步，而且基於個人原則，連稍微認識蓋比都不願意。但羅勃自稱喜歡蓋比，還表示不曾因為蓋比的目中無人和嘲諷的模仿而困擾，雖然他一定知道蓋比背著他的舉動（有一次，她坐在廚房裏，抬起頭剛好看見蓋比躲開羅勃的視線，站在走廊上把洗碗用的鋼絲球塞進敞開的襯衫領子裏）。他願意持續忍受一個十一歲男孩的騷擾，幫他加了許多分，也讓她覺得有義務嘗試和希瑟共處。

他離開前，羅勃問卡門是否願意跟希瑟共度下午。

「不要讓她看出我們討論過，而妳是去監督她的樣子。就──如果妳可以裝出一點興趣就好，怎麼做都行。」

「為什麼我有感覺這會是場下水道之旅？」

希瑟盼望著逃入她的旅遊書應允過的巴黎原貌。書名是《玩出時髦巴黎，旅遊指南口袋書》，重點在「時髦」這兩個字。她極有興趣探索城市邊緣，而旅遊書也準備這麼帶她走。在飛機上，卡門注意到她用筆圈出一間過時的午場舞廳的入場方法，貝托魯奇的《巴黎最後探戈》中就曾有那麼一景。希瑟很迷電影，尤其是年代久遠的片子或外國電影，也尤其是那些對文化作出重新評估、對「文明世界」提出控訴的影片。希瑟口中的文明世界總是帶著問號。她這樣的自負並不單純因為年輕氣盛，而是類似二十年前才會存在的年輕氣盛——事實上，是和卡門十分相似的年輕氣盛，因此讓卡門更感挫折，她們倆竟會像短路的電線無法通電。她希望艾莉絲在場，她會立刻找到方法連接希瑟的內心。她會將計就計陪希瑟玩遊戲，直接帶她去紅磨坊旁的苦艾酒吧。

「她真的是個好孩子。」羅勃走出門時說。

是啊，卡門心想，也許吧。

她和希瑟約好三點見。

「我們在盧森堡公園碰面怎麼樣？」卡門提議：「划船湖附近。」這處孩子氣的景點從她記憶中鮮明地跳出來，除此之外，當時哈瑞斯替全家人安排的不外乎極富文化氣息的博物館行程。

「我不知道能不能找得到。」希瑟說。

「喔，我相信妳找得到。」

卡門晚了點到，但不算太晚。她的目光掃過湖邊聚集的午後人潮，發現了希瑟。她讀著旅遊書，隨身聽耳機發出嗡嗡聲，彷彿有蜜蜂困在海綿耳機套內。她坐在生鏽的公園鐵椅上，穿著黑靴的腳翹著二郎腿。雖然天氣很暖，尤其斜射的午後陽光正灑滿公園，但希瑟仍舊穿著黑色皮外套，上頭有幾處磨成了咖啡色，肩膀處也有了裂痕。

卡門從羅勃口中得知，希瑟常在週末花許多時間打扮、化妝、吹蓬頭髮，然後和身穿黑皮衣、銀色釦飾的孩子共度週末夜，一起在克拉克和貝爾摩街上的甜甜圈店外的停車場漫無目的地亂轉。先前她每次開車經過這番固定的週末景色，卡門總認定他們正準備上哪去、或等著誰現身、等待某件事開始。但羅勃說，也沒有，希瑟常在停車場晃上整晚，然後就搭巴士回家。

可能這女孩沒有得到充分的照料。她從不談起朋友或男友，但她當然，也不會跟卡門提起這些話題。她的媽媽，據羅勃說，正和棘手的躁鬱症角力——吃藥、停藥、然後重新吃藥。兩邊都曾發生過糟糕的狀況。

卡門在希瑟旁邊的椅子坐下。她還是沒有抬頭，為了宣示自己的到來，卡門拿起手中卷成圓筒的《巴黎視野》雜誌，拍拍希瑟撕破的牛仔褲膝蓋。

希瑟的回應是跳起來，伴著一聲大喊「不！」書從手中掉落，她把耳機一把扯下，擺出空手道姿勢，半拱著身體，雙手流暢地在眼前畫圈。這時她才察覺——或假裝才剛察覺——靠近她的是卡門而不是瘋子。

她接著一手放在胸口，彷彿要撫平狂跳的心。她就是要這樣，卡門現在才看出，她就是要讓一切變得不容易。

「聽著。」她用掌心推著無形的空氣，通常要勸瘋子走下窗台時才會用這種手勢：「就是，這麼說吧——以後絕對別再這麼碰我了。」

她們身邊有不少路人——閒逛的、讀書的、打著盹的，還有帶著小小孩到湖邊放玩具遊艇的媽媽們——現在全都停下動作看著她倆一決勝負。

「嘿，抱歉。」卡門試圖把這愚蠢的情況從歇斯底里的高度壓制下來，同時又不輕易向希瑟屈服。她雖然道了歉，卻讓聲音盡可能地不真誠，近乎她上班地方停車場機器的無感情合成音調。那機器會說「請取票，謝謝。」她也用這種聲音來對付收容所內吵鬧不休的女人，不讓對方因為惹惱自己而得意。

起初卡門認為希瑟的強硬是種外表的防護機制，但逐漸熟悉後，她開始思索這女孩可能從裏到外都很強硬，比走投無路來到收容所的年輕妓女更強硬。她們通常身不由己才流落街頭，她們經常因運氣不好才變成毒蟲和妓女，其中許多人睡覺時還要抱著泰迪熊。而希瑟呢——卡門願意拿錢打賭——她絕對連一隻泰迪熊都沒有。

「妳找到我們能去的地方了嗎？」卡門朝希瑟抓著一角的書擺擺頭。

「喔。」希瑟回答。有那麼一刻時間靜止了，卡門以為希瑟可能已經無話可說，但她突然又開口，而且似乎費盡力氣。就像某人咬緊牙根，雖然冰錐插進胸口，她還是要吐出兇手的名字。「有啦，嗯……有個土耳其浴室，有點像，蒸汽浴。」

「喔，對啊，我妹妹艾莉絲還是青少年的時候去過。我們全家去摩洛哥玩，當時我爸要描繪沙漠風景。我可沒這膽量。土耳其浴……聽起來有點太……我也不知道，太奇異了。」

「是喔。」希瑟的回應彷彿卡門正拉出圓形火爐、木頭搖椅和一小塊木頭，準備邊削木頭邊告訴希瑟在過去的年歲中，自己經歷過多少次冬季大雪。「所以妳是要去還是怎麼樣？」她一面說，一面加入手勢表達：雙手先稍微轉一圈，然後指向前方，眉毛高高聳起表示疑問。她只有非常想對卡門表達惡意時才會這麼做，讓卡門的聽覺陷入混亂。

卡門到現在才察覺羅勃不只是要求她照顧希瑟，可能也要求希瑟在卡門身上多放些注意力。這也解釋了希瑟說出的字句總像被麻醉般沒有感情，好讓卡門理解她的注意力可不是自願付出的。

「當然去啊。」卡門同意了去土耳其浴室的提議。雖然在希瑟的旅遊書上所有糟糕景點中，這應該是她能挑出最糟的了。許多年前在摩洛哥，卡門沒跟艾莉絲去洗土耳其浴的真實原因是她自身離譜的羞怯，而她到現在還是一樣。但也許這裏的土耳其浴會是改良過的西方版本，每個人都會用一大片毛絨絨的浴袍把自己緊緊裹住。

搭地鐵時，她跟希瑟借了旅遊書來讀，心頭不禁一沉。書上為了正宗文化特色而大力推薦這地方（當然它會推薦）：「巴黎中心的一抹古阿拉伯風情，充滿神祕的洗浴禮俗。」她暗自把其中含意翻譯成「所有人都會脫得精光。」

結果土耳其浴室的地點竟然在一個白牆環繞的巨大建築群內，彷彿坐落在這文化原生的沙漠中。一旦走進正門，她們便身處一座內花園中，裏面有許多人，大部分是男人但也有女人，全都穿著阿拉伯服裝——女人蒙著面紗、男人穿著羊絨長袍和一種淺黃色尖頭皮鞋——坐在一起喝玻璃杯裝的薄荷茶，聚集的談話聲略顯吵雜，但是種令人愉快的騷動。走過另一座拱門，在一個小茶館內，一群男人擠成一團抽菸，或是從矮桌上吃著各式各樣、顏色鮮亮的油酥餅，其中有些被裹在蜂蜜中，看起來像紀念品一樣。

「到了。」希瑟說。

她們左手邊的木門上，一塊告示標語斜斜垂掛著。

今日——女性專用

「真幸運啊。」卡門說，而希瑟已經伸手推門，只用兩隻塗著黑色指甲油的手指扶著門，讓卡門也進去。

往下走了幾步後，進入一條短短的走廊，她們似乎回到幾世紀前。她們站在一間洞穴狀的古老房間，四周是做工精細的馬蹄形拱門和鋪了磁磚的地板，牆上磨損的馬賽克壁畫述說著某個故事。

她們左邊緊鄰著一個高櫃檯。

「第一次來嗎？」櫃檯後一個紅髮女子問道。她站得很高，像是黑色夢魘中的女校長。

「喔。」卡門說：「是的。」這絕對是她們的第一次。說完，她就把土耳其浴的相關詞彙都用光了，只能把手舉在空中，半是挫敗半是求救。櫃檯那女人看她們可憐，替她們把皮包換成一張寄物票和兩條毛巾。

「那裏。」她手一指，那隻手上至少戴了二十枚戒指：「先脫衣服，再進浴池。」

卡門點點頭，瞪著房間四周。房間中央有座小型石頭噴泉，裏頭有水花輕輕拍打。刷子像是擦皮鞋的刷子，不過更大一些，排在四周牆壁的低矮處。還有拖鞋，全是相同的木製材質。房間四邊都是蓋上厚實體操墊的凸起平台，許多女人便或坐或躺其上，穿著各種樣式的服裝，更準確地說，以各種樣式半裸著身子，因為幾乎沒人穿內衣褲之外的衣服。大部分人裸體，年齡層從青少女、陪同的媽媽到極度年邁的女人都有。大多數人像是阿拉伯人（阿爾及利亞或摩洛哥來的），其他的則是法國人。雖然有兩個女人髮色相當金黃，但卡門猜測，她們應該是北歐遊客。她們的體型也驚人得多樣化，從香菸般的骨瘦如柴到卡門從沒見過的肥胖臃腫。胖女人的裸體看起來像巨大綿軟的雕像，她們身軀碩大、遍佈肉痕，像是層層疊起的人肉噴泉。

有些女人在睡覺。蜷伏著身子做著美夢，一方面因全身赤裸感到舒服，另一方面因為不再脆弱而心安，畢竟這樣的情況下很難找出弱點。然而，大部分人都醒著，正以不太專注的神態與人閒聊，這是卡門——她和別人的友誼一向用議題滿滿的會議或政治活動中的同志之情來維持——除了和她妹妹，從未與別人有過這般隨性的接觸。她絕對可以想像和艾莉絲一起來這裏，嗯，如果大家稍微多穿一點的話。

除了與人的社交，她們之間也有許多慵懶的相互梳整，就像貓咪互舔貓毛、猴子梳理對方的毛尋找蟲卵一樣。如此和緩地，這裏的女人把精油抹上旁人的四肢，梳理對方的頭髮或把染髮用的指甲花粉倒在頭上。當中的許多人，卡門現在才注意到，都有同樣的泥紅髮色。此處的奇異景象層出不窮，最初幾分鐘卡門不由得忘卻一切煩憂，連恐懼都拋在腦後。現在恐懼倒是一瞬間又回來了，她理解到這不是旅遊頻道，而是一項她馬上要親身體驗的儀式。

「我們不用去洗啦。」希瑟在她身邊低沉地說，這是她第一回對卡門說出體貼點的話。

「不，我們走吧。」卡門朝房間遠處敞開的拱門點點頭，蒸汽從裏頭流洩而出，像是緊貼地面的濃霧。

「真像通往地獄的入口。」希瑟說：「妳知道，卡通都這麼演的。」

她們站在門內，稍微靠向彼此，一名女侍——一個身材結實的女人正從吧台區匆忙走出，端著的托盤上放滿輕輕搖晃、叮噹作響的玻璃杯，那是薄荷茶。她走上前，頭一歪示意她們去拿兩張組合墊。放下拖盤後，她清開前幾位顧客的毛巾，指指牆上的一排木釘。

「是要我們把東西掛上去吧。」卡門說。

希瑟跳上凸起的平台，卡門也跟進，踩上一位剛到的老女人旁邊溼黏的軟墊。老女人穿著整身披巾，面孔用傳統面紗蓋住，但她竟也拿著一個愛迪達健身包。

卡門以往在公共更衣間內換裝的慣例沒有一項適用。這裏沒有陰暗的角落、也不能躲在更衣櫃的門後。更糟的是，她們所站的高台還創造了某種舞台效果。她感覺身上的衣服一件件消失，她踏出裙子、打開襯衫釦子、解開胸罩，將所有天然保護色轉而掛在牆上的一對木釘上。她冷得受不了，雖然就在幾分鐘前，房內似乎還太暖、和人隔得太近，有這麼多女人一起嘆息的呼吸。是誰——卡門突然間明白——現在變得這麼安靜，彷彿所有人同時屏息。她發現自己像在最恐怖的惡夢中突然醒來。她們都轉過頭看向她，她直覺在胸前交叉雙臂，而且感覺全身瞬間變得通紅。

只有當她能再次抬頭時，她才看清楚眾人不是為了她而驚訝，那是希瑟。她脫去皮衣、牛仔褲和中性的內衣褲，看起來活像饑荒賑災組織宣傳報上的女孩。一顆青少年的頭放在小孩的身體上。她的肋骨在又小又平的胸下弓起，她的手臂和鳥爪一樣容易折斷，她頸子底下的鎖骨和石頭一般突出。裹著這架軀殼的皮膚透著無脂牛奶般水漾的慘藍蒼白。

希瑟啪地一聲把內褲從腳拇趾上扯開，猛然抬頭捕捉到在場群體的目光。她並未顯出被冒犯或退縮的樣子。卡門看出她可能還因旁人的興趣而得意。畢竟她費盡千辛萬苦才來到這裏，何不乾脆展示一下她的成就。

突然間，希瑟不再是個混蛋或被寵壞的富家女。一瞬間，卡門湧起單純的衝動，想用雙臂將她摟入懷中，讓她站在自己的腳趾頭上，帶著她在這古老的房間翩翩起舞。當蓋比年紀還小，他心情不好時，她就常這麼做。但是，當然，她不能這麼對希瑟。

卡門很怕女孩。繼凱西·瑞德蒙後，她們都顯得非常脆弱、容易受傷，能順利度過少女時期真是奇蹟。而卡門現在才理解到，希瑟可能還過不了這關。

「準備好了？」希瑟說道，用她的裸露向卡門挑戰，看她敢不敢露出憐憫、反感或害怕的情緒。

卡門轉開目光，假裝看著某樣東西：「好了。」她看到有些女人從蒸汽浴室出來時還穿著內褲，所以她也不脫。她繼續用雙臂遮掩胸部，跟隨古羅馬詩人維吉爾進入歷史深處。

進去後首先看到一排蓮蓬頭，圍繞著兩張桌子，上面擺著布巾覆蓋的厚墊。躺在墊子上的女人一定都正接受

皮膚清理——五十五法郎

紙做的法文標示就貼在牆上。

「這是什麼意思？」希瑟問。

「某種清潔肌膚的服務吧。」卡門回答。她倆在原地站了一會兒，看著桌上的女人接

受高大壯碩、有著粗壯手臂和紅腫手掌的女按摩師服務，她們拿著粗糙的浸溼毛巾拚命摩擦受害者的身體。卡門無法判斷這樣的過程會讓人感覺如上天堂，還是如墜地獄。

按摩師後面另有一處寬敞的凹穴，鋪了磁磚的高起隔間沿牆排成一列。每個小隔間裏，一對或三名婦女輪流以不熟練的手法摩擦彼此的背，還用散落地上、鋸開瓶口的一公升塑膠蘇打水瓶舀水沖洗對方。這裏到處都有水在流動，無論是噴泉還是磁磚地板上的彎曲軟膠水管。地板和低矮平台因時間久遠而到處坑洞，其中也儲滿不少靜水。

希瑟領頭，而卡門跟得太緊，以致於不小心腳底一滑，便反射地伸手扶了希瑟乾瘦的肩胛骨一把。她瘦得幾手像是沒有實體、隨時會蒸發，加上水蒸氣在她身邊旋轉、環繞，彷彿把手伸長就能穿過她的身體。

她們繼續在滑溜溜的地板上前進，穿過第三個凹室，進入第四個，熱氣層層加重，蒸汽的籠罩也逐漸濃厚，終於直到卡門幾乎什麼都看不見，眼前只有希瑟迷霧般的鬼魅身影。這麼一來，她可以稍微放鬆羞澀心情，也讓她更容易直視希瑟而不退縮。

「要我替妳染頭髮嗎？」希瑟的聲音飄過她的肩頭。這是她對卡門開的第一個玩笑。

「誰能待在這麼熱的地方不想趕快出去啊？」

「自我挑戰吧，雖然方法很奇怪。」希瑟短暫地扶住卡門的手臂，讓自己站穩。

她們搖搖晃晃地走向前，選了一小窪池水旁鋪了磁磚的無人凹穴坐下。「來試試我們能撐多久。」希瑟提議，然後躺下，馬上消失在身旁漫佈的水蒸氣中。

卡門移動到凹室後方，從一座自牆內雕出的小噴水池中舀了些水，又把臉湊入水中，把水潑灑在胸前和雙肩後。在接下來的一小段時間，她忘了希瑟糟糕的狀況，也忘了自己的小困擾。有那麼幾分鐘時光，待在深不見光的凹洞內，遠遠藏在裏頭，幾乎不可能再去考慮外面的世界。她變成她自己都不太熟悉的另一個人。

她一試之下，才發現很難站起身。她又等了一拍，讓保持平衡的自信回到身上，接著在迷霧中伸手找希瑟，終於摸到瘦成一把骨頭、只覆著薄薄一層肌膚的臀部。

「妳沒事吧？」她問。

「好像有點過頭。」希瑟承認。

「我們回去吧。」卡門拉起希瑟的手，兩人踏著最小、最躊躇的步伐前進。卡門回到前一間房時還有點頭暈，但至少她已從凹室最深處的沉重空氣中解脫出來。她們繼續前進——或者說繼續退回——行動遲緩地回到最前頭蒸汽最舒適的凹室，她們才停下坐了一會兒，看著兩名體型如摔角手的龐大女子，穿著黑色丁字褲，其中一人以緩慢出神的方式替另一人擦背，並將毛巾拿到水龍頭下沖涼、擰乾，然後繼續擦背。

「這地方真值得一遊。」希瑟說。卡門看得出她打算省略這次體驗的細節，修改成讓自己滿意的故事，然後在某個晚上，對某個同樣穿得一身黑的人在甜甜圈店外的停車場上分享今天的故事。

「我們涼快一下吧。」卡門提議，於是她們起身，腳步穩定多了，退到淋浴噴頭下。噴出來的只有冷水，而且不是一般的冷。

「啊！」卡門驚呼。

希瑟移到她身邊，頭上是同樣一波感覺像冰塊融化後的水流。卡門透過水花感覺到她的存在，睜開眼剛好看見希瑟水洗般淡藍的空洞目光。她看出希瑟正讓自己通過減壓把自己從這一無法改變的共同經驗中抽離，回到她們即將重返的黯淡巴黎午後，再一次互成個體。但她做不到。她們再也不能退回和先前一樣的位置，因為她們一起經歷了這一切。卡門看出這個午後之前的一切，都只是她倆之間的序幕，一首前奏曲，現在正是開始的起點，是她和希瑟也許即將交會之處。

回到旅館，她撥打麥特和寶拉的電話，感謝老天是蓋比接的。

「一切還好嗎？」她問。

「這裏出了大事。」他不完全刻意低語，比較像電視上高爾夫解說員遇到關鍵推桿入洞時的語調：「那對雙胞胎把隔壁街上的新房子點火燒了，然後還留在現場觀察自己的手工成果。警察馬上把她們從人群中抓出來，她們倆的運動鞋腳尖都燒融黑掉了。爸氣壞了，而且嚇得半死。這兩個女孩長得很甜，但絕對是徹底的罪犯。」他停下來，等了那麼一拍，兩人都在聆聽話筒內一波波細微的光纖雜音。然後他說：「嘿，妳怎麼樣？希瑟想把妳推下艾菲爾鐵塔嗎？」卡門突然好慶幸自己擁有的是蓋比。她想像希瑟前方的道路，她未來的幾年：扮相詭異的男友、提不起勁的胃口、療程的各種階段、時期、諮詢和用藥。一切都需要父母極大的注意力和介入，讓希瑟順利進入成年期看來會是個顛簸不斷的議程。

他們三人前往瑪黑區一家羅勃知道的餐廳用晚餐。餐廳裏坐滿年紀較長的客人，乘著宴飲交際熱潮全都點起香菸。侍者把菸放在銀盤端上桌，包裝已拆封，火柴盒也折開，每個細節都準備妥當，彷彿抽菸是一急切不可或缺的元素，與歡欣饗宴密不可分的一部分。一同現身的還有許多香檳。侍者從地下室踩著環形步伐端上來，軟木塞此起彼落拔開的啵一聲，更突出了現場的笑語和談話——大部分是法語，一些較不突出的語言襯托在旁。

羅勃替她們點了波爾多紅酒，是他熟知的好東西。他把這類資訊記在胸前口袋裏一本薄薄的皮質筆記本上。羅勃沒上過大學，他只讀過美容學院，而這些年來，他上升的社會地位讓他必須死記硬背某些社交知識。

至於主餐，他點了牛排配炸薯條。希瑟和蓋比一樣是素食者，點了菠菜派和青蒜馬鈴薯濃湯。而卡門——在蓋比譴責眼神的十萬八千里外——點了烤鵪鶉。她從未吃過鵪鶉，但他們既然身處高級料理的首都，何不勇敢嘗鮮？她想像一小盤與雞肉類似的精緻美食，淋上某種製作複雜的醬汁。結果端上來的是兩隻毫無生命力、蜷曲著頭的死鳥。

「好噁心，妳怎麼能吃得下？」希瑟用手背遮著眼，誇張得就像默片女演員。「真的喔，」她說：「我會吐的，如果要我看著她——」她話鋒一轉，臉不再對著爸爸，而是轉向卡門，授予她直接被指名道姓的特權：「看著妳吃這些鳥的話。」

「也許我們該把食物送回廚房。」羅勃說，用指關節輕捏希瑟的臉頰。他又問她：「這樣會不會比較好？」他對女兒小心翼翼，也用同樣態度問卡門：「這樣可以嗎？我們幫妳點別的菜，點看起來沒那麼慘的東西？」

他表現得彷彿餐點事件只是個小問題，單純是另一件可以擺平的小事。他堅持毫不間斷的愉悅心情，直到今晚的暗礁徹底消失，而剩下的晚餐時光也被輕快活潑的節奏取代。卡門把鵪鶉送走，改點比目魚。羅勃因為不好意思舉杯，乾脆拿起玻璃杯旋轉幾圈，讓紅酒沾染了杯內各處，喝了一口，讓剩下的酒液沿著杯子內側滑動。

「我知道我現在應該要累慘，但我不覺得。我反而超有活力。這就是巴黎，這個城市的奇妙之處。」

卡門和希瑟坐在一起，眼神沒有交會，但強烈感受到對方的存在，然後假裝聆聽羅勃試圖抹滅她們之間的摩擦，自顧自地幻想他們是三位高雅時髦的人士，在光之城心滿意足享受彼此的陪伴，彷彿置身攝影大師布拉塞的相片中。

卡門的比目魚送上桌後，希瑟才開始對付她的菠菜派，咬了幾小口，然後挑挑撿撿，把幾小塊碎屑推到一片萵苣葉下。侍者一過來收拾空盤、擺出小杯的義式濃縮咖啡，她就要求離席去找洗手間。

「我們今晚老土一下。」羅勃對卡門說，此時希瑟正走過他身後，佔據了一小塊空間：「我們去蒙馬特高地，讓蹩腳的街頭畫家替我們畫肖像。或是去看康康舞秀。」他拉起卡門的手。他還在享受他們之間剛萌芽的羅曼史，而卡門已經遠遠超前，走在他倆混亂、現在交叉貫穿的人生道路上。或者這麼說，她看見那條道路瘋狂地朝他們大夥兒猛衝過來，就像電玩「頂尖車手」中的情景：那是早期遊樂場中的一款的遊戲機，以前總會讓蓋比假裝驚恐地尖叫出聲，只見他忙著轉動方向盤，避開掉落的岩石或路上溼滑的油漬。

這可不是卡門腦中的情境。她尋找的是某種有趣、能夠處理、而且性感的東西，但現在情況很明顯，關於這一切，如果持續下去，會變得體積龐大且一團混亂。她想像把自己和蓋比、與羅勃和希瑟合併起來，組成社會上那種尷尬的重建家庭，在所有人已經存在的問題下創造一則新的幾何公式。她不知自己是否已愛上羅勃，甚至是否夠喜歡他到讓她足以扛起他身旁的牛軛一同承受重擔。直到現在，她都還不需要問自己這些問題。

黑土區

尼克行駛在九十號州際公路上往北穿過伊利諾州。公路上的交通，無來由地變得相當瘋狂。途中他必須兩次突然偏離車道，以避開精神恍惚、任意換道的駕駛。

他沒有對奧莉薇亞透露這次朝聖之旅。他只告訴她自己要去天文台見柏尼．凱托。這些日子對她撒謊很容易，她的心思都放在新工作上。卡門的新男友羅勃帶她進了他的公司。「馬克安東尼」，這是個新的羅馬帝國，他們在密西根大道上有家大型美髮沙龍。奧莉薇亞目前收到有錢太太所給的小費讓她多了不少額外收入，她會再去買一隻貓。

他內心十分肯定她最終會離開他。她已無法保護他遠離他自己，他自己是如此令人畏懼的敵人。而且如果他又開始用藥，她就會退出。這些是她開出的條件，而她可是個強硬至極的女人。如果她消失，他將再也無法對付自己，而他的兩個姊姊也無法救他。她們看不出來，面對他需要嗑藥的渴望，她們的力量有多渺小。她們像小螞蟻般說：「嘿，這座大樓要倒塌在你身上了，我們能不能幫你扶一下？」

他打算從正面行為下手，將焦點從他需要的，轉變為他能為別人提供的。從艾莉絲那邊開車過來時，他得到這個想法。據她說（而她是聽珍說的）湯姆．弗瑞斯正想創作一首關於那場意外的歌，希望讓自己的事業東山再起。尼克這時想到，以這個例子來說：跟湯姆．弗瑞斯的行為恰好相反的會是什麼？他想出的是這趟私密的朝聖之旅。他想像女孩的家人因為失去的悲痛而心靈空洞，他會交出自己，無論他們需要什麼，都有個人可以一起談話、一起哀傷。

離開伊利諾州，他穿過威斯康辛州南邊，經過乳酪店，然後在麥迪遜市接上十四號公路後往西駛向黑土區，他從卡門的婚禮後就未曾造訪此地。他還記得，而且像彩色影印般驚人的生動，那天和奧莉薇亞開車出門，車上卡座放著舞韻樂團（Eurythmics）的〈美夢〉（Sweet Dreams (Are Made of This)），當時他們倆正穿過盛暑中已褪卻的點點綠色，看向窗外盡是暑氣中閃閃發亮的莊稼。當他在不同天候下再一次走上原路，開著更好的車，帶著更認真的思緒，他突然記起一件關於那起意外已被全然忘記的事——那天的開頭原本是個美好的日子。

他開過克羅斯普萊斯不久後，農地逐漸被樹林取代，他也抵達了目的地。奇妙的是，他不需要任何路標輔助。他腦中的某種早期記憶就像是鴿子認家的裝置，知道如何找到確切位置，即使那天晚上他早已徹底嗑昏頭，即使那晚距今已是許多年前的事。他停在路邊，下了車，走向那棵老橡樹——在那一晚就已是棵大樹，而現在又長得更大——是奧莉薇亞急轉方向盤時撞上的，當時她試著轉彎，雖然太遲，但還是打算閃開女孩所站的位置。當時的策略已了無痕跡，樹幹上未留下絲毫疤痕。以大自然的法則，發生在此的傷口已被醫治並填滿。

他站得挺直。頭上的枝幹顫動著新葉。他又蹲下身子，盡量靠近記憶中女孩扭曲倒地的位置。他記得茱德忙碌的身影，先為女孩口對口急救，再施行心肺復甦，然後聆聽任何氣息或心跳。而他和奧莉薇亞一無是處地坐在原地，就像兩個襤褸的男女娃娃。

他用手掌鏟起一把泥土，和剛才經過的田園一樣是深炭黑色。他起身時，竟不知自己蹲了多久。

回到車上，他經過市中心繼續往前駛，來到曾是農莊的地方——現在早已被尋常小店取代。那棟房子依然莊嚴矗立，但現在粉刷成平凡單調的白色。多色的穀倉曾是艾莉絲的畫室，現在又回復紅色的底色，而且就他觀察，也被回收利用當成倉庫和畜舍。停在路邊，他看不見屋後是否還留著那座小花園。他停在路邊太久了。一台州警巡邏車開過身邊然後停下，但沒有倒車，只是等著。尼克用鑰匙發動車子，迴轉一圈後開向市中心。他停在一間無名的酒吧前，是水泥磚搭建的小屋，一塊閃著霓虹燈的「老密爾瓦基」招牌懸掛在前面的小窗上。這是間常有群架的酒吧。他去過這種酒吧的次數之多，不用開門就能聞到血腥味。到了裏面，他低調地四處詢問泰瑞．瑞德蒙的下落，胡亂編了理由要修理他家的污水處理系統，因此拿到他家的地址，就在離這不遠的一條泥土路上，離女孩被撞的地點相當近。

然後他發現尋覓中的屋子和一排早已褪色彎曲、油漆剝落的排水溝比鄰——女孩那晚非常可能失足跌落。一隻懶散的巴吉度犬閒來無事，扒開前門的一塊草皮。這裏沒有東西能顯示出主人的驕傲，要離開這樣的地方，連回頭一瞥都顯得多餘。車棚下停了一輛小型豐田卡車，另有四台很舊的車，一輛接一輛停在半圓形的泥土車道上。一台福特的獵鷹、一台龐蒂克的博納維爾、一台四四方方有遮蓬的帕卡德和一台福特野馬。彷彿屋裏正在舉辦一場鬼魅的舞會。

前門開著，所以他敲敲外門的玻璃。屋裏沒人聽見，電視正喧鬧地播放重播的影集《蘿珊》。他能聽見蘿珊對一個孩子說：「去問你爸……你真正的爸爸。」

他稍微拉開門，那隻巴吉度犬擠過他身邊跑進客廳。尼克把頭探進屋內。

「哈囉？」他招呼一聲，然後聽了聽。橡膠織物咯吱作響，拖著腳的沉重步伐，然後電視關掉。

「你要幹嘛？」先傳來青少年的聲音，然後映入眼簾的是個穿著T恤和寬鬆運動褲的胖男孩。一臉就是長大當看門警衛的料。他是那女孩的兄弟。是活下來的那個。

「你爸媽在嗎？」

「他在後院。」這孩子絲毫未露半點好奇心，表情幾乎一片空白。他伸手關門，又消失在屋內某處。喀啦一聲，電視機的吵鬧聲又回來了。

屋子後頭，泰瑞・瑞德蒙駕著一台鉤著寬刀面割草機的拖拉機，在草地上繞圈子割草。他終於看到尼克，停在他面前，但沒關掉引擎。

「嘿！」尼克大喊，做出手勢：「聊聊好嗎？」他用一隻手比出說話的手勢。這麼一來，瑞德蒙關掉引擎，一股濃厚的油膩的汽油臭味如浪潮般撲向尼克。這男人還是尼克那晚在警局見到的樣子，體型矮小但感覺好鬥，只是現在多長了點小腹。

「你不記得我了。」尼克說。他不再留著馬尾辮，現在為了開車還戴了眼鏡。

「不，我記得你，記得很清楚。」泰瑞・瑞德蒙說：「我絕對忘不了穿女裝的男人。」他的面孔有明顯突出的下巴和眉毛，尖聳的鼻樑，牙齒有好幾處沾染上棕色陰影。這是張用惡火鍛造出來、歷經太多悲慘經驗的臉。打架、失去工作、機械相關事故、家庭紛爭。

「你知道嗎，我對你要說的話沒什麼興趣，而且珊娜——她也不在。」

「我不想浪費你的時間。」尼克說。

「我可以等。」

「恐怕沒法等。現在她住在離這幾個州以外的地方。」他走下拖拉機，站在尼克面前，靠得有點太近。一股強烈的酸味從他口中滲出，嚼著一撮菸草的臉頰稍稍鼓起。

「我只是打算過來做點補償，就這樣。」尼克說：「我想讓你知道，我沒忘記這件事。那一晚盤踞在我心裏，就像昨天才發生一樣。時間對這一點都沒有影響。」

「我幹嘛要管你的心情？你想從我身上得到什麼？我希望你不是跑來要我給你什麼狗屁原諒。」

「不是……我只想讓你知道有人能分擔你的悲痛。我想每個人都需要想想，自己的行為本來可以改變某些事的結果。不然一切就只是一團混亂和亂槍打鳥。我在想，也許你曾經責怪自己，而我想要——」

「你他媽在說什麼？」瑞德蒙邊說邊踏出一步，用一隻很髒的手指甲尖銳的戳著尼克的襯衫領子。

「就是，嗯，你女兒半夜一個人在外——」

「聽著，我不知道你現在是什麼人物，看起來你把自己打理得不錯，但之前你跟你那群朋友一樣都是怪胎。我們在這裏過的是不一樣的生活，半夜三點鐘，我們不會料到路上還有車。就算有人開車，也都是我們認識的人。那些人知道這一帶有孩子出沒，而孩子的行為一向不按常理，就算在大半夜也一樣。」

尼克還想說話，但發現已經沒有機會。泰瑞．瑞德蒙的嘴角快速飛出一團棕色液體，落在尼克厚重涼鞋露出的腳趾旁一吋遠。唾液撞擊泥土地是他聽到最後的聲響，他腦中隨即發出某個東西鬆脫的啪一聲，接著是突然襲來的強烈疼痛，眼前先是灼熱的紅，接著陷入一片黑暗。

他清醒時還躺在倒地的位置，他的左臉感覺像是撞上某種工業機械。他看見眼前的地上有一小灘嘔吐物和一顆沾血的牙齒。他花了幾分鐘用舌頭在嘴裏搜尋，才理解這顆牙原本安穩地待在他嘴裏。他撿起牙放入口袋，摸摸鼻子，檢查是否也需要個新的，但這次鼻子完好無傷。他緩慢地，好幾次甚至得停下喘口氣，終於站起來走到屋子前院。現在屋裏沒有半點動靜，卡車也不見了。留在原地的只有那幾台鬼魅般的車。

他站在刺人的風中，看著逐漸轉暗的天空，春季風暴正急速接近。他明白，接受這一拳，泰瑞·瑞德蒙給他的第二拳，是另一次微不足道的和解，在一則尚未解開的方程式中，已經產生極小的重新校正。這一定就是他前來的目的。

在角落，聚光燈下

「我恨她。」這是新的蓋比，卡門之前還沒見過。新蓋比的出現，一部分是因舊的蓋比轉入十二歲，另一部分則因為先是羅勃，現在又是希瑟，搬進了他們的家。

「我知道她有點難搞。」卡門正和他隨意閒聊。昨天希瑟開他玩笑，於是他和她狠狠吵了一架，不過兩人都不願透露爭吵內容。他的回應就是出手打她，下手之重，讓她的側臉留下瘀青。當然，這種行為很不可取，但她也從未想過自己會遇上這個管教議題。

「我就是討厭她。我覺得她的厭食症很無趣，她愚蠢的龐克風格——也很無趣。她整晚打電話給她的白痴朋友，但一點重點都沒有。每樣東西下面和沙發抱枕中間都有奇怪的食物殘渣，好像家裏有隻松鼠在儲存食物過冬。這裏本來是我們的家，現在就跟爸的家一樣——永遠都得跟其他人擠。」

卡門和羅勃結婚時，希瑟正與母親同住。然後她的體重降到四十公斤，希瑟前往調養中心住了段日子，裏面的人幫助她檢驗自己和食物或其他事物的關係，她的體重最後改善到四十六公斤。她也準備好了，根據醫生和心理學家的建議，重新加入正常生活。但羅勃不想讓她回去跟她發瘋的母親一起住。

卡門總認為羅勃的前妻露易絲的瘋狂一定經過相當程度的加油添醋，因為大部分人（包括她自己）對曾經的另一半都應該頗有微詞。但有一次在「生命更新」中心舉辦的一場親人扶持聚會，她終於見到露易絲（還有兩隻訓練有待加強的狗，她堅持要一起帶來），這個迷思才完全終止。沒有人，更遑論一個十七歲的女孩，應該和她一起住在狹小的公寓裏。更不用說露易絲自己的體重也許都只有四十六公斤多。羅勃從未提過這件事還真奇怪。

情況不容置疑，希瑟和她爸、卡門及蓋比一起住對她最好。他們的家是她手上最可靠的選擇。卡門和羅勃在尋找新居時，最後沒有搬家，而是把卡門家的各個廳室漆上更現代的顏色，再添購些新家具，把雷文塢路的房子打造出獨特風格。這房子座落的這一帶曾經混著荒廢的農舍、不清楚裏頭搞什麼工業活動的矮磚廠房，而且比她認識的任何人都要偏西。然而過去幾年，這裏變得時尚起來，建築師將工業大樓改頭換面建成工作室，雅痞買下房子後再以狹長的壁板改建，搭配維多利亞式的薑餅屋線條裝飾屋簷。她若要融入鄰里的流行風潮，只要四處觀察然後買到正確的壁板。結果待在原地不動，把搬家的麻煩事讓給別人去做，也讓她的政治立場從自由主義變成了激進派。

但這房子不夠寬敞，他們只得把希瑟移到蓋比當美術工作室的房間，所以當然他從一開始就討厭她。

「我知道，我知道，現在的情況對你不算理想。也許換個方式想想，我們是在幫她活下去。活下去而且不用再待在養護中心。」

他沒回答，只是盯著地板，嘴裏發出輕微的嗡嗡聲，希瑟不在時他才會這麼做。這起因於她眉毛上方的一個蜜蜂刺青，眉毛兩邊還有會移動的小小細紋。

卡門相信把希瑟接過來是正確之舉。但她也看得出蓋比會合乎常理地感覺被取代，而她並不喜歡把任何人的福祉置於他之前。

她找羅勃談過，他解決問題的辦法卻完全不切實際：等孩子的暑假一開始，他們四個立刻去阿拉斯加旅行。

「相信我這一次。」他穿著內褲，目光挑剔地看著自己映在衣櫃門鏡上的身影。他拍拍自己平坦的腹部：「這叫初次體驗法。我們全部前往一個渺無人煙的陌生環境，一起嘿呦嘿呦玩拔河，摔在彼此身上，讓感情產生連結。這就是管理的技巧，一種變相的公司培訓。」

兩個孩子當場拒絕，但被告知沒得選擇。他們隨即大力抱怨（蓋比）和堅持冷戰（希瑟），但六月底某日，他們仍把華特帶去葛蕾絲家（兩家協議好的輪流顧狗方案），然後前往奧海爾機場。

「天啊，這一飛還真是滿久的耶。」卡門說。他們一群人為了趕上轉機，正在明尼亞玻利機場奔跑。

「妳是看地圖，忘了阿拉斯加的圖片插在旁邊。」蓋比解釋：「其實位置離俄羅斯很近。」

他們在費爾班克斯下機時，是天空明亮、陽光晴朗的晚上九點。他們挑了輛計程車，開往從旅遊指南上隨機選中的一家旅館，那本來是給採礦工廠主管住的老舊木屋。

「這裏年代應該很久了吧。」卡門說。計程車停在幾棟散落的小屋前面，看上去也許歷史悠久，但絕對瀕臨倒塌。一男一女兩個青少年在櫃檯幫他們辦入住手續，然後他們共用一根叉子，從一個微波盒裏挖通心粉沙拉吃。隔天早晨，羅勃辦理退房時，也是同一對孩子把帳單算出來。

「我覺得他們把真正的旅館老闆殺了。」蓋比說。

希瑟露出一抹極淡的笑容。她和卡門一起坐在後座，正吃著從能量棒上剝下的幾小塊碎渣。她復元的部分跡象就是吃個不停，到最後演變成這樣費力費時地啃食能量棒。

他們整個早晨都在往南開，到了一片佔地寬廣的國家公園後，在站牌等待一輛學校巴士，然後坐六個小時的車進入公園，當天入住被大自然圍繞的旅舍。他們都是城市動物，沒有人對大自然感興趣。從巴士的窗戶望出，可以看見麋鹿和野兔，遠處有隻大熊繞著圈圈徘徊，牠殺了隻幼熊——是自己的同類——來吃，現在正守著食物。這一幕讓開巴士導遊十分沮喪。因為這在熊類而言並不多見，牠們不會輕易殺害幼小的同類。

「嗯，但是呢，這主意還不錯。」羅勃又開了個爛玩笑。他可是精通此道。

那一晚他們在旅舍裏用餐。希瑟點了凱薩沙拉，沙拉醬分開擺在旁邊。侍者問：「沙拉裏要不要配大比目魚？」

之後他們前往一間聚會用的草皮屋，參加一場為遊客舉辦的介紹會。演講者告訴大家，如果他們在林中遇到一隻熊，應該立刻聚在一起然後開始唱歌，熊會覺得他們體積較龐大，而且心情愉快，不會造成威脅。

「是喔。」希瑟說：「我絕對會一邊擠來擠去一邊唱歌。」

隔天早晨，他們選了有指標的森林步道，而且是三條中最簡單的。他們沿途摘採野生藍莓，同時因為事先被叮囑過，踏在永凍土層上的腳步盡量輕巧。

「踩起來感覺好像洗碗海綿比較粗的那一面。」蓋比說。

第三天，他們坐進螺旋槳飛機，飛上天觀賞麥金利山的全貌。機身用的是跟車牌同等厚度的鐵片打造而成。起飛後的噪音讓人震耳欲聾，所有人都得戴著耳機、用麥克風跟對方交談。山峰筆直衝向他們，他們就要撞上去了。

「你隨時都可以轉向。」卡門告訴機師。她坐在副駕駛座，負責在緊急時刻使用滅火器。

「我們跟山峰間還有一大段距離。」機師說：「人在高處會產生距離偏差。」

其他人都沒開口，只是瞪著山峰。羅勃終於跳出來說話。「我覺得大家都看夠這座山了。」他說完後，機師便轉向。有那麼一刻，大夥兒都很高興——難得的團結一心。

到了最後，羅勃印證了他的論點。這趟旅行一旦結束，就會成為一份共享的體驗，像是集郵冊裏的第一張郵票。兩個孩子之間的冰層似乎開始融解。到了夏末的清晨，卡門有時會發現他們一起待在廚房，蓋比吃著一碗混合口味麥片加一大杯牛奶，希瑟則啃著一片乾吐司配檸檬茶，或是鹹餅乾和健怡可樂。他們會用青少年難解的方式交談，跟他們的朋友一樣刻意用濃重鼻音說話。他們兩個竟然變得像是朋友了！卡門和羅勃悄悄擊掌以示慶賀。八月初，卡門陪羅勃參加亞特蘭大一場「馬克安東尼」年度髮型秀。四天後，他們回到家裏，事情又產生了變化。蓋比和希瑟又回到迴避彼此的狀態，只是方式變得不同。

他們兩人在屋裏常待在一起，但不完全有交流，只是單單繞著對方打轉、徘徊。卡門把懷疑藏在心裏，暗暗觀察其他線索。最後她靠著檢查房間、偷看日記察覺端倪。希瑟的日記中有那麼一段話是關於蓋比對她的迷戀，而她也「挺享受的」。

然後有天下午，卡門稍微提早下班，發現他們一起躺在一張毯子上做日光浴。

於是卡門把這個議題從不曾探討的區塊中拉出來，找天晚上關上房門，雙手放上羅勃的肩膀，兩人額頭輕輕碰觸，引用《阿波羅十三號》的電影台詞：「休斯頓，我們有麻煩了。」

「不行，對她來說，他年紀太小了。」說得好像這個因素大有關係，彷彿他們是因為年紀才不能在一起：「而且我不確定，但我想她還是處女。」

「她不會是處女。」卡門回道：「她待過三間飲食失調中心和一間戒毒所。我可以跟你保證，在某間中心、某個沒人看管的夜晚，她一定已經跟某人睡過了。而且現在她只是在利用蓋比的單純。」她把日記片段告訴他。

羅勃表情嚴肅地聽著，所以她猜想他終於懂了。但他馬上接著說：「所以沒有真的發生什麼事？」

「還沒發生。」

「在店裏，不管是迷戀還是爭執，我們通常讓美髮師自己處理感情問題。」

「你到底在說什麼？我們又不是在說偷拿梳子還是大人的約會這種事。他們倆還是孩子，我們是一家人，蓋比才十二歲！」

從那一刻起，他們的爭執就像坐在碰碰車裏一樣橫衝直撞。羅勃認為這只是一個階段，只要靜靜等待，迷戀自會消失。卡門則認為需要有人跟希瑟談談。

「但這樣一來，她反而會為了反抗而故意去做。」羅勃說。

直到目前為止，卡門總是把羅勃視為手段圓滑的操控者，負責調解喜怒無常的髮型師和態度惡劣的客戶。現在她才看清他面對問題時迂迴的處理方式並沒有更深層的意義。追根究柢，其實他只是非常被動。她這才明白為何從未見過他管教希瑟。而且直到現在，他們兩個也從來沒吵過架。他完全不與人發生衝突。雖不衝突，但也不妥協。簡直是打不倒的組合。

「我們不能讓這一切繼續。」她說：「這種行為太野蠻了。如果你不幫我，我也不能單獨和他們倆談判，我只能把蓋比送去跟他爸住。」

她這麼說只是嚇唬人，他們心裏都很清楚。讓蓋比跟麥特、寶拉同住只會讓他們知道事情的全貌，而卡門是不可能忍受的。因此，卡門只能暫時靜觀其變，同時以冷戰對付羅勃，一面拚命思索下一步。

到了冷戰第三天，羅勃算是，讓步了。

「我還是覺得這件事會自己解決，但我不能忍受妳的沉默。我會支持妳，但妳得當開口的那個人。」

這可不是她期盼的。她本來期待兩人能夠心意相通，而羅勃只是不夠力的讓了一步。但她還是答應了，即使感覺起來是她妥協。

和希瑟的溝通相當不順利。她很憤怒自己的隱私被侵犯。

「聽著。」卡門說：「問題在於妳所做的事情，並不是我們要跟妳起衝突。」她停頓一會兒，徒勞無功地等羅勃插話。但他只是坐在桌邊，安靜得像台沒接線的喇叭音響。

希瑟做作的深深嘆氣，然後氣呼呼地跺步離開。跺步是她其中一樣經常上演的劇碼。

「我覺得剛才滿有成果的啊。」羅勃和卡門之後獨處時說。

她了解到，以長久的眼光來看，這麼做就像裝上路面減速裝置。她已經在兩個孩子之間安插了一小塊阻石，知道父母將會時刻觀察，必然會讓事情變得掃興。蓋比會逐漸忘記對希瑟的迷戀，而希瑟會上大學，到時再陷入更嚴重的麻煩。羅勃會繼續軟性按摩，把所有問題設法推開，卡門則會一直待在他身邊接受這一切。但在心底，她已經開始了失去自身信念的過程，失去了自我評估的確定性。同時，從這裏開始，她將會一再認定這場婚姻是個小錯誤。

她起身為華特打開廚房後門，牠一直耐心等待她重洗眼前的風景，回過神來讓牠能夠出去撒泡尿。

艾瑪．古德曼的墓地

華特在床緣邊熟睡，身體翻了過來，四隻腳掌伸向空中，微微喘息打呼。雖然即將邁入中年，但有時牠看起來還是像隻幼犬——當牠在睡覺或玩耍時，會假裝狗食嚼片是隻老鼠，然後看似害怕地連連後退，再一鼓作氣衝上前。然而，大展身手後的清晨，也就是和葛蕾絲打完拳擊後，牠看起來又像個喝醉酒的男人。牠的鼻頭已經變白，口中一側有顆大牙也掉了。牠像現在一樣仰躺時，卡門會清楚看到牠嘴邊堅韌的皮膚垂落在被子上。

她轉過身，發現艾瑪．古德曼瞪著自己。印有她頭像的邀請函擱在床頭櫃上。今天是她的生日。每年六月二十七日，一小群無政府主義者代表團都會在芝加哥她的墓地前舉辦紀念活動。珍和湯姆會在場演唱會歌。卡門已經說服艾莉絲一起參加。羅勃當天必須上班，髮廊的生意就屬週六最忙碌，卡門彷彿記得聽到他早早出門的聲音。今天他的工作是要評估努力往上爬的髮型師，不事先通知便造訪三家當地分店，說白一點就是視察員工，但他會試圖掩飾突擊檢查的氛圍。髮型師是相當敏感多刺的。

自從去年蓋比和希瑟（她離家上大學了，但誰知道她能堅持多久）的小插曲，她對羅勃的期望值已經調低。她接受事實，他們之間的婚姻並不是彼此信念的結合。他們兩個不會是波娃和沙特，麗蓮．海爾曼（Lillian Hellman）和達許．漢密特（Dashiell Hammett），芙烈達．卡羅（Frida Kahlo）和迪亞哥．里維拉（Diego Rivera）。她和羅勃擁有的絕對不像這樣。將這場婚姻視為錯誤讓她壓力頓失，也解放了她的目光，因此看清他給了她什麼。首先，他對她超乎想像得好。而且她能舒適地和他發生親密接觸，以往她跟任何人都沒有辦法。他還提供了某種較難下定義的東西。他的存在就像一件有重量的背心，讓她穿上之後得以更穩固地踩在地上。她每次回到家，只要看到他已經在家裏，便總是很高興。她知道這些點點滴滴都能匯聚成很重要的東西。

「嘿。」卡門伸長手搖搖華特其中一隻癱軟的腳掌：「我們去看看有什麼新鮮事吧。」昏昏欲睡的牠跳下床，無力地跟著下樓。他們倆都發現一個令人高興的驚喜。他們熟睡時，本來在父親家過夜的蓋比偷溜回來，現在霸佔了餐桌，一面吃著一盤抹上花生醬的吐司，一面玩著一幅數字填圖的風景畫。他最近時常玩這種塗色遊戲。他會去舊貨店選購，然後照固定的線條上色。他會調換顏色，但不會刻意顯得突兀，例如紅色的天空和藍色的草坪——沒有太大差異的顏色順序反而比原圖更神祕而不可捉摸。彷彿一種密碼。

艾莉絲說，他在創作一種反諷式的等高線圖。卡門不太喜歡反諷這個部分。他在家裏的房間和艾莉絲的畫室繪製的畫作，幾乎都帶有一抹詼諧的黑暗：一條小巷內的一個大型垃圾桶，一對眼睛從微開的蓋子內往外窺視。一座午夜時分的垃圾場，大門敞開，有人在裏面等待。她決定先不去操心，黑暗面終會消散，會有其他事情蹦出來讓她煩惱。

「你怎麼沒待在那邊？」她一面問道，一面替華特打開後院的門。她用手指順了順蓋比的頭髮，感覺很髒。她決定不追究，她不想讓他的一天從聽見嘮叨開始。她自認很有福氣。以十三歲來說，他是個滿正常的孩子。有點懶散、一點不切實際，一點自我中心，但是，欸，他還是青少年啊。卡門有時會放縱自己想像他可能變壞卻沒變壞的各種樣子：沉默寡言、講話帶刺、自私傲慢。但這些擔心都沒有成形，至少還沒有。她已經找到一所專門教授視覺藝術的社區學校，他的才能在裏面只屬平常，而且可能很難從別人身上得到對自己的浮誇讚美。

「我算是早點開溜了吧。」他抬頭看她，眼睛被鏡片放大：「妳知道，趁著彈子機開始轉動前。」依照安排，蓋比每週六晚上會和麥特及寶拉待在一起。那對雙胞胎很喜歡設陷阱害他，也愛玩食物大戰，加上他經常被父親派去試著尋找他悲傷的羅馬尼亞弟弟到底對什麼東西有興趣，而他似乎對任何遊戲都興致缺缺。

當然卡門任何時候都很高興蓋比對另一個家放鴿子，即使他之所以喜歡這裏的根本原因是為了尋找沉悶乏味與一成不變。而且，週日也不需要在教堂耗上一整個早上。這樣很可悲，她知道，因為她還是把這種時刻（每次他早點回到家）當做贏了一分。雙倍可悲的是，當她還是氣憤麥特選擇離開時，他已經遠遠走在另一條路上，所以每當現實逼得他們見面，他似乎都記不太清楚曾經與她的婚姻細節。他對她抱持著一種表面的親近，彷彿他們只是曾經一起辦公而已。

麥特和寶拉已不再是（如果曾經是的話）一對招人閒話的老少配。因為身負重任，寶拉已經露出一種永恆的疲憊神情。現在他倆看來就像一對帶著年幼孩子的平凡夫妻，而且也被自己的善行整得更加精疲力竭。領養小孩只是開頭，他們還把微薄的薪資捐給教區，同時每年參加教區舉辦的大型戶外聖誕盛裝遊行，扮成東方三博士的其中一位（麥特）和聖母（寶拉）。有孩子之前，他們堅持把一年的時間花在奈及利亞，完成覆滿蒼蠅的使命：改變當地人的信仰，以及替村莊裝置濾水設備。對村民來說是件好事，但對蓋比就沒這麼好了，因為他當時完全沒有父親的陪伴。

她在冰箱裏為華特找到一個狗罐頭，給自己找到一個焙果。

「嘿。」她對蓋比說：「還是你今天跟我去那個艾瑪．古德曼的活動吧？」雖然她努力不表現出來，但蓋比參加與否十分重要。她想讓他踏進成人世界時，不只是跟隨著藝術的道路或是一場幸福的婚姻，也同時逐漸理解美國新左派的歷史，而且有身為其中一份子的感受。

「無——聊。」他回道。

「不，不會無聊，很有啟發性喔。艾莉絲會來接我們，我們可以趁機郊遊。我們今天得把她弄出家裏，最近她看起來像是住在地窖一樣。」

「地窖居民。」他用恐怖電影的聲音說，手上還在塗色。

艾莉絲像是待在地窖，是因為患了單核白血球增多症，醫生的指令讓她的人生停擺了好幾個星期，只能躺在沙發上休養。蓋比非常喜歡艾莉絲，所以卡門知道他會答應。

「好吧。」他說。

回到樓上，卡門在用油漆攪拌器卡住的窗邊洗了個長長的澡。外頭一棵山楂樹正處於開白花的階段，幾星期後便會凋謝。即使早晨陽光相當和煦，鑽過樹枝、穿過紗窗的微風仍略顯刺骨溼冷，暗示春季的最後一波寒意。她打個寒顫，把熱水溫度調高。

她開始整理床鋪，首先抱起幾個玻璃杯和昨晚讀的報紙。報上有篇「人權觀察」發表的冗長報導，探討強暴和性暴力對盧安達婦女造成的餘波。種族屠殺過了兩年後，盧安達仍舊壓迫著卡門的心。

兩年前，整個春季的每週六，她都在一間間珠寶店或雜貨店外奔走，為請願書收集簽名，力勸美國政府出面干預。結果完全沒有達到預期目的。柯林頓以及國務卿歐布萊特——不知所措，毫無用處。聯合國代表團陷入窘境。人道主義志工匆忙逃命。最後她站在芝加哥一家超市前，路人拿著長長的購物清單，卻只有一點點時間關心非洲某個小國的部落居民正用彎刀把鄰居砍死。她試著引起他們注意，卻終於被無效的努力打擊得精疲力竭。

她試圖對肯聽的人解釋事情經過。胡圖族受到廣播宣傳慫恿後，如何變成可塑性高的順從殺手。他們如何學習有效率得屠殺，用臨死的人練習，然後逐漸發展成徹底的重生。有些人被他們砍斷手腳，留在原地痛苦掙扎至死。願意付錢的圖西族可以要求買顆子彈，這樣死得比較快。對付小嬰兒，多虧了節省彈藥的政策，只被摔向牆壁撞死。卡門手上有放大護貝的照片，她將照片貼在小桌上，但沒人看上一眼。沒有人想看被砍斷的人體部位或人類垃圾場。

當然，她無法跟羅勃討論這些。她沒糾正他之前，他一直以為美國有七位最高法院大法官[1]，他也從未聽過毛澤東的文化大革命或羅莎．帕克斯這個人。在他能力所及的範圍，他是個正派的人，但並不包括盧安達——雖然只發生幾次，但他甚至把這國家叫成「朗奈達」。

現在屠殺已經終止，但餘波尚存。婦女覺得羞恥，因為曾被強暴而蒙羞，現在又必須撫養強暴犯的孩子。卡門認為這段時間只是暫時的平靜。圖西族怎麼可能原諒謀殺自家人的鄰居？她以前看事情只著重在不相干的各種議題，現在才發現尚未完結的故事才是更嚴重的問題。她研究過種族屠殺的機制，試著親身理解，偶爾也針對這個主題發表演說。每一個人，她認為，都必須眼神敏銳地留意另一場規模龐大的屠殺，在事情發生之前適時介入。然而，她的信念正逐漸消逝，好像突然頓悟到，歷史能夠自行避免重演。她最近讀到泰瑞莎修女說她已不再能聽見或看見上帝，卡門心想：嗯，可不是嘛。

他們也帶上華特。卡門跟蓋比剛讀了一本幾個修道士寫的關於飼養德國牧羊犬的書，裏頭說到不管去哪裏，都帶著你的狗。書裏還提到對狗唱歌，並加進牠的名字。他們倆正為兩句糟糕的歌詞僵持不下：「華特，牠從不畏縮」和「華特，我們一根毛都不想改變。」

當他們的車停在艾莉絲住的大樓前，她已經在改建成自動洗衣店的大門口等待。卡門一直很在乎妹妹，但自從艾莉絲匆忙將她帶離墮胎診所前的人群，一手扶著卡門的肩，另一隻手抓著她斷掉的耳朵，從那一刻起，卡門便——以一種強烈的方式——全心深愛著艾莉絲。

「我們開敞篷車去吧。」她說。

「妳確定可以開車？」

「我可以開車，我只是不能接吻。」

就算生病，她看上去也好極了。她穿牛仔褲和一件舊的綠色T恤，她坐在自己新車的車篷上望著他們。那輛車是二手賓士敞篷車。車篷已經放下，車子已經準備踏上未來的探險之旅。卡門暗想，艾莉絲看起來像是在拍廣告，但不是汽車廣告。也許是味道活潑的古龍水廣告，或是某種衛生棉條，針對地位崇高、沒時間理會流血的活躍女性使用。艾莉絲的吸引力在於伴隨她的微微羞澀，彷彿她只是個平凡得多的女人。這副景象的每一個細

1　應該是九位。

節——二手車、脆弱的主角、初夏的某天、鄰區散發出的工業衰敗氣息——都讓卡門的心泛起淡淡的羨慕。最近她察覺自己自從離開研究所後，每年穩定增加一磅的體重。這些悄悄出現的磅數並沒有讓她的肥肉變得結實，還多了個需要處理的大屁股，只能用長夾克和打褶長褲遮蓋。而艾莉絲半點體重都沒增加，就算終於戒菸成功後也一樣。她依然能在三十五歲左右的年紀坐在車篷上、穿著二手商店的T恤和牛仔褲，看起來卻仍棒極了，而且是跟二十出頭的她稍微不一樣的迷人。卡門開始考慮再次騎上地下室那台室內健身腳踏車，她先前一直把它拿來當曬衣架晾毛衣。

最近艾莉絲過得很好。她去年得到古根漢獎，現在一家「近北美術館」又要展出她的作品。她開始能從作品上賺錢，她說她從未想過這個可能，而且也讓她稍顯不自在，因為她比朋友都有錢、也更有名。她為了掩飾成功，依舊住在老舊的頂樓，雖然房裏多了些新家具、真正的浴室和廚房、床上擺了厚實的床墊（從瑞典特別訂製的）。賓士也很老舊，和她的名氣剛好相反。同樣的，她有一名從來不提的助理，一週有一天時間替艾莉絲填滿顏料、鋪展畫布、清理畫筆。以卡門的角度看來，艾莉絲正踮起腳尖、靜悄悄地踏入新生活。

前往墓園的路上，華特仰著頭正面迎風，蓋比則從後座往前挨，忙著告訴艾莉絲他們在學校讀的美國獨立戰爭。他把打點艾莉絲的教育當成自己的責任，因為他認為她的知識缺乏到悲慘的程度。卡門和尼克都上拉丁學校，所有基本知識都涵蓋在課程內。而艾莉絲由於對藝術的寄託，上的是芝加哥老街的一間自由學校。在當時的七〇年代，學校主張的是直呼老師的名字、校外教學的主題是觀賞暴力或裸體的表演藝術或展覽，讀書並不是上學的重點。校內課程表十分鼓勵艾莉絲創作，卻也讓她留下某些知識的空白，例如她對大部分歷史都不清楚，除非該歷史事件影響了藝術。

「好，所以當華盛頓跟大英帝國作戰時，」蓋比告訴艾莉絲：「班傑明・富蘭克林正在法國試圖與他們結盟。」

「你是說我們跟任何國家都沒有外交關係？這樣不是，不知道耶，有點膽顫心驚嗎？」

「這整件事都讓人膽顫心驚啊，真的很嚇人。」他說。

「那感恩節呢？」

他盯著她好長一段時間，久到她忍不住快速回頭瞄了一眼，捕捉到他的瞪視和伴隨的沉默。

「那是更早之前，對吧？」她的眼睛又回去看著馬路。

「嗯，是啊。」

「我就知道。」她說：「非常早之前。」

「妳才不知道。妳以為富蘭克林跟印地安人吃過火雞，晚餐後還一起出門放風箏。我每星期都要給妳隨堂考才行。如果妳跟別的大人在一起，然後犯了這種可怕的錯誤怎麼

辦？我得盯好妳，妳跟那對雙胞胎一樣，不過她們比妳還糟。爸買了個地球儀給她們，然後她們不小心說出原來她們以為我們住在球裏。」

到了墓園，他簡單為艾莉絲概述了乾草市場暴亂，告訴她幾個暴民被埋在這座墓園內。講到這，他又把話題轉到世紀初的勞工運動、爭取一天工作八小時、革命工聯、擲入群眾中的炸彈，造成工人和警察的傷亡。艾莉絲用裝笨來娛樂他。雖然她的學術知識有缺口，但她得感謝卡門，讓她因此相當熟悉美國進步運動的歷史。蓋比就像多數男孩，對事實十分擅長。卡門關心的是他是否也能看見事情的全貌。她曾試著讓他知道歷史中也有不為人知的一面，而且總有一方受益。要理解事情的真實經過，必須順著線路一路回溯——找到從中得利的人。跟隨權力或是金錢，或是兩者，就能找到。

越來越頻繁地，卡門發現朋友之間，大家都用無範圍、無方向的概念，以新式抽象字彙談論法律的不公，而不再像以前，抵抗權力的特定行為都有充滿熱情的修辭加以描述。現在的問題變得過於龐大、從體系上就開始出錯，根本不是個人的補救所能解決。她對此相當痛恨。她也不想讓蓋比在這個與以往不同的道德觀怠惰的社會風氣下成長，所以她帶他一起參加今天的活動，藉此見識左派之路。

她很驚訝看到紀念會上來了許多人，也許有上百人聚集在此。卡門暗地准許自己虛榮地把頭髮攏到耳後，愛現一下。她受傷的耳朵讓她變成地方上的英雄。

湯姆．弗瑞斯和珍已經到了，正手拿吉他，彈奏振奮人心的工會會歌，有些是老歌，像〈春山礦災〉（The Springhill Mine Disaster），還有幾首他倆一起寫的歌曲，像〈上鎖的門和火焰〉，唱的是紐約三角內衣工廠的火災。

蓋比和華特看見一隻小狗，便跑過去跟牠玩。卡門對珍和湯姆揮揮手。

「湯姆看起來不太一樣。」卡門說。

「他把鬢角剃了。」艾莉絲說：「他揭露了自己的另一個面貌，是大家幾年沒見過的。他用那首〈黑土區藍調〉讓事業東山再起。去他的。」

卡門說：「我知道那首歌，在廣播裏聽過幾次。」

「珍說這首歌可能會大紅，排行榜一路飆升還什麼的。」

「我真不知他怎麼能這麼做。這是侵犯了那女孩的隱私，就像宣稱跟她有親密關係一樣沒品。」

「是啊。不過有比把人殺了更親密的關係嗎？」

「艾莉絲，別說了。」

「這就是我討厭的。我討厭不管我們見不見對方，只因為同時坐在車裏，所以我們之間的聯繫還是存在。就像算術，因為那場意外，我們不再是兩個不相干的數字。當我們聚在一起，就得加上那女孩。」

卡門四處張望，發現了蓋比的身影，還看到華特在某座墓碑旁撒尿。她暗自希望那不是某位歷史人物的墓地。音樂停止，一名步伐不穩的老人，鏡腳用膠帶黏固，穿著不平整的夾克，即使天氣相當溫暖，他底下還是穿了件毛衣。他站到艾瑪．古德曼墳前，開始讀起一篇誠摯的演說稿。還沒讀到一、兩段，無政府主義者就現身了。他們跳入大家的眼簾，就像玩具盒裏蹦出的小丑。

卡門不禁畏縮一下，她現在面對周圍出乎意料的動作或情境改變時都是這種反應。接著她看出這只是個無害的劇碼，便放鬆下顎肌肉。無政府主義者跳過各座墓地，坐在墓石上彈奏卡祖笛和小手鼓，一面對著擴音器大喊。

「好酷喔。」蓋比說。

「嗯，身為無政府主義的一員，」卡門邊說邊看著老先生聳聳肩，終於放棄繼續演說：「人們在你的墳地上跳點舞是預料中事吧。」

現場有張擺放茶點的桌子：午餐肉捲、蘿蔔條、洋蔥醬，還有顏色像融化棉花糖的可怕潘趣雞尾酒。艾莉絲馬上喝下三杯。她患的病症總是讓她喉嚨疼。

卡門想對湯姆提歌曲的事，說說他怎麼能用一場悲劇換取個人利益。但她不想讓珍不自在。基於某種難解的原因，珍仍在和他交往。現在他們正朝卡門和艾莉絲走來。

「珍還是覺得他很了不起。」艾莉絲在他們能聽見前說：「她很著迷於他轉瞬即逝的名氣。」她接著擺出希望看來很沒誠意的笑容對湯姆打招呼。「看起來你已經找到方法把我們的爛檸檬處理掉，做成檸檬汁了。」

湯姆沒有退縮。多年的舞台歷練已讓他的面具變厚：「我只是唱出自己的體驗，艾莉絲。這就是到頭來我們真正拿來創作藝術的東西。就像艾瑞克．克萊普頓——」他的目光轉向珍原本所站的地方。但她已經走開，融入人群中，可能是嗅到即將到來的責難。她的作法讓卡門不再有顧忌。

「真有意思的比較。」卡門接口：「只是克萊普頓死的是自己的孩子[2]。但現在受害者是別人。我不認為可以把邏輯扭曲成這場意外也算是我們的悲劇。」

艾莉絲加上一句：「就像梅內德斯兄弟殺了父母，卻因為自己成了孤兒而哭[3]。」

「唉呀，坎尼姊妹花今天火力全開，唉呦我的老天啊。但是，欸，抱歉，我只是來這彈幾首歌罷了。」他把吉他輕輕拋過肩頭，便走開了。

卡門說：「如果我們能輕易原諒自己，還算哪門子人啊？但這就是他的作法，他原諒自己了。」

回到艾莉絲住處樓下，她邀他們上來坐坐。

---

2 他的名曲 Tears in Heavan 講的即是他的喪子之痛。

3 指的是一九八九年美國發生的梅內德茲兄弟謀殺雙親的著名兇案。

「妳已經很累了。」卡門說。

「我可以躺一下，妳可以照顧我。」

他們全部走進嘎吱作響的寬敞載貨用電梯。華特一動也不動。牠對電梯感到困惑，似乎不明白大夥兒走進一個箱子又走出來的原因。來到工作室，卡門拿出一個碗裝水給華特，蓋比架起一幅他還沒完成的畫作，主題是好幾階通向黑暗地下室的樓梯。他很喜歡在艾莉絲家畫畫，這間畫室用具齊全。她們看著他用一貫過分講究的方式擺設畫架和用具，每樣物品都必須放在一定的位置上。

「有時我很擔心他太好了。」艾莉絲確定他聽不到時才說：「我是說，我們憑什麼擁有這麼好的孩子。」

「但妳知道他將會討厭我們好一陣子，也許就快了。他差點因為希瑟那件事而恨我。他還會再經歷幾次那種情緒的。」

「我知道。所以他才不會到了三十五歲還跟妳一起住。」艾莉絲說：「就像田納西・威廉斯的某些劇本。」

「是啊。」卡門說：「所以他不會待在家裏替我做頭髮。」

「或是洗妳的洋裝襯墊，」艾莉絲說：「而且還是手洗。」回到家裏，她顯然很開心，坐在她的沙發上──是那張老舊的紅寶石色怪異絲絨沙發，她從合作社撿回來後就不曾換過。她最新的成功之舉是將沙發整修回早先的華麗狀態，它已經不只是沙發，而是坐臥兩用的沙發床。光是盤腿坐著有點累，艾莉絲讓自己靠向放在扶手上的枕頭。她們倆聊了一會兒八卦。卡門告訴艾莉絲，珍不小心懷孕了，而湯姆態度十分惡劣。現在珍說她必須認真思考一下未來。

「她要把小孩生下來嗎？」

「我覺得這應該不是她所謂認真思考的重點。」

艾莉絲說：「我得跟妳說哈瑞斯和蘿芮塔的一件事。他們上週請我去吃晚餐，有件好消息要宣布什麼的，要我去芝佳餐廳見面。」

卡門點點頭：「他們很喜歡芝佳。」為了表現與尼克團結一心，自從那次以災難結束的生日聚會，卡門就不太和爸媽見面。其實滿諷刺的，因為尼克自己還是會去找爸媽（至少她爸媽再也不曾辦過類似的討人厭生日會，至少終於打破了傳統）。艾莉絲跟哈瑞斯見面，只是為了一張通往蘿芮塔內心的門票，因為她還是——為了某種卡門難以捉摸的原因——很在乎媽媽。

「對啊，給他倆一根長叉子、滾沸的乳酪，他們就開心了。不管啦，反正我到了餐廳後跟他們說我因為生病而不餓。得了單核白血球增多症還真不錯，我有了藉口逃避不想做的事。而且我真的無法跟他們一起吃乳酪鍋，這種食物，妳不覺得嗎，有點噁心，和父母一起把麵包插入同一個乳酪盆裏？」

「我到時他們已經在喝酒了——用玻璃杯喝。幸好，哈瑞斯沒把他那山羊皮杯帶來。

反正呢，媽說，明尼亞玻利的『沃克藝術中心』邀請爸的畫參展，我還說了什麼『那太棒啦！』我是說，已經好幾年沒人把他當一回事了。然後她說這場展覽非常特別，我開始聞到不對勁的氣味。非常不對勁。」

「我也覺得有點怪。」卡門說。

「我看得出蘿芮塔被派作指定打擊。她告訴我，他們希望這會是一次父女聯展的藝文盛事。『坎尼家族：兩個世代。』哈瑞斯說，這是他們腦力激盪後的展覽名稱。我，當然了，沒有參與腦力激盪的討論。」

「他們根本沒主動聯絡爸，對吧？」卡門說。

「當然沒有。可能是他自己的藝廊去聯絡的，他卻用『他們』來唬弄，大概還是哈瑞斯自己某天北上去找的贊助商。他現在還是能做這些很有種的舉動。」

「妳怎麼跟媽說？」

「哎，我怎麼說才能看起來不像卡繆的《異鄉人》？我只能說聽起來很棒。蓋比一定會氣得半死，他們是很嚴肅的。沃克可能會感情用事，但我的藝廊可不會。」

卡門注意到沙發上的枕頭相當髒：「我來換個新枕套吧。」她回來時，艾莉絲正軟弱無力地試著打理她的病床。

「我最近正在讀四、五〇年代那些老套的女同志小說。」她指向沙發旁一小疊軟趴趴、搖搖晃晃的書堆。卡門彎腰捧起幾本。書的封面帶有罪惡氣息，通常畫著一個身穿黑色或紅色連身裙的女人。「都很好看。」她告訴卡門：「就像希臘的悲劇神話。每個人最後都受到可怕的懲罰，或是用皮帶掛在蒸氣管上吊而死。」

「但這不就是某些人曾經活活經歷的苦痛人生嗎？」卡門說。

「嗯，是啦，但現在看來比較像民間傳說或祖先的艱難生活之類。就像林肯小時候每天在雪地裏走十哩路去上學之類的故事，只能在酒吧裏拿來閒聊。」

「她們好可憐。」卡門說。

「是啊，當然。」艾莉絲接道：「但妳不覺得她們的性愛應該也很棒嗎？」

「妳就躺下休息吧。」她命令艾莉絲，又多推了她一把：「妳還有剩下的湯沒喝完嗎？」

「在冰箱。」

「我去加熱。」卡門從夏瑞登街的一家西藏餐廳買了這種湯給艾莉絲，算是一種療癒食品，但很難說清裏面放了什麼。湯聞起來有濃濃的草藥香，嚐起來有點像蘑菇和咳嗽軟膏的混合體。但對喉嚨痛似乎頗有效益。

她帶著碗回來，坐在沙發前的地板上看著艾莉絲喝湯。

「妳們覺得怎麼樣？」蓋比從畫室出來，高舉他的畫，用手掌抱住畫布兩側。他的畫法是用能找到最小的畫筆，從一個角落開始，先不描繪其餘部分，只是沿著角落延展出去，逐漸聚集許多細節。他現在把樓梯畫好了，也畫上第一張蜘蛛網。

「酷喔。」艾莉絲的身子越過湯碗，研究畫作細節：「非常酷。但是，你確定要穿著那件襯衫作畫嗎？」那是件鮮豔的夏威夷衫，佈滿賞心悅目的花朵。「你是從哪買到這件衣服的？」

「這是衝浪客的衣服。茱德從舊金山買給我的，就在上週奶奶的生日會上。」

這段對話讓氣氛緊繃起來。蓋比說的是麥特的媽媽瑪莉亞。茱德非常喜歡蓋比，每次回家都會藉機稍微寵他。卡門不跟艾莉絲提起這些聚會，因為一講就會引出艾莉絲現在這種表情：冷酷、狂熱的無畏。像《法國中尉的女人》的主角剛聽到有人目睹中尉正騎馬穿越村莊而來。卡門痛恨這種眼神，痛恨茱德即使在非艾莉絲能及的世界另一角，但仍能讓艾莉絲如此痛苦。

卡門對茱德的部分意見來自於她是麥特的妹妹，因為血緣關係，所以都有罪。但說真的，她本身也夠惹人煩的。她回來過一次，在卡門離婚後待了大約十分鐘，顯然再多當一分鐘女同志都會要她的命。然後她便趕回家當異性戀或其他更有深度的人物，而不是艾莉絲定義的自己。這十分鐘內，艾莉絲可悲地裝出冷酷表情後，終於讓防衛完全瓦解，對茱德敞開心房。她把農場賣了。卡門告訴她不要賣，但艾莉絲不聽——這樣才能快速徹底地結清她的農產。但之後茱德又再一次離開她。

卡門告訴艾莉絲，當一個人同時讓妳痛苦又替妳止痛，這通常不是好現象。而且卡門也不理解，艾莉絲如何處理這段回頭草的「現在」。對卡門，「現在」已經沉甸甸地充滿過去的影子。她可能正登上一座舊大樓的階梯，突然間就像移動在無形卻濃密、累積了十幾年厚度的雜物中。有些樓梯的檯面上擺了許多雜物：運動鞋、走路鞋、雪地漫步靴和自行車。還有發出嘎吱聲的地板、磨損的地毯、亮光漆、焚香、貓砂和梳毛刷等，都會像海面下的逆流般把她拉回壓縮後的時光，一鼓作氣拖上幾百層樓梯——回到生日會、嬰兒保姆、她的榮格分析師的沙發、按摩治療師的按摩桌、豐富的晚餐，吃的是烤雞肉配米飯和蘑菇湯、為遇到困難的朋友在家裏舉辦打氣派對、政治策略的集會。到了今天，「現在」對她而言已變得擁擠。如果她能逼艾莉絲牢記這個想法就好了：用過去仔細考量現在。但她目前不忍心強迫艾莉絲，畢竟她正病得厲害。而且無論如何，艾莉絲已從心神不寧轉變為黯然神傷，到現在打起瞌睡。

「不好意思。」她稍微清醒過來，全身無力，伸長手摸摸卡門受傷的耳朵：「都是我的病。」

「沒關係。」卡門依然坐在地板上，她的背頂著沙發，頭靠著艾莉絲的頭，妹妹的氣息掠過髮稍，吹在她的太陽穴上。她覺得沒有姊妹的人真可憐。

泰式炒河粉

如果尼克不是艾莉絲的弟弟，如果他只是個朋友，她猜他們早已漸行漸遠了。但他們不是朋友。他們是來到這裏，防止對方獨自在宇宙內的黑暗物質中打轉。他們倆從未把這句話大聲說出口，相反的，他們有他們的私人儀式，卻策劃成極其平凡的老規矩，試圖表現得跟別人一樣，像是快照中的兩個普通人。例如，他們十一月的生日只隔了三年又一週，每年他們都會找個交會點見面請對方吃晚餐。今年艾莉絲即將變成三十五歲，尼克三十二。她建議在百老匯街一家他們之前去過的泰式餐廳見面。

艾莉絲到時，尼克一人坐在店門口為外帶客人準備的椅子上。雖然窗上佈滿水蒸氣，餐廳內大概有三十二度高溫，穿著厚重法蘭絨衫和棉背心的他卻似乎十分舒適。兩件衣服看起來都像豆豆小鋪（L. L. Bean）的商品，他喜歡從商品目錄裏直接訂購衣服。他簡直就像剛從伐木營地回來的樣子。

這一刻，他正驚奇地看著靠近門邊一個小小的電子噴泉：它先用長杓舀出水、再倒回去，是個結合水氣的迷你型許願井。這個亞洲小玩意兒在他們前三次用餐時已在原地舀水噴氣，所以即便它算是奇景，也不到令人驚嘆的程度。艾莉絲認為尼克的驚奇目光是個不好的徵兆。

他拿著一本用塑膠封套包起的厚重菜單——封面是鮮豔的照片拼貼，第一眼會讓人誤以為是眼花撩亂的海底生物，但仔細一看，才發現是各式各樣的咖哩和麵食的快照。

「這些照片太他媽鮮豔了。我真想影印一張給那個剛搬來我那棟大樓的女人。她是個攝影師。她叫蒂娜，不，妮娜。」

從他這番友愛鄰居的念頭中，艾莉絲漸漸明白，妮娜是個胸部豐滿的女人。尼克繼續說：

「妳覺得這家餐廳後面會不會有影印機？」

「當然囉，可能甚至是彩色的。」艾莉絲回道：「還有郵政分局喔。大部分大街旁的餐廳不都是嗎。」

他在椅子上扭過身子，偷看向廚房：「妳覺得可以請他們幫我影印嗎？」

艾莉絲說：「我覺得我們應該找位子坐下，用菜單點我們要吃的東西。你知道——該吃晚餐了。」

當他倆面對面坐在一張散發收斂水氣味的玻璃桌前，更多不好的徵兆突然出現。艾莉絲注意到尼克的眼睛，通常是清澈的綠色，現在卻急躁地瞇成細縫。他臉龐的稜角太過突出，皮膚過度緊繃地覆在骨頭和肌肉外。這張臉讓她想起盧西安·弗洛伊德的畫作。

他似乎在趕時間，雖然她問了他是否還有約，而他說沒有。他們一點好餐，他就馬上離席去廁所。

艾莉絲環顧四周。這家餐廳顯然是老闆一家人生活的延續。一名老婦坐在後面的包廂打著計算機，桌面上堆著好幾疊發票和長條收銀機紙帶。兩個年幼的孩子坐在遠遠的牆邊一張竹桌上做功課。竹桌上方播著泰國影片的電視從天花板垂掛而下。電影中，兩個亞洲女人——一位穿著紗裙，另一位則是慢跑裝——正推心置腹地談天。其中一個女人轉過頭藏起她的眼淚，音樂聲跟著增強，場景接著變換成一間牢房。

尼克回來了。他使勁掙脫身上的背心和法蘭絨襯衫，直到剩下裏面的T恤。他的左手臂大部分被一個年歲已久的刺青覆蓋，那是奧莉薇亞的肖像。他不會談起奧莉薇亞，她是不可提起的話題。幾年前，她在尼克的卡其衫袖口發現一顆藥，所以一切都結束了，就為了一顆止痛藥。她當下就離開——離開了他們同住的公寓、她在「馬克安東尼」的工作、顯然也離開了芝加哥——而他再也沒有她的消息。從此，他再沒談起她的事。

他拾起菜單仔細閱讀好長一段時間。不管他在廁所裏用了什麼藥，效力都發作了。他興奮的情緒從冷到熱，再從激動掉到迷茫。他呆坐了一陣子沒開口，當他終於開始說話，吐出的字卻是「椰子」，彷彿光說這兩個字也算與人對話，或是他剛把對話提昇到高端層次，一切都以密碼和壓縮才能解讀。與此同時，艾莉絲還在原地使用完整句型，簡直是過時的談話方式。

食物上桌以後，他不記得點過餐，似乎也不太餓。他握住筷子細瘦的（錯誤的）那頭，戳戳咖哩和泰式炒河粉。啜飲一口冰咖啡後，他費了點力把玻璃杯放回桌上。他們倆沉默了也許有一分鐘，期間他困難重重地將杯子順利擺回桌面。艾莉絲看著他，某種沉重黏稠的東西在心中落下。

他說：「我沒事，跟我說說話吧。」他從背心口袋掏出一個藥瓶：「對了，乾脆加入我吧？」他把一顆長條狀白色顆粒放在桌上。

「還是不了。」艾莉絲說：「我可能會發現這藥還不錯，那就糟了。但聽著，在你恍神之前能夠跟我聊聊嗎？是關於那女孩的事。」

「關於那些畫？」

「算是吧。她一直出現在我眼前，好像我是她的肖像畫家，而她不願開除我。她讓我畫出的作品總是比我自己的靈感好得多。不管是誰在畫她，都比我自己畫得要好。我快嚇死了。」

「而且也太慘了。」

「謝謝你提出來喔。」艾莉絲說：「過去了這麼久，我覺得好像除了我，每個人都把整件事拋在身後。」

「我還沒把整件事拋在身後啊。我還是會南下密蘇里州去見珊娜。」

「那個媽媽？我以為你只去過一次。」

「沒有啊。我試著在每年那個時候南下探望她——妳知道是什麼時候吧。我是不清楚湯姆．弗瑞斯怎麼想，我猜他讓她存在的方式就是寫首關於她的歌，賺一大筆錢。他只是個混蛋，但我不覺得其他人已經把事情忘了。這就像——」他停擺了幾秒，然後又回過神：「我想我們改變了本來應該發生的事，而且再也無法回去修正。所以我們卡在某種無止盡的圓圈裏，試著把過去變得更好。但這麼做，妳可能也注意到，只是在抵抗改變罷了。」他皺起眉，點點頭，彷彿正在思索剛才自己說的話。但他的頭繼續點個不停，就像黏在後車窗的搖頭娃娃。

「拜託，求你了。」艾莉絲說：「別他媽恍神去了。」

「這是我現在能做到的極限。我是為了妳才堅持的。」他們兩個沉默了好幾分鐘。艾莉絲吃了一點點，尼克則謹慎地盯著自己的盤子：「我其實很感激妳不打算拯救我，像卡門那樣。我覺得她每次接近我時都像穿著教宗的長袍，只要舉起一隻手就能為我祝禱。她就是一副坐著教皇專車的樣子，真他媽的。」

「她就那樣，打算拯救我們每一個人。如果她不再試著救我，我還會很想念哩。你也會的。這是什麼？」

她用手指輕敲一個牛皮紙袋，是辦公室用的那種，旁邊有一行行列出又被劃掉的寄件人和收件人。

「喔，對了。」他不無困難地回應，解開扣環上的紅線，拿出一張照片：「我帶這個給妳。是很驚人的星雲喔。」

橘色火花和某種翻滾的水氣在深邃黝黑的背景中爆炸，就像用蒸汽組成的風暴。

艾莉絲暗自感到驚訝，尼克竟在天文學領域中還佔有一席之地。他已經變成一個怪里怪氣的大人物。他的專門知識讓他躲開很多必須做的事：他不用參加班級或系所會議，他也時常和自己門下的學生約定見面又放鴿子，那些學生顯然都願意忍受他，以得到和他一起研究的機會。沒人對他施壓好讓他有正常表現。他之所以行事自由，是因為他靠著天賦察覺出黑洞的存在。信件在一夜間如雪片飛來，彷彿理解幾千、幾百萬、有時是幾億年前的天體運作突然變得非常緊急。他也應邀飛往各處的放射鏡設置地點——亞利桑那州的基特峰國家天文台、澳洲的帕克斯天文台——觀察並解讀他眼中所見。意外還是會發生，他還是有些難以應付飛行和機場，因為有太多誘惑因子。然而這些失足，到目前為止尚被隱藏在不同的地毯下。除了他自身的缺陷，他還是得到了小小的成功。每個人都很驚訝，而哈瑞斯則不太高興，他一直指望尼克繼續當個窩囊廢，完全沒準備好見到他的成就。他現在只能對兒子裝出高調的喜悅之情，氣勢強到大家都能理解他的心情不過是拙劣的諷刺。

「這真是非常、非常酷。」艾莉絲抬起頭，這才發現他已神遊去了。她伸長手扯扯他手臂上的汗毛。

「嘿！」他說：「妳以為我嗑高了就不會痛嗎？」然後他暫停好一會兒，她以為對話已經結束，他卻又開口，這次表現得好像被迫輔導一個呆瓜似的：「其實就像製圖一樣，最後我們會繪製一份圖表，這只是個很大的企劃案罷了。妳知道天上有多少星星嗎？光說我們的銀河好了？」

「幾千顆。」艾莉絲知道她不管回答什麼都不是正確答案。

「幾十億顆。我們之外還有幾億個銀河系。」

「我真討厭你告訴我這種事。我不但不覺得宇宙既壯麗又雄偉，反而覺得我就像顆小塵埃。」

「妳就是顆小塵埃啊。這整個生活對我們來說似乎很巨大？」他展開雙臂，差點打到一名女侍，她端的托盤上滿是裝在鳳梨狀陶杯內的雞尾酒：「甚至所有人類的事業也很偉大？去我們的。我們小得不得了。」他說到「小得不得了」時，身體整個往前傾，直到額頭幾乎碰到桌面，好像他正仔細觀察他們這樣的小塵埃。

「我可不能忍受我們加起來不過是顆小點。我得想像我們重要得多才行。」

「面對現實吧。」他四處張望，彷彿有人喊了他的名字。

他一向指望人們為了保持禮貌而不當面質問他嗑高的狀態。但艾莉絲可不管禮貌，她只是不希望整晚的對話都繞著嗑藥打轉。這麼做簡單多了，真的，直接忽視問題。就讓他花上好一段時間把一杯冰咖啡放回桌上吧，或聽他用斷斷續續、經過深思熟慮的句子說話，或看著他過久地凝視餐廳周圍。她又懂什麼？也許他能過上還不錯的生活，雖然大部分時間都在嗑藥。再說了，她的嘮叨也不會讓事情改變。她把改革計畫交給卡門，卡門會不停逼尼克閱讀相關書籍和文章，把他拖去戒毒聚會，試著讓他走上正軌。但到現在，艾莉絲連正軌的含意都有些質疑。

「我知道目前我沒有什麼可信度。」他說：「妳會覺得都是因為嗑藥，但我發誓不是。」

「我們現在在聊什麼話題？」

「新的事物、保持開闊心胸。拜託。重點是，如果我等待的方式對了，我就能判斷發生的時機。這很容易錯過的。我第一次注意到是幾個月前，我當時正在泡一壺咖啡，但奶精用完了。我要出門買時瞄了爐子上的時鐘——三點十七分。對吧？」

「對。」

「我開車去『白鴿超商』，但事情變得很怪，不要問我是怎麼變的。」

「我不會的。」

「我是說，我顯然在車裏，開往正確方向，天氣也完全是我從窗戶看出去的樣子——

涼爽又晴朗的一天。櫃檯的印度店員也是以往那位。這次買雜貨是例行公事，但又不是。有東西偏離了。事物的顏色對比過高，好像某些旋鈕被調高，其他的被調低。微風太過溫暖，或說在較冷的空氣中帶著一點點暖意。店裏的印度店員，通常非常放鬆的，那次卻稍微不太耐煩，好像這一刻他除了收我的錢、問我要不要袋子裝咖啡奶精包和萬寶路香菸外，做其他事都會非常不安。

「好，所以當我回家倒出我泡的咖啡，我看向爐子上的時鐘，還是三點十七分。」

「難道不是時鐘自己停了嗎？」艾莉絲說。

「拜託。」

「抱歉。」

「現在我知道事情發生的時間，我不再需要時鐘了。我就在一定的時間離開，回來後還會在剛才離開的地方。」

「你跟其他人聊過這件事嗎？」

「有必要嗎？」

甜點上桌，甜膩膩的黃棕色物體在小盤子裏顫動，而他們隔著甜點交換生日禮物。艾莉絲替尼克找到與他同名的盒裝歌劇：威爾第寫的《納布科》。他替她準備了兩份禮物，第一份是芝加哥熊隊的鑰匙圈（艾莉絲並不迷任何美式足球隊），另一份是件高領毛衣，她已經見他穿過幾次。他親切地微笑，看著她從他帶的雜貨袋內拿出毛衣，好像這是一份真正的禮物，好像他交給她的是張幾百萬元的支票，是把遊艇的鑰匙，好像他正等著看她會有多驚喜。她開始對今晚感到沮喪。她努力提醒自己，只是因為某種好運，她才沒變成毒蟲或酒鬼。也因如此，她才沒跟桌子前的這個人一樣，把自己一件沾了食物污漬的舊毛衣當成一份不錯的禮物。

他們的對話暫時停頓，此時尼克又鑽出來製造話題，顯示自己還有社交技巧。「妳最近有跟誰約會嗎？」他總是問這個，但艾莉絲學機伶了，不願曝露自己的感情生活讓他檢視。他只對女同志的肢體互動感興趣，加上他覺得艾莉絲還在找尋真愛實在可笑又老派：「妳在那些婦女團體裏還走運嗎？」

「那個女人長得太美。」她說：「這段關係不會持久。我正努力避開美若天仙的女人，她們拉著我爬過太多鐵絲網、橫跨太多沙漠，用碎玻璃做成的沙漠。再說這女人有孩子和丈夫，她還打算出櫃。每件事都得低調就是。」

「聽起來有點意思。」

「一開始是有意思，但很快就過時了。就像滑水運動。」

「像是變裝秀。」他也舉出例子，接著又問：「她叫什麼名字？」

「很重要嗎？」

「我正在腦中構圖。」

「諾拉。」

他陷入沉默，像舔著棒棒糖般回味這則小小的訊息。他低頭看向盤子。

「我也找到新對象了。」結果是他新雇的女按摩師。

「我還以為你一直都找那個男的，艾爾，是他幫你把肩旋轉肌群調回原位的。」

「這個不同。」他說：「她叫莎莉絲特。她用的是草藥精油、熱石頭之類的療法。客人必須到她的公寓，滿有馬里布海灘風情。」

「是喔，跟草藥精油還滿搭的。」

「而且，嗯，還要裸體。」他說。

「哎，當然啦。我是說，我也不懂去按摩還要穿著內衣褲的人，我總是全部脫光。讓按摩師好好按按我的臀肌。」

「不是耶，」他說：「我是說她。她按摩時是裸體的。」

「喔，老天。」艾莉絲驚訝得愣了一下：「布科，我得告訴你，如果我躺在桌上睜開一眼時看見愛蓮娜——你知道她吧？我的按摩師——看見她裸著身子抬頭挺胸走來走去，我也會怦然心動吧。」

「這有點不一樣。莎莉絲特是不一樣的那種按摩師。」

「像妓女的不一樣？」

「不只是那樣。事後我們還帶她的狗去散步。」

「喔，這樣，很好啊。聽起來很有深度。」

雖然他大部分的成年時光都在躲避真實人生，他與現實生活的微小接觸似乎仍會讓他感覺痛苦、急躁。雖然他還是會尋找女性伴侶，卻顯然不太喜歡她們。他不再認真約會，現在都只跟妓女接觸。當他從蘿芮塔和研究補助金那邊得到源源不斷的資金時，他就去找應召女郎。一旦用盡現金，他能負擔的妓女就變成在北街晃盪的毒蟲。「你得買藥給她們，等她們注射之後，」他曾告訴過她一次：「等她們不再發抖，才能跟她們做。」

為了繼續喜歡尼克（相反的是要愛他，但那是沒有商量餘地的），艾莉絲有時只能傾斜地凝視他，或必須半閉著一隻眼，或透過厚紙板的小孔望著他。直視會燒傷她的視網膜。

晚餐後，他們在街角相擁道別，尼克堅持要搭計程車回家。艾莉絲獨自開車在街上亂繞，她在想那個已婚女子，諾拉。她的丈夫，艾莉絲知道，這兩天出遠門了。今晚開始凝聚起來，像是個好時機。

房子的燈光全都熄了，除了地下室還能聽見電視聲響。那是她女兒。艾莉絲用這家人藏在門口第一階假石下的祕密鑰匙，溜上樓進入諾拉的臥房，把身後的房門關上。一切全都悄聲無息，艾莉絲暗想，然而，諾拉還是被吵醒了。

「嗯？」

「是我。」艾莉絲抖開夾克、牛仔褲和內衣褲，揉成一團扔在腳邊。諾拉提起床被，依然半睡半醒。她只穿著一件黑色T恤，而且很快就一絲不掛。

有限的色調

艾莉絲在新年的第一個早晨清醒來，感到一絲無力。有那麼幾秒，她不太確定自己睡在誰的床上。接著人生如同浪潮般席捲回來。昨晚她和夏綠蒂參加一個收藏家朋友辦的晚宴，地點是間頂樓可俯視阿姆斯特爾河的公寓。到了十一點半，天空像著火一般，毫無秩序地閃著亮光。之後，她們走上城裏彎彎曲曲的道路，沿著環形運河，身邊還有大約上百萬歡慶的人群，閃躲、揮打著外行人放的煙火——當中很多人，當然，已然很醉了——有人在垃圾桶內點燃鞭炮和櫻桃爆竹，離路邊車輛的排氣管相當接近。她們穿過一層濃濃的火藥煙霧，幾乎無法看見紳士運河對岸。如果戰爭是件快樂的事，那應該就是這幅景象吧。即使臨睡前，晚燃的爆竹依舊零星爆裂，像微波爐爆米花袋內最後幾顆沒爆開的玉米粒。

現在，雖然嚴格說來是清晨，事實上外面仍是夜晚。這麼北邊的國家，季節變化會將光照推往十分戲劇化的方向。寒冬時分，太陽不到八點不會露臉，而且不到下午五點就溜走。艾莉絲看了床邊的時鐘一眼——七點二十分。平坦、窄小的暖氣機溫和地發出噹啷和嘶嘶聲。接著遠處傳來機關槍似的射擊聲，又一聲，讓空氣活躍起來。這些吵鬧聲讓夏綠蒂也醒了。

「這些人都瘋了！」她把頭埋在枕頭底下大喊。她的貓咪莫克——在那場老早過去的美術館展出後，艾莉絲第一次來此過夜時，牠還只步入中年——現在骨瘦如柴，而且因為關節炎，只見牠四肢僵硬地走過臥房內寬敞的窗檯。靜靜地，艾莉絲爬下床，掀起的被單散發出一股性愛後的餘味。

她們有時會這麼做，艾莉絲和夏綠蒂——睡在一起。這與她們的友誼並不衝突，她們兩人都不算死會，也不算完全單身。夏綠蒂身邊有個分分合合的女友，是個倫敦的影評。艾莉絲在哪個國家都還不打算招募女友，她要休息一段時間。

她和夏綠蒂會一起去看電影，當然，也去藝廊。如果她們整個週六晚上都在一起，她們會乾脆看報紙消磨時間直到週日清晨。但即使她們一、兩週沒見到對方，也沒什麼大不了。能夠點燃浪漫情愫的任何因子，基本上都已不存在她倆之間的空氣中。對此艾莉絲鬆了一大口氣。浪漫情懷看起來不再如此有趣，比較像是重複的施力傷害——先從茱德開始，到了現在也包含所有失敗與可悲，只為了嘗試在別人身上複製一模一樣的感情。從她還留在公寓裏的內衣褲、從所有她買來搭配晚餐的昂貴紅酒、從她耐心傾聽對方一一列舉悲慘的童年和長大成人的失落，她就能測量出過去付出的心力。有時她會在腦中列出名單，小小記錄以往的經歷。第一份名單，當然，就是她截至目前睡過的女人。一旦分開檢視，她們似乎在不同時期，都有機會成為長久的愛情。和現在相反的是，事情過了那麼久，她們只能以集合的概念被審視後，就像一次又一次徒勞的奔波罷了。這份名單衍生出來的即是她為了性愛能做到什麼程度的數據（從芝加哥飛二十小時抵達東京，隔天立刻飛回芝加哥，至今仍舊佔霸冠軍寶座。她可能再也不會如此瘋狂）；為了鑽進誰的床上而讀的書（《四門之城》〔*The Four-Gated City*〕、《源泉》、《琳達・古德曼解析太陽星座》、《與狼同奔的女人》〔*Women Who Run With the Wolves*〕）；只因為某人覺得可以增進情趣，即使是很糟的音樂她也聽（霍爾與奧茲〔Hall & Oates〕、荷莉・尼爾〔Holly Neal〕、喬治・溫斯頓、木匠兄妹、席琳・迪翁）；她在短時間內假裝感興趣的話題（果汁斷食、橄欖球、凱爾特民族舞蹈、熱瑜伽）；最長的名單應該是她喝過的茶品種類，在那些時刻，她必須假裝在這間或那間咖啡店（佩格雷西咖啡館、麝香貓咖啡店、布斯特咖啡店）、廚房、肩並肩坐在日式蒲團沙發、沙發床上小口啜飲茶水是很單純的舉動，沒有其他動機（伯爵紅茶、正山小種紅茶、火藥綠茶、南非國寶茶、睡前茶、朝氣百分茶、爽健美茶）。薄荷葉和藍莓果都隱藏著可能，連立頓茶包也是。有那麼一段時間，因為茶和性愛、浪漫之間緊密的連結，她變得盲目崇拜各式的茶；茶傳遞了可靠的前兆，暗示即將發生的羅曼史。

她可以拿這份目錄中一再重複的全心付出來嚇自己。雖然如此，另一個選擇——從此變得尖酸刻薄——似乎更糟，是她打算努力避開的。因此，她從有限的色調中建造一種安靜的生活——灰色調和較為蒼白的藍與綠。距離茱德隔了半個大陸、一整片海洋，做起這件事來容易得多。這樣的手法，起初似乎有些荒唐可笑，就像小說裏的女繼承人被送去義大利治療心碎，但如此搬遷竟然在一些小地方上顯示了其成功性。在家裏，她最初的傷口一再被羞辱並補上幾刀。茱德搬去洛杉磯後，艾莉絲反正從來見不到她，還繼續關心她的動向就顯得愚蠢了，但艾莉絲就是控制不了自己。然後在一次奇怪的機緣下，茱德回來了，接著又逃跑。再來是和蓋比有關的聚會中，艾莉絲還得和善地配合大夥，扮演她倆只不過是寵愛蓋比的阿姨姑姑角色。其中一場生日派對上，她見到茱德的丈夫後，立刻跑去餐廳洗手間嘔吐。離譜的是，每回相遇都驚人的難以面對，每次都重新組合了茱德的缺席。

搬來這裏就好多了。她已成功抖開對茱德大範圍的迷戀，如今她得以保有的生活，只有茱德的陰影輕柔地遮蓋了一些些邊緣地帶。沒什麼太糟糕的事，真的。也許距離和平靜就是她所需。

她站在窗邊往下望著被晨光點亮的鵝卵石大街。第一眼會以為遲來的秋季掃過了街道，蓋滿人行道的顯然是粉紅色落葉。接著她才看出，那些都是爆過的鞭炮殘骸。這是她在阿姆斯特丹的第三個冬天。她起初的評估是正確的：這個城市的憂鬱情懷剛好適合她。迷霧和潮溼中飽含某種哀傷元素，還有運河內緩緩流過的黑水。這幾個光亮不足的月份中，在夜晚沿著河水散步也是種享受，瞥視運河邊沒拉上窗簾的房子，獨自凝視城市的生活。

「妳週五會來珍・杜恩的派對嗎？」夏綠蒂在半睡半醒間問道。杜恩是從海牙來的攝影師，他的作品讓人印象深刻。

「我考慮一下。」艾莉絲穿著外套和毛帽爬回床上和她道別。

「也就是不囉。」夏綠蒂說。

「但我很快會再見到妳啊，對吧？」艾莉絲回答。她不想現身在藝術場合。也許太過高調地成名後，她最近一系列的畫作——透過尼克的關係描繪的妓女肖像——被藝評家猛烈抨擊了一番。她被狠狠螫了一下。她變得如此習慣成功的滋味，都忘了對失敗提高警覺。也許那些作品就是單純的不夠好，也許畫妓女就是得添加多愁善感的元素，像是有著悲傷眼神的小丑。無論如何，她在家鄉無法整理思緒，也聽不見內心的聲音。在這陌生的城市，她可以躲在角落舔舐傷口，獨自思考繪畫的意義，不用理會背景的噪音。她希望還能創作出更新、更好的作品。

她寡言渺小的存在是她賺來的——就像某位還算有錢的人物，得以過上有效率而順利的日常生活。一週有兩天，有個女人會來家裏幫忙購物、打掃、洗衣。她的工作室有位助理。這麼一來，她在白天就有更多時間完成工作。到了晚上，她會讀讀書或與朋友聚會。每週二和週五，她去學荷蘭語；一週有兩個早晨，她在移民中心授課——大部分時間教小孩，有時也教他們的母親。他們會把移民到此的故事畫出來，艾莉絲則在旁協助。

她騎上自行車，從夏綠蒂家過了幾條街，再跨越三座橋回到辛格街一棟十八世紀風格的排屋，樓頂兩層就是她的家，能夠俯視通斯丁河的橋樑。這個早晨，騎到半途，她就被迫停下車扣上外套鈕釦。阿姆斯特丹的寒冷和芝加哥嚴寒的冬季完全不同，但仍有種不容忽視的特色——是那種能沁入骨子裏的溼冷，必須在一天的尾聲用蒸汽浴才能完全烘乾。

陽光穿過高處的窗戶直射進來。她就是個平凡的工作室擁有者，她有個抽屜櫃用來放畫，上頭擺了兩個裝滿畫筆的咖啡罐，一排瓶子——媒介劑、亞麻仁油、熟油、混合罩染和清理筆刷用的無臭松節油。在所有用具面前，她用膠帶黏合的一塊厚厚的窗玻璃被當作調色盤，調好顏色，再從離畫布十呎遠處拉出一張高腳椅，坐下開始描繪她的圖。

幾小時後，她終於浮出水面吸口氣。她又餓又想上廁所。繪畫是個沒有時鐘的世界。她一從浴室出來，就給自己做了個乳酪三明治，接著查看答錄機。尼克，留言要錢，為了一件非常重要的事，是個投資機會，目前還是最高機密。

「所以我需要妳寫張支票，金額是兩千七百三十二元十七分……」

獨自站在四千哩外的廚房，艾莉絲為了他捏造出準確到不合情理的數字爆笑出聲。她重播訊息。她很想念他。他會非常喜歡這裏，雖然仍是以他不正派的方式。想念卡門是更複雜的情緒。夏天時她姊姊結束了和羅勃的出差，從羅馬順道飛來看她，艾莉絲把她送上市中心的回程火車後，竟哭得淚眼朦朧。雖然如此，她還是很高興有獨處時間，沒人整天威嚇她去洗牙、為這位或那位進步的候選人付出心力、讀點真正的文學而不是犯罪實錄。

思鄉之情不致於折磨艾莉絲，更多的是一股惱火情緒，因為當她在異鄉時，家鄉的生活也未因此暫停。尼克的情況再次陷入谷底，把他完全丟給卡門照料並不公平。同時，哈瑞斯有了初期阿茲海默病癥，蘿芮塔為了替他建立一個好懂的生活環境已忙得不可開交。抽屜要標上名稱，這樣他才找得到「湯匙」和「毛巾」；衣服必須以一定順序放置；接近傍晚時要散長長的步，那是他一天中最不安的時刻。

艾莉絲知道她大概不該再流連忘返於眼前的美景。

她聽見樓下面街的大門打開，然後是上樓梯時的一陣噹啷撞擊聲。

「我昨天把清單上的東西都買齊了，但店裏的拿普勒斯黃沒貨了。」這是潘，她的助理。他夾克的布料帶進門外的一陣冷風，他用自行車把幾管顏料從城市另一頭送來，還有畫框和一卷畫布。他的速度敏捷輕快，和大部分阿姆斯特丹人一樣生來就會騎腳踏車。不像艾莉絲，剛來時一路在城內跌跌撞撞，嚇到路人，還要拜託好心的朋友前來接她，幫她把自己安頓好。好長一段時間，她的膝蓋和手肘全都纏上繃帶，還有一隻腳踝好幾週都呈紫色。她現在好多了，許久不曾摔車，雖說如此，她還是把難辦的繁重補貨工作交給潘。

「沒關係啊。」她說的是拿普勒斯黃：「我可以自己調色，我只是想偷懶。你今天還來讓我好有罪惡感，今天是假日耶。」

他不完全在聽她說話。他想看看她今天下午的創作。

「這部分很棒。」他彎下腰檢視凱西．瑞德蒙系列畫作的最後細節。自從搬來這裏，她花了很多時間在這些作品上。

其中一幅中，一家超商的停車場上有輛卡車，車頂上放著一加侖牛奶；二十多歲的凱西向後斜靠著車子擋泥板，正凝望著夜空。另一幅，凱西躺在一片原野上，身旁的男人不是她丈夫；雖然她丈夫不曾出現在任何一幅畫中，艾莉絲不知怎麼就是能理解他的存在。在所有畫中，她都穿著死去那晚的牛仔短褲和格子襯衫。這一系列的最後一幅畫最難成功描繪成形。畫中的背景帶有不甚確定的熱帶氣息：凱西坐在長滿青苔的寬敞石階上，身後有扇大型木門。雖然門上嵌入玻璃，屋裏的事物卻模糊不清，只能反射出凱西的背。畫中的時間是夜晚，鬆垮垮的綠色植物和無精打采的花朵隨風搖曳，艾莉絲必須畫出一致的花草節奏，才能讓整幅畫顯得真實。艾莉絲另一個必須隱含在畫中的元素，要用手勢和臉部表情帶出來，是凱西正在等人的訊息。她同時把一個小小的朦朧物體湊向耳邊，也許是個暗色小貝殼。艾莉絲不太確定；她只是接收到指令照著畫罷了。

潘太高又太瘦，每次彎腰或坐下，他都垮在自己身上，就像張燙衣板。

「我只是亂畫一氣。」她試圖秀給他看：「我想畫出輕風把蕨類吹向一邊的感覺。但我不確定我畫出了自己在尋找的動態。」

「不，這幅畫很不錯，我覺得。」

「我幾乎要完工了。弗威下週會見我，也該是時候了。」艾莉絲即將計畫一場小小的哈倫之旅，去見凱斯．弗威，雖說接受他的提議是好幾年前的事。但他還活著、還在作畫，最驚人的是，她回到阿姆斯特丹時，他還記得她。她拜訪過他幾次，觀賞他創作中的畫作，他也不大情願地教導她，示範如何創造出特殊的色彩效果（例如，他人物肖像中的眼睛就像光芒四射的奇蹟），如何把純粹的繪描拉回生動的型態，也告訴她把黑夜捲入白日的許多技巧。

這將是她第一次把作品帶給他看。十四幅畫布，每一幅的尺寸都是三十六乘以三十六吋的正方形，接近照片的格式。這些全都是凱西．瑞德蒙系列作品，她知道自己不會再帶別的作品了。

她必須把畫帶給他。他現在很老了，再也不輕易離開家裏。雖然他知道她今天會來，等她到了，他也很可能不見她。他仍舊相當喜怒無常。

她和潘來到他位於哈倫的屋外，按了門鈴。裏面毫無動靜。她不想再按一次，於是繼續等待，在潮溼的寒氣中跳著腳取暖。等了也許有十分鐘，門開了，正是弗威，依舊穿著西裝，看來有點迷惘，而且並不完全高興見到他們。

「走開。」他揮動雙手，好像在驅趕一隻從煙囪飛下的小鳥：「你們不停按鈴讓我覺得很煩。」

「我只按了一次。」艾莉絲說：「我不可能按兩次。」

「是啦，是啦，如果妳堅持就進來吧。」他說，好像是他們一直拖拖拉拉不行動。

他們把畫布抬進來後，潘就回到租來的小貨車上聽錄音帶，他說那是「非常新潮的音樂，幾乎不算音樂」，而艾莉絲自行把畫擺好。在她自己的工作室，她喜歡擺設作品，即使只為了自己欣賞，也要展示出最有優勢的一面。她家裏有一大片牆被漆成完美的綠色——抹茶冰淇淋的顏色。那是她的治癒牆，每一幅即將完工的作品都會掛上去，讓她檢視還需要補充什麼。弗威的工作室自成一格，像是粗糙的道具，本身就是他許多畫作中的主題，他真的不需要離開屋內的這些牆。在他腦中，她暗想，一定都充滿光和色彩的爆炸。就像尼克的星雲。

她在這波混亂中整理出一塊空間安置她的畫，將作品斜靠著椅子，就在一堆沒吃完的午餐、插滿枯萎花朵的花瓶、過期報紙和捲起的地毯中間。她能感覺身後的弗威越來越沒耐心。

「不用管了，剩下的我來。」

她想告訴他，畫作的擺放還是不夠高雅，但他揮手要她讓開，並把最後一幅畫從她手中拿走。整個過程大約花了一小時，他輪流站在每幅畫前，雙手交握放在背後。他看完後，緩慢地在艾莉絲對面的扶手椅上坐下。

「那個女孩，她不在世了。」

「是的，我不認識活著的她。當時有場意外，在晚上，車子撞到她時連聲響都沒有。我第一次看見她時，她——我覺得——已經死了。我現在看見她時，她總漂浮在一段又一段我們偷走的時間流裏。我沒法把她畫活，我早先試過幾次，但看起來很假。」

一開始她擔心他即將說些很難聽的話，只是還在構思。接著她覺得他可能已經打起小盹。終於他開了口，轉過頭，彷彿在跟房裏的另一個人說話：「這些畫非常棒，它們，也許，是全新的靈感。」

「謝謝，但我該拿它們怎麼辦？她現在已經二十五歲，我認為她不再需要我描繪她了。」

「但妳該把它們展示出來，這是必須的。它們一定會拯救妳下滑的名聲。」

艾莉絲羞愧得臉都紅了。很明顯，他對她上回展覽得到的抨擊相當清楚。

「我覺得這些可能算是私人作品。」她說。

「什麼，妳是覺得，也許這是妳跟那女孩的對話？妳是——妳是在尋求『vergiffenis』嗎？」

荷蘭語的「原諒」。艾莉絲停頓一會兒以便思考：「也許吧，之類的。」

「但妳已經用這些畫榮耀她了，給了她某種類型的人生。要是這些是妳創作過最好的作品呢？」

「那也許不展示出來就是我贖罪的條件。」

弗威看著她的神情似乎暗示著不耐煩。當然，他有可能只是消化不良。他是個很難讀懂的人。

「我以為妳帶這些畫來，是要我告訴妳該怎麼做。」他狠狠將雙腳放在地上，幾乎像在跺腳。他站在咯吱作響的臺階上，雙足開始做出輕輕滑動的姿態：「現在請離開吧。想到妳的作品和妳人生很早之前的麻煩事，讓我覺得很煩。」

他最棒的地方就是，他從不讓艾莉絲醉倒在盲目崇拜中。

「怎麼樣？」她回到貨車裏，潘問道。

「來幫我把畫放回車裏。」艾莉絲說：「我等一下順道載你回家，我自己可以把畫搬下車。我早上再把車拿去還。」

她等到接近晚餐時間才出門。花了她一點時間，但終於在野餐地找到一處隱密的地方，在六號高速公路旁，往北離開城市會通往萊利斯塔德。她把洗筆液淋在小樹枝和掉落的枝幹上，在垃圾桶內升起熊熊大火。她把每一幅畫布拉出貨車，倚著野餐桌旁的長凳，自己爬上桌面，凝望火光劈啪作響、濃煙朝夜空徐徐上升。她在等待動手毀滅的勇氣，但始終下不了手。她永遠不會把這些畫展示在人前，尤其現在她十分肯定它們能買回她的名聲。但她也沒有膽量燒毀它們。艾莉絲知道女孩一直藉著這些畫與她交流，但她依然不知女孩想說什麼，她只知道，她所創作的這些畫非常棒，毀了它們就是打壞她一向相信的一切：藝術的內在價值不在於作品的主題。她還是把畫布藏起來，藏在這裏不會被任何人發現。這是她唯一能做的了。

這麼一來，她的狀態就如一個膽怯的高台跳水員，現在必須悄悄後退、一階階爬下長梯，連戲劇性的投降都做不到。一陣激動的悲痛與羞愧沖刷過她內心，還有對從未蒙面的某人瘋狂般的愛戀。她在藍色輕煙中尋找女孩卻徒勞無功，她等待大自然在最後一分鐘的指引，但終究失望了。鐵製容器內的火焰終於瀕臨熄滅，萬物回到平凡的初始，這一刻不過是北上高速公路上一個寒冷的夜晚。

社交生活

外面天氣嚴寒，通往陽台的玻璃門已有一半結了冰。雖然如此，尼克還是赤身裸體。他光著身子躺在一張潮溼的床墊上，心中也不得不暗自承認，聞起來的味道滿糟的。屋裏非常陰暗，唯一的燈光來自客廳的電視，在地毯上劃過一條光影。現在可能剛過黃昏，也可能天將破曉，他連今天是幾號都不知道。不但日期，連月份也搞不清楚。但一定是冬季，他很確定。他不知道自己迷失的原因，是因為又一次踏出時間的路線之外，或只因為他嗑高了。管他的，今天是完美的一天。開車亂晃、然後回家待著，還滿忙碌的。回到家把他的電影收藏拿來播放：《末路狂花》、《雙面薇若妮卡》。有個女孩來他家，是其中一名新妓女芙洛麗。他們玩得很開心，他記得，卻回憶不起其他細節。他們照了許多拍立得照片。

他走入客廳時，電視正播放一臺看似複雜的健身器材廣告。他努力集中精神。器材是練腹肌用的，如果使用它，能讓身材變得很棒，而且不用時還可摺疊收藏。這廣告對於維持他的體態絲毫沒有幫助，腹肌器的世界和他一樣，都無法接觸一般人的生活。雖說概念不錯。結實的腹肌可能是他計畫中個人改造的一部分。全新改良過的包裝一定能是整個計畫的一部分。從這裏，他的思緒又飄向一系列冗長的愉快記憶，關於某晚他在林肯公園遇見的女孩。那還是高中時期。

他起身在屋內遊盪，翻找地毯上散落各處的瓶子。都是空的，和骨頭一樣乾巴巴。他在沙發上坐下，然後躺下來構思對策。

* * * *

天色還是很暗，也許是又變暗了。他走進廚房，彷彿一個偵探，循著一抹血跡和破碎的玻璃前進。這間公寓一定曾被破門而入，廚房的地板黏答答的灑滿啤酒，他把一隻腳拔起，差點失去平衡。往下望，他看得出有事情不對勁。他的大拇指。看起來並沒有真的附著在腳上，感覺怪怪的，每踏出一步就微微一抖、一扭。拇指上蓋有硬皮，但血還是滲了出來。他得處理一下這件事，這一定得放在日程裏。

冰箱裏，有一罐塔塔醬和貝殼型保麗龍盒。貝殼在大喊「**不要打開**」。

沒有啤酒，連櫃子裏也沒有。在碗櫃裏，他找到一張揉亂的紙，裏頭有些可可粉顏色的粉末。他把紙張湊近鼻孔，但剩餘的粉末不夠讓他嗑上一口。

他很快就得再補貨。他逐漸有了不安的感覺，負面思想強硬地擠進腦海。是時候找到沙發，躺下來休息幾分鐘了。

＊＊＊＊

他打給馬丁，那個藥頭，但只打進他的電話答錄機。他留了言，抽了幾根菸。他努力保持耐心，但當你即將崩潰、有張砂紙在血管內拚命流竄，保持耐心就會變得很困難。找到馬丁是最佳選擇，因為只要多付點錢，他還會送貨到家。尼克只需要過街從提款機取點現金，然後回家等著就行了。提款機裏還有不少錢。他這次喝得酩酊大醉前，已經在工地做了許多加班活兒。他得考慮回去上班了。但是，再等等吧。

馬丁一直回電，於是尼克準備出門。今晚沒有藥了，他得退讓一步改喝酒，而附近沒有一家商店願意送貨到他家。外出意味著挑戰。例如，穿上衣服就是挑戰之一，家裏有那麼多難搞的階梯，還要找衣服，找乾淨的衣服，或是夠乾淨的，然後要穿起來。鞋子也是個問題，在床上待太久後，他的雙腳已經浮腫，加上現在多了大拇指的傷，如今看起來顏色不對勁、腫脹得超乎尋常。他不可能穿得上鞋子。

他自己把東西從高高的衣櫃上拉下來，一支老舊的木製網球拍砸到他的頭。他現在知道被打到有多痛，因為他差點就清醒過來了。

「有了！」他找到了以前穿的舊拖鞋——是他在戒毒所其中一次恢復期間，卡門送他的禮物。鞋裏有絨布襯墊，沒有鞋底，前端還印著唐老鴨圖案，但他覺得這雙鞋很適合，真的。

他跌下樓梯，但在樓梯底檢查時，他沒受傷。他的車以歪斜的角度停在兩格車位中間，他靠近車子前就知道卡門已經來過，並把方向盤鎖住讓他不能開車。這些日子她都不和他談話。她去了一個聚會，裏面的人告訴她這麼做最好，設下界線，讓他陷入谷底。卡門總是只做正確的事。去她的。

他在艾許蘭街招了輛計程車。車子靠邊停下，裏面出來四個、也許五個人——女生穿著雞尾酒晚禮服，兩個男生則是晚禮服外套。「好好狂歡吧。」尼克祝福他們，一邊低頭鑽進後座。

計程車司機是個戴著針織毛帽的黑人男性，身材如此矮小，尼克幾乎看不到他在方向盤前的身影。尼克爬進車裏時，他轉過頭說：「抱歉，我不能載你。」

病。

「你是開計程車的吧？」

「我不想惹麻煩。」

「不會有麻煩。我只要你載我去貝爾蒙街。」

「不行，我必須請你下車。我下班了。」

「但你讓我上車了。」

「不是，我是讓剛才跑趴的那些人下車。現在我下班了。」

尼克繼續和他爭執了一會兒，但矮小男子卻不退讓。尼克實在不確定這司機哪裏有毛

他又花了好久才找到另一輛車——今晚這麼多人外出真是奇怪，而且好多人都喝醉了——但他終於招到車，而這次他順利抵達貝爾蒙街。這名司機，看起來體重應該超過三百磅，還告訴尼克他推薦的餐廳，他很喜歡「老鄉村吃到飽」。他看起來是吃到飽那型的男人。尼克現在全身緊繃，即將瀕臨崩潰。他非常安靜地坐在後座，盡可能讓他的存在顯得渺小。他們停在商店前面時，他打算讓計程車等他一下。

「先付錢再說。」

尼克認為自己掏了張二十元鈔票，但也可能是張五十元：「你會等吧？」

「我就停在這裏。」他說。但一旦尼克踏出車外，計程車立刻咻一聲開走了。

貝爾蒙街的這家店不是一般人購買普通酒類飲品的地方。這裏既未存放上好的干邑白蘭地，也沒有銷售員幫你推薦適合不同餐點的葡萄酒。這裏只賣啤酒、烈酒、品質不佳的甜酒、香菸和牛肉乾，大概就這麼多。櫃檯後的店員對於閒聊毫無興趣，身上散發一股演出結束後的萎靡不振，臉上透露的訊息是：他什麼怪事都見過，現在什麼都懶得在乎了。這家店最棒的地方——是這裏的特色，也是這裏有名之處——就是老闆肯把酒賣給任何人，無論對方狀態如何。

店員身後有台收訊模糊的小電視，正播放人們穿著晚禮服和燕尾服跳舞的節目，還有大樂團在後面演奏。

「這是什麼？羅倫斯．威爾克秀嗎？」

「醒醒吧。」店員說：「這是新年前夕晚會，今年是新的千禧年，他們現在在洛杉磯。整天都在播這個啊，晚會先從太平洋一個小島開始。你今天都去哪神遊了，老兄？」

「他們還像在九九年一樣狂歡，因為現在還是九九年。」他身後一個年輕的聲音說道，那是個年輕人，穿著一件棉夾克和絨布手套。他上下打量尼克，指指他的拖鞋。

「鞋子不錯喔。」他說。看來他是個時尚評論家。

要是買啤酒，他就得處理今晚不想面對的交通問題（他發現，對於像他一樣的重症酒鬼，啤酒算是滿諷刺的酒精選擇）。他決定買兩瓶傑克丹尼爾威士忌，算是比較精明又好攜帶的選擇。他又加上幾條賀喜巧克力棒，並隨手塞進口袋裏。

他在商店後面的小巷灑了泡尿，然後拿起其中一個瓶子猛灌幾口。要這麼做，他必須像昔日西部的採礦者一樣高舉瓶子，為了把動作做到確實，他用手背抹抹嘴說：「嗚哇！」

他默默對自己的笑點發笑。此時一輛小貨車緩慢地開進小巷，他往旁邊一站。墨西哥籍的收舊貨工人在夜間到處撒網，尋找廢鐵。他們可沒有國定假期。他們從車窗口凝視著他，彷彿他是路邊的景點，但不是有意思的那種。

他看見剛才店內的年輕人也回到巷子裏。他把兩手啤酒擺在垃圾箱上，開始快速開罐、喝乾，喝得越快越好。原來是旅伴啊。

「我沒發現今天是新年前夕。」尼克說：「好險我沒錯過所有慶祝活動。」他用瓶子輕點年輕人的啤酒罐。他靠向垃圾桶，抬頭望著天空，尋找幾顆亮光充足、可以穿透周圍城市燈火的星星：御夫座的五車二、北斗七星、南邊的北河三。他保持仰頭姿勢，等待威士忌燒透全身，這是收益的時刻，每一處飢渴都能餵飽。

年輕人半句話都不回，只是又拉開另一罐啤酒。他們兩個都以自己的方式同樣忙碌著，努力讓自己情緒高漲。等到他們終於停下，愉悅地頭昏腦脹，便一起坐在某人家的後門階梯上彼此陪伴。小巷內很冷，但很友善。他們醉得差不多了，就聊了一會兒天。年輕人叫做阿利斯，他從西北大學休學，或是被踢出校門，他沒交代清楚。他今天很早就開始在派對狂歡，當時他身邊還有很多同伴，他還穿著有襯裏的夾克。尼克告訴他關於一個人不錯的妓女芙洛麗的趣聞。有個人和自己處於同一個波長時，像這樣來點社交生活還不錯。

「重點是，」他告訴年輕人：「即使有時非常麻煩，我真的還是很喜歡喝醉。」

他們都同意這句話。尼克看得出他們之間有條連結，可能真有個人能了解他。

「我知道某些事，是大家都還不知道的。」

「像是預測未來？」阿利斯點起一根帶甜味的短菸。

「不，不是，我了解宇宙。我有時候會吸，你知道，海洛因。」

阿利斯沒有回應。尼克覺得沒關係。

「有時我真的嗑高了，就像走進一個房間，裏面都是控制桿和開關，而我完全知道每件事該怎麼操作。從宏觀到微觀，我知道宇宙深處的星球名稱，也了解次原子粒子的變化。我知道廣義相對論如何與量子機制連結，如何稱出地心引力的重量。我很清楚萬有理論，雖然目前還不存在。然後我清醒過來，一切都消失了。」

「太糟糕了。」阿利斯回道，尼克感覺之間似乎隔了很長一段時間，但也許只有一分鐘之久：「你不會剛好有另一頂帽子吧？」

獎品

艾莉絲抓起隔熱手套，手指卻被燙傷。她的啤酒風味脆蝦即將燒焦，但她自顧不暇無法拯救它們。等她發現自己抓的不是隔熱手套時已經太遲，她在卡門的櫥櫃裏隨手一掏，原來那是頂老舊的芝加哥熊隊針織毛帽，材質是人造纖維，現在在她的手和剛從烤箱裏抽出的烘焙紙間嘶嘶發燙。一打蝦子撒落櫃面。卡門接過這團混亂，打開冰櫃把艾莉絲的手塞進冰塊盒內。

痛啊。

「姊妹的祕密情感連結儀式！冰手大會。」羅勃邊說邊從廚房門外走進來。他是個結實的男人，比卡門矮了幾吋，艾莉絲覺得這就是他們倆在一起這麼可愛的原因。今天他穿了件短褲和有肌肉圖案的T恤，但最突出的是他戴的愛因斯坦假髮。他喜歡在特別的日子變裝。

「廚房傷亡事故。」卡門告訴他。

「我只是有點抽筋。」艾莉絲說。

「讓我看看。我對燙傷還滿有一套，美髮沙龍也算危險工作場所。」他抓起她的手腕、扭過手掌檢視手指：「沒什麼大礙，冰敷是正確做法。妳身邊有個優秀的護士。」他輕吻卡門的臉頰：「放些冰塊在毛巾裏繼續冰敷。」

「好。」卡門接著指揮艾莉絲往門外走：「我們現在出去吧，蝦子還要再等。我們得趁尼克還沒逃走前先敬他一杯。」

羅勃從冰箱拿出一瓶酒說：「記得喔，E等於某種正方形物體。」

從起初對羅勃有些退卻——早先他前往她的一場展覽，先用食指比出手槍，再指著一幅畫表示：「正點」——如今艾莉絲變得很喜歡他。無論卡門再怎麼抱怨他的消極，或是他對文化的無知，艾莉絲都會說：「對啦對啦，閉嘴。妳找到個好男人耶。」艾莉絲喜歡他對待卡門時彷彿把她放在遊行花車上的方式。

卡門很高興能辦這場小型派對——很高興尼克突然間克服重重困難——給了他們所有值得慶祝的理由。連天氣都相當配合這次社交計畫，外頭晴朗無雲，典型的六月天，萬物色彩鮮明——草坪、樹木、春季社區計畫栽種的野花散落在鐵路的路基旁。她的院子隨著每年不斷生長和羅勃的幫忙，現在已經成了漂亮的花園。羅勃站在花園中間，用一團毛巾包住瓶口，啪的拔開軟木塞，慢慢拉出瓶口，接觸二氧化碳的液體咻地噴濺出來。這不是真正的香檳，只是氣泡蘋果汁。只要尼克在場，每個人都會把酒精飲品處理掉（扔掉或鎖起來）。他們都已學到不太愉快的教訓，無論是忘了收好的鬚後水或香草精，尼克都能拿來喝，還有一次甚至是用來為食物保溫的酒精燈。

「敬我們不守成規的探險家，外太空的薛克頓[1]！」每個人的杯子都裝滿後，卡門冒出這麼一句祝酒詞。她引用的是今天下午尼克踏上講台時主持人的介紹詞；尼克上台是為了領一個小型銅製獎座，很有藝術感的做成融化的電波望遠鏡狀，也就是說，形狀就像一只手捏的陶製麥片碗。她很驚訝這竟然是個大獎，學校禮堂應該容納了有三百人。雖然尼克個人的幽谷已深不可見，但他顯然還有能力在天文學領域攀至頂峰。這也不禁讓卡門暗自思考，如果他不是那麼經常放棄、退出後又康復，用了許多自己的配額在跌倒、改正的循環中，他可能的成就將有多大。

他仍抓著獎座，顯然十分緊張。他滿身大汗，穿著薄西裝外套的腋下有深色弦月型汗跡。他還穿著白色T恤、黑色牛仔褲，皮膚像是新近擦洗過的樣子，牙齒微微發亮。為了對付後退的髮際線，他還把頭髮剃光。卡門透過艾莉絲得知他正參與一種改善計畫，微晶磨皮治療、牙齒美白等。無論如何——他都體現了快速恢復的想法。

她害怕這小小鼓勵的榮譽會出現一扇出其不意的暗門，但管它的，她覺得今天先為他高興再說吧。

尼克看著羅勃把軟木塞拔出瓶口。雖然他知道裏頭裝的只是氣泡果汁，但還是感到些微衝動——慾望與迫切感相互打轉。他的腦中打起薄薄一層泡沫。最微不足道的事情——

兩個女人和對方肢體接觸，即使只是在洗髮精廣告裏擁抱打招呼

朋友家藥櫃裏的一瓶藥（他沒辦法不偷翻櫃子）

佈告欄展示一對黑人忙著做愛、喝干邑白蘭地

——以上任何情景都會觸發他內心一股微微的澎湃。

「嘿。」這是他對眾人敬酒的回應，但除此再也想不出別的話語。其他人耐心等待，直到他們明白他不打算發表感言，於是大家開始啜飲氣泡果汁、自顧自地聊起來。沒關係，不一定真的需要感言，他已經娛樂過他們了。

「這是矯正用的嗎？」蘿芮塔指向艾莉絲腳上的運動涼鞋。她是自己來的，社交場合本就不歡迎哈瑞斯，但現在有了新理由。不再侮辱每個人的他開始忘記大家的身分，以及自己與別人的關係。要他驚慌地度過一整個下午，對他或對大家都太悲慘了。

艾莉絲懶得回答，她很清楚母親不是真的在問。蘿芮塔雖然已經退休，目前的生活已

1 十九、二十世紀之交的英國著名南極探險家。

無場合能讓她作正式打扮，卻還是腳踩一雙紅色三吋高跟鞋。她認同的信念是高跟鞋能讓女人的曲線更前凸後翹。卡門說，如果蘿芮塔住在中國，她一定也會纏足。這一刻她看起來容光煥發，艾莉絲最不喜歡母親這樣興高采烈，這不是真心歡喜的光彩，更像是因為緊繃的激動而表現出的虛偽神態，彷彿她又回到房地產業，正為客戶展示一棟外表光鮮的房子，但其實深知地下室長滿可怕的霉菌。

蘿芮塔早已拋下對艾莉絲的小小批評，現在喜孜孜地靠近尼克：「親愛的，我太為你驕傲了。」她伸出手，也許想揉揉他曾有過的頭髮，好像他仍是一頭亂髮的男孩。然後看見自己的手正伸向一大片汗漬淋漓的頭皮，她尷尬地收手，把手勢硬是轉成微微揮動，彷彿一名馬戲團演員示意觀眾為訓練有素的貴賓狗鼓掌：「我的每個孩子都讓我驕傲！」她以此結尾。

艾莉絲看向卡門，她做了個鬥雞眼。她倆對母親這話題持有不同意見。艾莉絲認為她只是有點壞心、因為一輩子被哈瑞斯壓迫而躊躇不前。卡門卻覺得，如果哈瑞斯一聲令下，蘿芮塔會把她的孩子全部鎖進半浸在水中的竹籠，就像《越戰獵鹿人》裏演得那樣，而且還會要他們用左輪槍來玩俄羅斯輪盤。她們一起看過那部電影後，卡門覺得此片完全就是他們童年的隱喻。

尼克注意到母親進了廚房。他跟上前，發現身邊沒有別人，便耐心等她幫自己從冰箱裏拿了點冰塊和水。

「我在想，」他說：「妳能不能幫我一點點忙？」他偶爾不會為了買藥而跟她拿錢。為了補救他的行為，加上清理公寓、置裝、撞車後的鈑金，他的經濟已陷入窘境。

蘿芮塔以學校老師的姿勢噘起嘴，拋出一個稍稍不認同的吻，之後才從皮包掏出一本有花紋的皮質支票簿。她買任何東西時仍然要寫支票。她可能是人類史上最後一個為了兩份瘦身特餐簽支票而讓雜貨店客人大排長龍等她結帳的人。尼克很愛支票簿，也愛到手的支票，上頭的金額寫在粉蠟筆畫的貓咪背景上，牠們正在玩軟綿綿的毛線球。

希瑟來到後院時被塔特絆倒。牠是羅勃和卡門新養的狗（絕不是為了取代華特。卡門會說，沒有狗能代替牠的位置。但她也似乎逐漸愛上這小傢伙）。真是不得體的登場。卡門走過去。

「妳能趕上真好。」希瑟只有這個週末待在城裏。昨天是她母親生日，希瑟去北印第安那州的印度教聚會所探望她。她母親已經在那兒待了幾年，練習保持平靜的生活方式。

「要脆蝦嗎？」艾莉絲把一個托盤遞過來。她很愛扮演派對女侍的角色。

希瑟的體型變得圓潤。在她和蓋比的事件後（蓋比受了傷但決心不表現出來）她上了大學，體重開始狂掉。有一陣子，她大部分時間都在進出診所，把大家嚇得半死。接著，突然間她又變得正常。她現在十九歲，把大約一磅重的鐵製飾品從耳朵、鼻子、私處拿下，讓羅勃替她剪頭髮。她的眼睛旁邊還是有隻嗡嗡飛的蜜蜂，但那不再是前進正常世界的威嚇物。她再也沒回學校，現在住在曼哈頓替一名高級房地產經紀人工作。希瑟執行的服務就是演出——打點欲出售的公寓，展現它們最好的優點。她訂購了一組組高級淡色亞麻床單，把異國情調的花朵裝滿大型陶瓷花瓶，將肉桂卷放進烤箱保溫，在浴缸邊緣擺滿一排白色許願蠟燭。她隨身攜帶一系列芬香噴劑（夏季棉布或海風味）和一組情調音樂CD。希瑟也換掉客戶牆上難看之極的裝飾品，改為她稱作「中性藝術」的物品。她受到艾莉絲和蓋比大力抨擊，他們說即使藝術的概念也應是中性的。饒了我吧，她說。

提供這些服務，讓希瑟能抽取房仲所得比例的一成，根據曼哈頓房地產的價格，她的所得加起來還不少，而她把錢都存進信託基金。她的麻煩本來似乎扎根頗深，結果消失得很快，只黏附於青少年時期，宛如一種情緒上的哮喘。卡門知道她應該高興希瑟開始吃得像個正常人、丟開黑眼線筆、找到了工作。她也真的很高興。但她也很擔心某人——和她年輕時如此相像——竟然變得如此有條不紊。彷彿世上真有可靠的辦法能讓一個人變得有條有理。

隨著鐵鋸的摩擦和塑膠嘎吱聲，一台摩托車奔上車道，轉彎弧度之大，騎士的肩膀差點擦過地板。蓋比到了。

艾莉絲轉頭看他以精心安排的一連串動作跨下車，十分清楚如何向這世界展現自己的一舉一動。他整個高中期間都在積極跑步、舉重健身、隨時注意身體質量指數。這是跟他爸學的。他和麥特會一起去一家新開的健身房，裏頭有股監獄氛圍。他臥房裏的桌上堆滿大型塑膠容器，都是他買的營養補充品：蛋白粉，一種名字裏有「鋼鐵」的產品，還有塑膠瓶內的乳清蛋白，尺寸大得跟張矮凳一樣。

他即將高中畢業去讀藝術學校。他交了個糟糕的女友唐娜；大家都懶洋洋地討厭她，因為他們全都預設她只是暫時的對象。這個夏天，他在一家畫招牌的公司兼差，空閒時間就創作。他已幾乎放棄繪畫，現在常在公眾場合表演自發性藝術。艾莉絲跟卡門保證他會逐漸玩膩，不可能到了四十歲還用透明塑膠盒裝木薯粉來吃、穿著內褲站在密西根大道上。但他也不是艾莉絲希望變成的樣子，她本來期盼他有些甜甜的羞澀，然而他卻變得有點輕率。他仍舊戴眼鏡，卻是相當引人目光的搞怪鏡框。他遺傳了些他爸的自滿、自以為是，也得到一點卡門善於質疑的態度，而且他經常質疑的就是卡門。攻擊距離大概是近來他離他媽最靠近的時候。卡門，在任何時候都堅強不屈，只有他的酸澀目光能讓她瓦解。然而，今天他脫下安全帽時先對他媽一笑，甚至給了希瑟一個小心翼翼的快速擁抱，便直接走向派對的光榮主角。

「你太棒啦。」蓋比和舅舅擊掌，結果尼克錯過拍子，最後他倆只打到對方的手臂。真是白人才能擊掌成這樣啊。

「碗很酷。」他朝尼克的獎座點點頭，對於那是什麼毫無頭緒。

他帶了個禮物給尼克，只見他從郵差包裏拿了出來。那是一小幅情感豐沛的風景畫，背景是一片草原和一座不會噴發的火山。他把尼克畫進草坪，用望遠鏡窺探一部分被蓋比塗得漆黑、灑滿鹽粒般繁星的天空。這大概是他近期唯一算是繪畫的活動，他會去二手商店買俗氣的圖畫，再諷刺性的把朋友畫進去。

「這太讚了。」尼克說。

蓋比極度敬慕舅舅。他把尼克的癮頭加上搖滾樂手的光芒；尼克是他私人的科特・柯本。

幾名零散的客人慢慢到來。尼克的導師柏尼像家長一樣滿心驕傲。珍帶來一把吉他，唱〈帶我飛向月球〉（Fly Me to the Moon）獻給尼克，他似乎完全不尷尬。她也帶來一個結實瘦小、T恤上印有「大學」字樣，名叫文生的男人。卡門完全不認識這個人，珍沒提過他，但從他坐在她身邊的姿態、專注看她演奏的神情，卡門估計他是男朋友。一個不是湯姆・弗瑞斯的男朋友。這樣的進展真是棒極了。

大家吃了烤雞肉捲，素食者吃烤豆腐加希臘沙拉。有人把槌球組搬出來，有一陣子，大家坐在草坪椅上，聽著幾顆木球在腳踝邊互相撞擊。剛過五點後，大夥兒一致起身準備離開。卡門環顧四周想著，哈瑞斯缺席、艾莉絲沒有明顯的情傷、尼克很清醒、蘿芮塔態度溫和、蓋比沒有輕蔑的神情，這些人簡直能夠組成一個快樂的大家庭。

「嘿。」艾莉絲說，她發現珍正單獨從冷藏庫裏拿出幾瓶可樂：「我好像看見湯姆剛剛開過這裏。我去車上拿東西，他開過我身邊兩次。」

珍似乎不太訝異：「他陷在愚蠢的悲劇情結裏。他根本沒有權利裝悲情。他的婚姻完了，他的兒子竟然是同性戀，這讓他很煩心。真是的。他的膽固醇過高，但誰管他啊？妳在乎嗎？」

「蕭恩？他是同志？」

「湯姆聽見他和朋友在野外煮飯時說『指針姊妹合唱團的第四個團員怎麼了？』而湯姆覺得任何異性戀男生都不會說這種話。」珍拉開一罐可樂喝了一口：「所以讓他開著嬰兒學步車繞圈圈去吧。」

「那這個是新的囉？」艾莉絲朝文生的方向擺擺頭，強行擠出一條細縫打開新話題。

「算是新的，還算不錯。我們會一起出門，他沒結婚，而只要我想，他每晚都能在我家過夜。想像一下有多好吧。」

尼克需要搭便車，他的車停在維修廠。艾莉絲燙傷的手指還在痛，她得特別謹慎地握住方向盤。

「嗯……」尼克把兩手放在座位扶手上：「上好的柯林斯皮料耶。」他用里卡多・蒙塔爾班的口音說道。近來他從不放過任何機會開她車子的玩笑，因為她買了輛賓士，而不是她以前那輛比較樸素的車。這輛還是全新的。

「我看起來倒覺得你的屁股滿享受皮椅的，你的屁股可不覺得尷尬，它也一點都不想去坐公車硬梆梆的塑膠椅。但我會把批評指教記在腦子裏，下一次我買車會用仿皮椅套，乾脆買塞爾維亞國民車好了，還要二手的。」

「我想路上已經沒人開那種車了。妳還是買台鋼管旅行車吧，那天我還看到有一台在街上閒逛。」

「你最近還好吧？」她問。

「還不錯，而且這次我是說真的，上回飲酒狂歡後我被自己嚇死了。雖然這麼說，但還是很不容易，一天有那麼多分鐘，妳知道，要在沒有人幫助的狀態下度過。加上還有過去的回憶，我必須一直帶在身邊，不能用藥抹殺。我想告訴妳一件事，我想讓妳知道這件事，只有妳喔。那天晚上，我看見她了，她從森林裏出來，當時她還在馬路另一頭，我只需要伸出手把奧莉薇亞眼前的方向盤一推，讓車子衝出路面，衝進水溝。大夥兒也許會撞成輕傷，但那女孩就不會死。然而我當時太……太茫了，我還覺得她看起來真有趣。我想看看她會怎麼樣，好像她只是某部勁爆電影中的角色。」

「老天哪。」艾莉絲說。

卡門躺在床上。羅勃在地板上舒展四肢，雙手高舉一張物理治療師給的圖表。他有嚴重背痛，大概要接受脊椎融合手術，不過他還在等，希望科技的發展能超越他衰退的身體，而讓他們能夠用雷射、腹腔鏡之類的東西替他治療，用不會被身體排斥的化合物取代現有物質。他講述細節時卡門不時會恍神。

卡門在讀最新一期的《國家雜誌》。布希宣稱他將會成為以教育為重的總統，不會忽略任何一個孩子。最好是啦，最近他顯然，在當上總統的幾個月以來，就只有懶散。他喜歡待在他的農場拍打馬刷。卡門不知真的需要拍打的刷子又該怎麼辦。雖然她自從選舉後就咬牙不語，但她已經開始認為也許他就是個被動消極、毫無特色的人。她希望這一無是處的政府能在四年後被趕下台。

「嘿。」羅勃起身坐在床墊邊緣，用大拇指和食指夾起她的一束頭髮，用專業眼光檢視：「我來幫妳護髮吧，只要十分鐘。妳的髮尾太乾了。」

「好啊。」卡門回道。羅勃從不過問政治，他一向投票給卡門叫他投的人。她不能和他聊自己潛在的恐懼，擔心總統拍打馬刷時是誰在真正管理國家。她也無法讓他激動地在乎起新內閣成員手上糟糕的履歷。羅勃今晚唯一能聊的就是護髮，她認為這也滿了不起的。她還是覺得嫁給他是犯了個小錯，但像她一樣瘋狂追求完美的人可能也需要做幾件錯事。她會說，他是個錯誤，卻出乎意料出落得令人滿意。

「我們的生命不值得擁有這些享受。」她告訴他。

「我知道，我知道。」他邊說邊把她扶起坐好，將毛巾圍在她肩上，撕開一個鋁箔包。房間裏立刻充滿椰子香味。

接收

艾莉絲已經就緒，泡好咖啡，調好顏色。坐在她的高腳凳上，安排好一天的工作，一邊吃著平時吃慣的能量早餐：杏仁巧克力豆。外頭明媚的晨光從窗戶與天窗灌進屋內。

電話響了，是卡門。

「妳在看電視嗎？」

「啊……沒有啊？」

「妳可能會想看一下。」

「怎麼了？」

「有架飛機撞向世貿中心。」

「是意外嗎？」

「好像不是。先掛了，我正忙著打通蓋比的電話。我知道普羅維登斯離曼哈頓有段距離，但我想要——妳知道——聽聽他的聲音。」

另一架飛機狠狠撞毀另一座大樓後，艾莉絲決定她需要有人陪伴。尼克是她認識的人中擁有最大電視機的人，也許全世界就屬他家的電視最大，所以她騎上自行車過去。街上都是人，有那麼一刻，今天看起來還像個平凡的星期二。但到了貝爾蒙街，一小群人正從地鐵出來、走下階梯，彷彿現在是晚上六點而不是早上十點。上下班高峰時間顛倒了。現在沒人想待在市中心。艾莉絲並不擔心自己的安危。如果這些飛機在尋找摩天大樓，那麼下一個目標應該不會是墨西哥捲餅店或玩具店（她剛經過這兩家店），現在左轉到克拉克街。這種感覺不只是毛骨悚然或面對重大事件的震撼。該說是，未知源頭的事件加上不可預測的後果。

她按了幾次尼克家的門鈴，然後放棄改用她的鑰匙。他大剌剌躺在沙發上，穿著緊身迷彩短褲，實在不太適合早晨。客廳聞起來有股怪味，再用莓果芳香劑試圖掩蓋，融化的蠟燭殘骸插在淺盤上，放得到處都是。她把電視轉到第七頻道，發現騎車過來時，其中一座高樓已經粉碎崩塌。每個新聞台都在重播這畫面。她在尼克從來不用的訪客椅上坐下，那是房裏最乾淨的一件家具。

她快速跳過每個頻道：「我的天啊，兩個人剛才跳樓了。一起跳耶。」

「這是什麼電影？」他問道，努力想與人成功交流。

「清醒點吧你。」

穿插在新聞頻道間，其他電視台還在播放預錄節目，讓人感覺他們毫無頭緒或冷血無情。某個美食節目中，一個艾莉絲不認識的名人正在做紐奧良菜。另一個節目裏，幾個競爭者正跳上跳下、尖聲喊叫，打算贏得一輛低價敞篷跑車。

「天啊。」尼克的精神開始集中，看著第二座摩天樓崩塌成濃密的灰燼，也叫了起來：「有人對我們真的很不爽。我們剛接收到一則重要訊息。」

「我們太習慣電影特效了，我得一再提醒自己、重新調整我的腦袋，才能記得這是真的。有人在大樓裏。有多少？誰能夠逃出來？沒人能夠逃過一劫，對嗎？飛機裏的人也活不了。救援的人也一樣。」

「奧莉薇亞可能在裏面。她在紐約啊。」

「那是好幾年前，我們都不知道她在哪了。」

「她可能在裏面。」

「她還可能在開飛機呢。」艾莉絲說：「不管這件事或任何事件裏，她都是不可知的部分。」

「對啊。」尼克點點頭，彷彿艾莉絲說了什麼極睿智的話。

卡門稍晚也順道過來，她今天提早關閉收容所：「我的客戶們——我想，也不算不合理啦——她們決定今天待在戶外比室內安全。我打給蓋比時他在工作室，他沒事。羅勃在威尼斯，所以他大概比沒事更好。他很好，吃著真正美味的義大利麵，在義大利，沒有人會發神經。」她脫掉外套，從冰箱拿了罐可樂，和艾莉絲擠在那張大扶手椅上。沒人想坐沙發，那裏是危險地帶：「我真高興妳們在這，我現在不想一個人。」

「媽打來過。」艾莉絲告訴她：「她聽說政府把全國領空都淨空了，每架飛機都得迫降。之前發生過這種事嗎？」

「那架在野外墜機的是怎麼了？」

「彼得．詹尼斯說可能是不相干的墜機事故。」艾莉絲說。

卡門瞪著她：「是喔，為什麼我們必須仰賴新聞主播隨便猜測？我們的政府上哪去了？我們的，總統呢？」

「之前新聞草草播了他的片段。他在各處飛了一陣，現在他在一個祕密地點。因為他太重要了，而且他一出面就會知道該怎麼做。」

「他會穿上那件總統外套。那傢伙愛死那種外套了。」尼克說。

「政府不覺得這是我們自己人，像提莫西．麥克維之類[1]的人搞的嗎？」卡門說。

「不是。他們認為是基地組織。他們覺得跟之前炸掉世貿中心的是同一批人，他們把炸彈放在停車場垃圾桶裏。今天他們是把剩下的工作全部完成。真是群有工作道德的恐怖份子。」

卡門想了一會兒：「這些政府官員，他們的反應一定是走開戰路線。他們就像發號施令的老鷹，絕對不會對低調的警察工作感興趣，設法從一間間牢房查出誰該對此負責。他們會想找個國家來轟炸。」

尼克把手伸長，去拿咖啡桌上的話筒：「妳們介意我請安達盧西亞過來一起看嗎？」

「別給我碰話筒。」艾莉絲說：「我們正在警戒度過國家最黑暗的時刻，我可不要跟個就算假名也太做作的妓女待在一起。」

珍打電話來，然後人也到了。她一直從錄音室試著聯絡席爾薇．艾特德，她的巴黎女歌手先前在紐約一家高級夜總會表演：「電話根本不通。我覺得電話線爆滿了，大家都想打給曼哈頓的朋友確定他們沒事。」

「湯姆呢？」卡門問她：「他沒打給妳？也許他正埋頭寫首大樓倒塌的歌？說大樓倒得令人生氣？」

「美國正在放聲大哭？」艾莉絲也貢獻一句歌詞。珍已經不在乎湯姆，現在說這種話很安全。

1 一九九五年四月，美國奧克拉荷馬市發生利用汽車炸彈攻擊聯邦大樓的爆炸案，造成近千人傷亡，是九一一事件前美國本土最重大的恐怖攻擊事件。原本執法單位以為是外國恐怖份子所為，後來才查出本案是同情國內激進民兵組織的提莫西．麥克維策劃執行。

「他打過了。他和露絲在家裏。奇怪的是，我不覺得他會對每個人都切身體會的大悲劇感興趣。他是個悲劇勢利狂，他不想和某個房車賽協會的人站在一起揮著小小的國旗。這是他親口說的。」

「哇。」艾莉絲說：「妳看吧。」

他們看重播看到身心麻痺，陷入恐懼的循環：雙子星大樓、撞上五角大廈的飛機、還有墜毀在賓州郊外的飛機。他們聽見飛機上的人播出的手機電話，描述恐怖份子如何割斷空姊的喉嚨。

「這麼做一定會引起注意。再也沒人會以為這一切是假象。」尼克說。

「加上後來那架飛機上的乘客也聽見自己的老婆或先生打來的電話，知道第一架飛機是什麼下場。他們心裏會有多寒啊？」艾莉絲默默想了一分鐘：「今天的驚嚇度完全破表，跟以前我們要擔心的完全不同。」

螢幕前，彼得．詹尼斯對一名記者詢問總統的下落。「他鑽進兔子洞不見了，彼得。」

「他們說全國教堂都爆滿了，人們不斷擠進去。」珍把訊息轉述給艾莉絲，她剛才外出買三明治。

「哎，這就是我們這代人，是吧？」艾莉絲打開三明治包裝檢視口味：「今天，在這裏？我們的教堂？我們微小的信仰？」

到了午後，卡門開始研究訊息之外的含意：「我們已完成收集資訊的階段，資訊都到手了。現在他們為了讓我們吸收，要得出一個架構、強加一系列故事情節。勇敢的乘客強行讓飛機墜入郊野，救火員只因職責在身而掉以輕心衝進大樓。很快，他們會讓總統準備好拍攝特寫鏡頭，恭賀我們大家身為美國人。這場史無前例、無法處理的龐大混亂，其後所有的複雜因素——他們已經開始處理了。他們利用完全的恐懼創造一齣劇碼，所以我們可以觀賞完闔家不宜的畫面，再回到購物中心逛街。」

夠多猴子了

真可笑。就當她已完全忘懷茉德，甚至似乎不再需要疲憊地在新對象身上尋找對茉德的迷戀時，艾莉絲竟在荒原狼劇院的幕間休息時與她巧遇。

艾莉絲跟母親一起來，她想看這齣戲，她所有朋友都愛極了這齣戲。在場每個人都很高興能沉溺在劇院揮霍的冷氣中，最近幾天室外溫度居高不下，直飆攝氏三十二度。這一刻，蘿芮塔正等在化妝室外排成蛇形的女人後面。同時，艾莉絲正一邊啃著世上最貴的士力架巧克力，跟著一波花生香和幕間休息的人潮隨意遊盪，基本上不感興趣地觀察身邊的人。一名背對她的女人轉過身，是相當漂亮的，茉德。

艾莉絲已經知道她回到芝加哥定居。通過蓋比，她總是至少清楚茉德的經緯度。最近隨著茉德越來越靠近她的方位，艾莉絲開始感覺到空氣也稍微轉濃。這一刻她還是堆起防護、努力讓自己顯得正常，她隨興加上一句旁白：「幾年後，她們在劇院巧遇對方。」

「總得遇見吧。」茉德微笑，彷彿她有好幾週時間準備這句台詞。

突然間，波動的氣流藏匿著無限可能。艾莉絲覺得自己快吐了，她緊緊抓住交談的一線生機：「可不是。我們大概有幾億次同一時間卻在不同地方，總得有這麼一次讓我們剛好遇見吧。」

「如果給一群猴子無限量的打字機，牠們總會寫出一本聖經。或者以妳的例子，給牠們無限量的畫筆，終會得到一幅蒙娜麗莎像。」茱德流利地說，好像這是一次平凡不過的閒聊，好像艾莉絲是她走去餐飲櫃檯路上巧遇的第三個舊情人。

「我緊張得沒法接話。」艾莉絲坦承。

「我們談談這部戲吧。」

艾莉絲想想：「好啊。妳覺不覺得一坐下就能看出，以這場戲的佈景，戲本身不會演得多好？」

「真的。光看那間門廊前有把搖椅的農舍，還有那支拴馬的柱子就知道了。」

「還有抽水機。」艾莉絲也說。

「而且好像假舞台後面真有第二個故事。還有一個真正的房間，窗邊擺了檯燈。」

她們就在原地，毫不費力便悄悄溜進省略節拍的對話，跟以前一樣天馬行空、什麼都能聊。艾莉絲的心微微皺起，想到所有她錯過的、數不清的時光，本來也能像現在一樣，但從未發生。她獨自下墜時，茱德轉向遠方一個艾莉絲看不清面貌的人。

「我該走了。」她的指尖深深壓在艾莉絲胸骨正中央。

她望著茱德融入人群中，感到胸口從內爆發。痛苦又變成荒唐的喜悅，因為她竟還能擁有如此強烈的感受，她本以為一切感官都早被拋諸腦後。她也覺得這是件好事。

那一晚她又受傷了，因為茱德打電話來說想過來，彷彿她們一直等待的就是一次邂逅。

雖然如此，艾莉絲還是說：「好。」又接了一句：「我搬家了。」

「我知道。」茱德說。當然，艾莉絲興奮了一下。

她從阿姆斯特丹回來時，艾莉絲買了間佔據整個頂樓的寬敞閣樓，一間裝修過的倉庫，在羅道夫街西側，這樣的延展性空間現在非常流行。有好幾年不能畫出滿意的作品後，艾莉絲剛剛完成一系列惡名昭彰的連環殺手少年時代肖像。她正努力把最後幾幅準備好，送到安大略省著名的韓德爾藝廊舉辦個展。只剩幾個星期了，這場展覽對她很重要，而且還有幾百萬個細節需要準備。目前並不是適合打擾她的好時機。

她在等待時，想到重逢的危險。今晚有可能會是一次陰鬱而不幸的小型事件。

結果並不是。茱德踏出貨運電梯走進艾莉絲的閣樓後，一切就變得甜美。

「外面還是熱得要命。」她把自行車牽出電梯，往牆邊一靠：「走動時還沒事，不過一旦停下來，你就會發現自己汗流浹背。」她已經換上小背心和鬆垮的亞麻短褲。背心上明顯可見點點汗漬。她的頭髮為了對付潮溼的天氣，變得蓬鬆而狂野，彷彿她剛才不是從電梯出來，而是剛從夏威夷回來。

「妳要不要喝冰紅茶？我剛泡好。」

「不太想。」茱德說：「我們聊聊，就聊一下。」

「妳先。」艾莉絲說。

「好，但我該如何壓縮這段時間？我該怎麼挑最重要的事來說？我猜，如果只能說一件事，喏，沒有妳，我的生活實在不太好。沒有和妳一起時過得好。」

「聽起來像是妳的律師代寫的正式聲明。」

「我在試水溫啊。」

「我的問題在於，」艾莉絲說：「妳嚇到我了。」

茱德和艾莉絲一起等待另一人接話。她們面向對方，然而，茱德不但沒接話，反而粗暴地把艾莉絲壓在牆上。

「嘿！」艾莉絲說：「我在健身房拉傷了肩旋轉肌群，到現在還——」

「閉嘴。」茱德低語。

「只是，拜託，這次別再要我了。」艾莉絲說。

「噓。」茱德把艾莉絲的T恤拉過頭頂脫掉。

她們在這面牆上花了不少時間，還有鄰近牆面也是，不斷把對方往牆上推、剝光對方的衣服，在閣樓裏這個空氣沉悶的角落，她們香汗淋漓，全身溼滑地隨著對方擺動。藉著這種方式，她們努力與共有的過去重新連結，忘卻一大塊分手後才發生的生活點滴，就像開創配有股份的事業，目的在於觀察她們是否依然實質擁有對方的一部分。這一切不光是為了找回舊日時光、收縮記憶的肌肉、或是呼叫之後等待回應。

當然，她們和當年分手時的自己已大不相同。不用說，年紀都變大了，也都歷經過短暫的名人生涯和曝光率大增的灼傷感。她們都變得更保護自己、更注重隱私。經過多年在電話旁等待的時光，她們現在都會接到不明私人來電，無論在辦公室還是私人手機，皆有身分不明的來電。她們從不輕易接起，她們都讓自己變得比較不為人知。

「我有個主意。」她們倆還有點站不穩，艾莉絲說：「雖然有點遠，但是，我在想，我們乾脆去床上吧？」

她們雙雙躺下，茱德從後方環抱住艾莉絲：「告訴我，妳真正想要的是什麼。」

艾莉絲轉過身，嘴貼在茱德耳邊告白，茱德聽了後說：「喔，哎，這妳得先徵求同意啦。」

天氣熱得不適合太費力的接觸。艾莉絲的冷氣壞了，而天花板的風扇要對付從早晨便徘徊不去的慵懶熱氣顯得力不從心。她和茱德牢牢黏住對方，床墊都浸滿汗水。她們喝乾了所有可樂和艾莉絲放在冰箱的一壺冰茶，然後直接從水龍頭下裝水來喝。製冰機也趕不上她們飲水的速度。茱德到白母雞超商買了兩大袋冰塊，把一袋丟入冷凍櫃，另一袋丟入正在接水的浴缸，然後兩人並肩在浴缸內伸展以緩解熱氣，就像身在老式避難所的病人。

「哎。」茱德說：「妳不抽菸了。」

「戒好幾年了。催眠療法和尼古丁貼片都試過。有時我也會想來一根，但我知道自己受不了再經歷一次戒菸了。」

她們餓了，相偕走到廚房——還突然端莊起來——套上本屬於艾莉絲的睡衣，也就是舊T恤和Gap四角內褲。她們做了大三明治、直接站在廚房櫥櫃前啃，然後回到床上睡了好久，幾乎睡了一整天。艾莉絲醒來看見茱德還在熟睡，臉頰朝下，她立刻鬆了口氣，感覺全身發軟、膝蓋顫抖，即使她還躺在床上。她得到了一直以來不允許自己想要的東西。她需要非常肯定自己沒有誤會對方的真實心意，所以過了一陣子，她倆一起淋浴時，她問：「我們到底在幹嘛？」

「眼睛閉上。」茱德正往艾莉絲的頭上抹肥皂：「我們正他媽要回到對方身邊，試著伸手抓住一條鋼索。但我們還需要再多做幾次愛才能成功。」

以前的茱德回來了，把巨大、反彈力強的措詞拋向她們之間的一切，就像巨石柱群的建立，或香格里拉的消失一般。這必定是艾莉絲想要的，她已經等了好久。

接下來幾個白晝和黑夜，艾莉絲仔細聆聽、推斷、收集線索，粗略描繪出這全新的改良版茱德。她回到芝加哥已經好幾個月，演藝事業終告失敗，模特兒工作也不如以往。現在她緩慢航向四十大關，決定回到護士專業。她的領域是新生兒護理。

「病人好小。」她告訴艾莉絲：「替他們整理床鋪輕鬆多了。」

有些事情稍顯不同。茱德看起來不太像之前的樣子，但艾莉絲花了些時間才看出不是所有改變都跟年齡老化有關。她大體上仍舊年輕，卻有些暫時停緩的味道。而且嘴唇附近也有點浮腫。艾莉絲懷疑茱德動過整容手術、拉皮、眼睛周圍除皺，連嘴唇也做過注射。艾莉絲終於提出疑問時，茱德的態度很坦白。

「在這虛榮的圈子待太久的代價。」她拍拍臉頰，彷彿那只是件商品。

艾莉絲順著她的話給予肯定，做過手術又怎樣？而且希望不會露餡，她對如此隨性的手術美容其實感到反胃。她自己已經變得越來越像她一直以來的樣子，外表的印記逐漸轉深，隨著年歲流逝，紋路變得更加明顯。得知這段時間以來，茱德卻不斷擅自修改面貌，著實讓人感到不安。到了現在，在某種程度上看來，她都比艾莉絲第一次認識的茱德更不像她了。

她們暫時休息一下。茱德離開閣樓，去處理人生中這幾天該辦卻花在床上沒去辦的事，艾莉絲則重拾答應展出的畫作，做些最後的粗糙修改。她的進度嚴重落後。

她也回覆了答錄機裏幾百萬條留言，其中有四分之一來自藝廊的海倫・羅斯，另外五百萬條是卡門的留話。艾莉絲回電，然後乖乖聆聽卡門細數一條條因為艾莉絲不回電而帶來的苦惱。

「首先我以為妳出差了，我總不能永遠記得妳的每個行程吧。然後昨天我開始擔心，我以為妳被人攻擊，也許是搶劫勒殺案。我都準備要過來查看妳的屍體了。我找到妳房子的鑰匙，然後——」

艾莉絲打斷她：「聽著，有事情發生了，好事。嗯，妳可能不覺得是好事，但是——」

「不會吧——」

「我覺得要是妳見到她現在有多成熟，妳會很佩服的。」艾莉絲說，但卡門一追問：「怎樣的成熟？」艾莉絲卻又不能完全表達清楚。

「我的老天啊。」卡門說完就掛了電話。

幾天後的晚上茱德回來時，暑熱已經消散，天氣又變回普通的夏季。

「我們去游泳吧。」她說。當時是凌晨一點。

她們騎自行車到湖邊，衣服剝光到只剩泳衣，然後從富勒頓街南面的防洪堤跳下去。湖水——經過近日的暑氣，卻讓人大吃一驚——是冷冽刺骨的冰涼。她們抓住對方，又一次潛入水底，一面接吻一面吐出大量氣泡。茱德轉過艾莉絲讓她仰躺，用救生員的摟胸帶人法，慵懶地拖拉著她。一輛巡邏車開過來，捕釣整夜狂歡的醉漢和夜間泳者，但她們視而不見，任搜尋燈的光線掃過自己。警察用擴音器朝她們大喊時，也只換來她們一陣大笑。她們繼續向前游。

「好像他們真會把肥屁股從車上挪下來撲向我們。」茉德說。她說對了。警察要不是接到真正緊急的電話，就是失去興趣而開走了。

艾莉絲揮打著深色夜水，吐出她的下一道問題：「妳媽呢？妳要怎麼站起來反抗她，而且不被打倒？」

「我會搞定。那是我的問題，我會處理，我保證會。我準備好了。」

艾莉絲努力思索自己是否準備好。內心輕微的猶疑把她徹底嚇了一跳。

她們終於從愛情小屋現身，打扮好，準備跑過一長串等待著她們的評估考驗。卡門——滿懷猜疑，但總是努力站在艾莉絲這邊——邀她們來晚餐。羅勃出城了，但蓋比整個夏天都不會待在普羅維登斯，到了秋天，他會前往倫敦讀一學期的人物肖像畫法。這樣似乎很奇怪。雖然他已從表演藝術回到繪畫，他基本上依然周遊在熱膠槍、停車場上找到的雜物和收集剃刀上的鬍鬚——有他自己的，也有他朋友的。

他說他想讓自己暫時沉淪在傳統風格中：「所以我可以拆解整個悲哀的二次元繪畫理念。從內爆發。沒有冒犯的意思喔，艾莉絲。」他最近經常這麼說話，用「迭代」和「挪用」之類的詞彙描述他的作品。因為艾莉絲有名氣，而且她暗自希望，因為他很愛她，所以他不想擺出高人一等的姿態。相反的，他把她當成絕地武士大師尤達一樣交談，彷彿她是老人，好像她在舊時代曾有過祕密，當時的人流行用薊做筆刷，調色料都是混和動物的血和植物的根莖。艾莉絲寬容地不跟他計較。他才十八歲，正處於愚昧階段，她也曾和他一樣。艾莉絲一路看著他成長，見證他的許多轉變，有時她卻仍對面前聲音低沉的大塊頭感到驚訝，這個裝模作樣的混蛋竟然曾是卡門為了哄睡而放在乾衣機上的小嬰兒，是那個魔術師帽戴了五年的瘦小子。

他很高興自己的阿姨和姑姑和好如初，並為她們做了他拿手的竄改風景畫。他把茱德和艾莉絲畫入背景有間茅草屋的田園畫中。他說這幅畫帶有諷刺意味，但又並不諷刺。他試圖讓主角看起來神態動人——減去超量體重、增添濃密的秀髮，必要時還拉提一下鬆垮的下巴。茅屋位於一座山丘頂俯視山谷，艾莉絲和茱德身穿比基尼躺在屋前的網編躺椅上。茱德的下巴底下掛著一個半圓形反射望遠鏡。在她們前面，一群放牧的綿羊旁邊有台立體音響。

「這太棒了。」艾莉絲即使這麼說的當下也有些緊張。一幅糟糕的畫面浮現在她腦海。她能預見這幅畫被扔在衣櫃後方的陰暗處，倚著一台壞掉的灰色電腦螢幕或唱盤，等到它對任何人而言都不再有趣、也不會湧起任何回憶，便在許久未來的某一天被丟進垃圾箱。

艾莉絲和茱德重返社交界的時刻就在「綠色磨坊」，珍當晚在現場安排了一次表演，那是席爾薇・艾特德的告別演出——已經是第七次還第十次了，她十年來一直在計畫退休。她看起來有一百歲，唱歌時顫巍巍地抓緊麥克風，另一手還拿著條手帕，準備唱到悲慟的細節處擦擦眼淚，像是「至少當我死時，我會忘記你」、「今天你在街上走過我身邊（卻沒認出我）」。

今晚的氣氛讓人陶醉。珍看到這麼多人塞滿酒吧，心情高昂得很，她一直把這間酒吧視為爵士樂和夜總會歷史上的一塊地標。卡門和羅勃跟他的一些朋友一起來，艾莉絲並不認識他們。還有尼克，他的行事依舊循規蹈矩。只著眼在別人的墮落與隱藏的弱點一向比較容易，有時她都忘了他費盡多少心力才把自己從一口深井拉回來。當他轉過身站在邊緣往下望時，又該感到多麼膽顫心驚。但是，即使她對弟弟的愛深不見底，她還是暗想，去他的，因為他當時看見那女孩跑向馬路。

接著湯姆．弗瑞斯也混在眾人當中，真是個掃興的傢伙。這些年來他越發愚蠢。他經常戴著頂帽子，即使身在室內也不例外，他今天就戴了，一頂鼠黨的紳士帽。自從珍開始和文生交往，他便顯然經常開車等在珍的公寓門外。

艾莉絲對文生評價不高，但她也只見過他幾次。他講話帶有挖苦意味，頭髮剪得很短，還用髮膠，彷彿他才二十出頭。他有隻名叫費多的貓，他的幽默感略顯刻薄。他是個獸醫技師，似乎對四十歲的男人來說不算是門有出路的職業，聽起來比較像是割錯病人腿的外科醫生失去執照後退而求其次的選擇。但是，他單身，而且似乎非常喜歡珍。

珍似乎未因湯姆的現身而不安。「他在試著威脅文生。文生覺得湯姆好搞笑，就像個老哏笑話。他只是有點迷失了。」她告訴艾莉絲：「自從他婚姻失敗後就變成這副德性。很顯然，我們的外遇是維持他婚姻的基本成分，就像樹幹旁的樹刺提供樹木養分。這還是他親口跟我說的。他用的是比擬法。」她轉向舞台，席爾薇正踢著她放在鋼琴下的枴杖，一邊替自己拉上白色長手套：「嘿，我得上台介紹一下這老女孩了。」

席爾薇唱完所有歌曲外加三首安可曲後，便前去酒吧後方的長凳旁，喝著酒保送來，杯子幾乎跟她的頭一樣大的馬丁尼。她和歌迷打招呼之餘，珍也在旁銷售她的最新專輯——《憂傷的利萊酒》。

茉德也有幾次被要求在雞尾酒餐巾紙上簽名，她仍經常被認出是琴潔．史萊德本尊。不管在哪都會有男人靠近她和艾莉絲——在雜貨店、大街上——突然旋轉三百六十度，一邊從腰背處掏出一把隱形的槍，這是史萊德的招牌動作，影集片頭也剪輯了這個姿勢，還配上節目主題曲。

對於這是她所演過最紅的角色，她的態度算是相當大方。

「我又沒演過安提戈涅或大衛．馬密的電影，能得到一個角色就要偷笑了。史萊德畢竟幫我存了退休基金啊。」

她和艾莉絲找了個卡座，尼克發現她們後也溜進來。然後湯姆也來了，迂迴地問：「我加入你們可以吧？」

現在艾莉絲一見到湯姆，就立刻記起那天晚上的他：一臉無邪的微笑，站在暗灰色月光下，吉他斜揹過肩，暗示自己打算落跑的意圖。彷彿他比剛才發生的事故還輕，可以輕易蒸發、鑽入牆縫。她環顧桌子四周，看到的每個人都有那晚的影子，在卡門婚禮那晚——湯姆既瘦弱又帶點壞壞的樣子，尼克一頭長髮，穿著那身新娘禮服，而茱德全身赤裸。所有人在犯下錯誤、付出小小代價前幾個小時的樣子。

湯姆說：「哎，套用格魯喬．馬克思的話，這是個我不太想加入的俱樂部，不幸的是我已是其中一員。」

「我覺得大家都這麼想。」艾莉絲說：「尤其沒人想待在這個俱樂部。」沉默如同布幕般落在他們身上。身處酒吧的喧囂中，整張桌子的沉靜就像聲音的負面音效。

茱德終於說：「我們在等什麼嗎？等待救贖時刻？某種終止儀式？難道要一起搥胸然後創造新的宗教？」

尼克，凝視著湯姆杯子內加了冰塊的不知名液體說：「那晚我們的部分能量相互融合，宇宙的大網把細線焊接了起來。」

「我真討厭你亂扯這些巫毒科學的狗屎。」茱德說。

「讓妳有這種感覺真對不起。」這是尼克參與過幾百次戒毒聚會後，從中學到的說話方式。

艾莉絲說：「我也覺得我們之間有連結。她每一天都跟我們在一起，我們不斷背負著她往前走，這得靠所有人的力量。」

湯姆說：「當然我們不過是坐在『過客俱樂部』裏。我們這些人最糟糕的罪行不過是恰好搭上最不幸的便車。司機現在上哪去了？因為她的輕率魯莽，讓我們背負重擔，她後悔過嗎？」

聽到這個，尼克站起身，離開前拎起湯姆的帽子，扔在地上然後一腳踩扁：「兄弟，你對這件事的詮釋很有意思。現在我要走了，免得你最後讓我恨起那個死在我們車前的小女孩，因為她竟把我們的生活都毀了。」

「湯姆真是可愛。」艾莉絲說，她和茱德一起坐在車裏開往回家的路上：「我一直到今晚才了解，那場意外其實是跟他有關。」

「但他能原諒自己真好。」茱德說：「那一定很棒。我為什麼做不到？」

「嘿，妳盡力了。」

「並沒有。每個人都指望我，我應該是急救專家。但我當時連護校都還沒開課幾天。當然我應該知道如何做心肺復甦，但我的記憶好模糊。我當時在菲爾茲公司當模特兒，妳記得吧，我還得為了拍片翹掉幾堂課。所以那晚我正在擺姿勢，說真的，我以為我在拍海報，我在救生員椅上看過一次類似的照片。」

「我們靠近她時她還活著，我記得妳摸到了脈搏。」

「但十分輕微。就算我知道該怎麼做可能也救不了她——她的傷勢很重——但當然了，我永遠不知道有沒有可能。他媽的永遠不會知道了。」

這次茉德的態度很坦白，她是回來跟艾莉絲重組合夥關係的。她面對每件事的態度都不再如此誇張。她也喜歡再次當上護士。每週她都在醫院值兩次十二小時的班。她的新工作也讓她多了額外收入，現在她還為一個西部主題的精品目錄拍攝。她帶有稍微歷經風霜的神色，濃密糾結的頭髮夾雜細細銀絲，讓她看起來像個習慣了艱苦家務的女人，聞起來還帶有一點馬廄氣味。她帶出的幻想形象，讓這公司認為能夠鼓勵城市女性購買太昂貴的石洗牛仔褲和青綠色粗礦銀飾。較年輕的臉龐搭配滄桑秀髮，這樣的組合就是有種微妙的性感。

除了時間流逝和外在改變，還是有些以前的茉德存在。她在床上還是像個年輕男孩，她還是愛讀書、愛講話。也還是有侵略性，她會翻遍艾莉絲的郵件、抽屜和架子上的畫作。她會從艾莉絲的齒縫間挑出花生粒，用棉花棒替她清耳朵。對此，艾莉絲的感受十分複雜，有時她會：一，很興奮，二，想要尖叫奔出房間。但大部分時間，她就是艾莉絲一直以來想要的茉德。她似乎沒有變得更理性、更實際、更成熟。相反的，這個改良過的茉德版本似乎變得微不足道，因為她輕易降低了標準，因而顯得渺小。以往她魅力的一大部分似乎就是她的自負和永遠讓艾莉絲觸摸不到的距離。缺少這些，她比較不可能逃跑，但也必定變得更加平凡。

因為她在醫院的行程，她不是完全不在家就是在睡覺，不然就老是在身邊晃。休假時，她會呈大字型躺在沙發上讀維多利亞時期的小說。

「要不要出去吃午餐？」她問：「去旁邊的小餐廳？」

「我必須完成這部分，然後才能晾乾。」茱德毫無頭緒艾莉絲得工作幾個小時，有多少天她會待在畫室直到夜幕降臨，有多少個工作天又延伸到週末也得幹活。她不知道艾莉絲被佔據多少時間，不只是作畫，也得面對成為名畫家的事務——開幕展和專題訪問，發表演講和輔導學生。茱德不在時，艾莉絲的生活擴大了不少：「也許妳自己去吧。」

「不要，沒關係。」茱德沒有開始磨指甲或大聲翻動雜誌，但一股坐立不安的氛圍明顯開始聚集在她身邊。

這次艾莉絲能更加全面地檢視茱德，而不只是看見面對自己的那一面。她看出茱德是個有難搞母親的聽話女兒。瑪莉亞還是個高度控制狂，但現在患上關節炎和逐漸惡化的視力。她得看很多醫生，茱德會帶她去醫院，然後她倆在等候室放縱地討論家族八卦和《時人》雜誌的內容。等茱德回到家，她會暫時變得更渺小、擁有更愛批評的世界觀。一開始艾莉絲還會開她玩笑，但之後茱德也會出言袒護。她很愛她媽媽。

決定同居時，她們的關係曾為了貓咪議題受到挑戰。茱德有隻叫阿奇的貓。艾莉絲對貓過敏。她以為這會是個大問題，也準備好服用抗過敏藥，無論什麼必要手段都行，但突然間貓咪就不見了。

「阿奇呢？」

「喔，我把牠帶去反虐待動物組織。妳不能和這堆毛住在一起。」

面對如此慷慨的舉動，艾莉絲沒辦法大喊：「妳把貓扔了？就這樣？」

那隻貓會造成問題，所以貓咪不見了。茱德的世界就是如此運轉，她的處理動作嚇人得迅速。

目錄拍攝工作越趨龐大，茱德也加大馬力應對：私人健身教練、一週四次瑜伽課。她會上昂貴的髮廊剪髮，有次艾莉絲瞥見其中一張收據，便決定這是她們之間絕對不能談起的話題。有時艾莉絲進入臥室，會發現茱德以頭倒立，一邊看電視節目「誰想成為百萬富翁」（雖然似乎不太符合瑜伽精神）。她每兩週做一次臉，每個月做換膚美容，在她健身俱樂部的地下室，她會不過頭的進行人工日曬。艾莉絲的臥房裏到處都是洗眼杯、腳踝舉重、針對不同身體部位的磨砂膏。根本不需要從中暗自推論這個人，因為這些基本上就是茱德工作的一部分。

茱德沒興趣將洛杉磯的生活據實以告，接受艾莉絲的檢視。艾莉絲如果發問，茱德會回答，但通常答案會加以改編。和她同居過的那個男人，為片廠短期租車的那個，「是某種權宜之計」，但她到此不再多說。那個攝影師丈夫則「大部分時間只是偽裝。妳都不知道那些狗仔隊瘋子有多可怕。他們帶著超大攝影鏡頭在暗處等候，直到妳出來倒垃圾之類的，所以妳只好永遠不倒垃圾。而且如果妳不想讓他們知道妳在跟誰約會，就只得跟某人結婚。」她沒提到是跟誰約會不能公開。她把故事改編過了。

艾莉絲努力維持身為追求者的角色，扛起讓茱德感興趣的重擔。她一直不能承認，直到事情發生第四、五次，她才體會自己正經歷暫時性的下滑，對茱德的興趣正逐漸溜走。之後過了一大段時間，艾莉絲暗想，是有點無聊沒錯，但這不就是和某人穩定交往的結果？這樣不是很健康嗎？無論怎麼看，不都是遲來的平衡關係嗎？

她們一起去法國料理烹飪課。她們溺愛蓋比，享受一起當阿姨或姑姑的感覺。春天時她們一起到英國旅遊，先是探望他，然後參加古堡和花園的巴士之旅，到了現場才發現同遊的是二十七個退休老人。她們真心努力面對每一起浮現的議題，不讓問題化膿。把以上粗略加總，應該足以視為她們在共同建造新的歷史，但事實卻非如此。艾莉絲感覺她們更像在扮家家酒，身邊有堆道具——卡布奇諾咖啡機、成對戒指，而她們一起藉著小小的慶祝活動標示時間的流逝。到了最後，這棟建築物無法承受重量，四面牆皆往內歪斜。也許，艾莉絲暗自擔憂，她已經變得沒有能力去愛，也許這些過去的年歲只是讓她瘋狂愛上渴望的感覺。

沒有戲劇性舉動，沒人扔碗盤，也沒有真的發生爭吵。沒人外遇，整個畫面中沒有任何干擾介入。

她問珍：「我瘋了嗎？也許我這個人很爛。」

「也許妳只是不再愛她了，儘管妳把我們大家都扯進這場渾水。」

「但這怎麼可能呢？」

「永遠別低估時間的力量。」珍說：「時間總是最好的玩家。」

她們沒有真的分手，她們的關係只是變得更延長、疲勞而哀傷。茱德和那家目錄公司——龍柏農場——延長合約。他們登出她的照片，拿著一個雕刻成節節小樹枝的早餐托盤，一臉舒適地坐在鋪了手工墨西哥毛毯的沙發上，牆上掛著幾張印第安村落的印刷圖片。她投射出一幅隨性、愛家的早餐景象，搭配她美滿的全家福照和一些看來道地的牧場工人。她開玩笑地推打中年丈夫（壯碩、裸著上半身穿著牛仔褲），兩人站在一個典雅的老式藥櫃前，諸如此類的圖片拍攝。這間公司的總部在圖森，所以茱德需要飛去當地進行目錄拍攝。她的合約只簽一年，所以計畫是她會到處跑一陣子，再回到芝加哥。

沒有任何事能做得完全俐落無痕。她們遇到的一次老套畫面是在一個冗長糟糕的午後，伴隨很多眼淚和非常沒意義的話語。她們下了虛偽的決心，未來還要在一起，孤注一擲的性愛再次突然出現。什麼都沒改變。

從那裏開始，掛毯中的結塊開始在對話中一一現身。茱德在她圖森的公寓裝了台洗碗機。她簽了兩年的健身房合約，但工作合約不過只有一年。艾莉絲在一次長週末假期前去探望她，看到她的咖啡桌上擺了本關於越南的攝影書。因為茱德從未表現出對越南的一絲興趣，艾莉絲因此知道書是某人帶來又留下的。一個不曾被提起的某人。

接著艾莉絲接受了普瑞特藝術學院一個駐館藝術家的職位，下學期上任。

「從紐約到圖森就像從芝加哥到圖森一樣簡單。」她告訴茱德。她們現在都這麼對話——修飾過的美好謊言從口中傾瀉而出，而她們同時朝對方一邊揮手、一邊越退越遠。

從這裏開始，艾莉絲墜入黝黑無光的地方，深不見底，這樣的自由墜落沒有終點。她沒預期到這樣的迷失。她的身邊不再有茱德的幽靈，地平線旁的閃光本來一直是她的魅影。現在艾莉絲已不再等待茱德，不再等待任何人事。她只剩下殘餘的人生。

檢傷分類

午後的天空晦暗不明，地平線模糊不清，透著軍毯般的橄欖綠，褪下一層濃密的迷霧。白雪迎面撲來。她們在尼克新搬的公寓前停下，那是間單調的褐磚建成的公寓庭園，就在瑞奇路底。一陣冷冽的風衝向車身，她們把車內的暖氣調到最大。卡門甩著一把他公寓的鑰匙，坐在駕駛座的艾莉絲雙手還放在方向盤上，開始隨著老電台播放的〈銀泉〉（Silver Spring）哼唱起來。

「我是不是個傻瓜？」她唱道，支援史蒂薇．妮克絲的歌聲。

她們正在累積足夠的動力好離開車子。

有段時間，尼克的混亂和自由墜落似乎在艾莉絲眼中有種陰暗的魅力：他的語音信箱裏那些不正派的留言，他間接提到和陌生人一起度過的骯髒夜晚。曾有一段時間，她很想親眼見識一下如此夜晚的面貌。然而到了現在，他在深邃的深淵中不再現身，這些日子以來，他大部分的狂歡都只限於公寓裏面。

艾莉絲把額頭從方向盤上抬起：「現在我如果想像他的生活，只能看見非常微小的東西。真不該讓他留著車，總有一天他會撞向橋墩，只是時間早晚問題。」

「或撞向一輛載滿唱歌學生的巴士。」卡門說：「他現在詭計多端，把方向盤鎖上已經治不了他了。」

「媽可以替他租間靠近酒鋪的公寓，大概在克拉克街或百老匯街再下去一點，所以他用走的就能到。他又不需要工作。他會沒錢買藥，但可以喝啤酒，妳知道，讓他一整天都能保持陶醉的感覺。他可以當鄰里醉漢。現在街上還有這種人嗎？」

要來這裏並不容易，但有卡門陪伴至少變得較為可行，還能稍微分散恐懼。但卡門說她受夠了，這是她最後一次出任務。

「幫他擦屁股只會讓他死性不改。而且我在裏頭根本找不到值得拯救的人。基本上，他不見了。剩下的只有一個愛嗑藥和嗜酒的機器。世上還有很多人真的需要幫助好改變自己，我寧可替那些人做點真正的好事。」

「他當時看到了那女孩。」艾莉絲現在告訴卡門：「他看到她的時候可以及時把車子轉向。但他以為她是魔法精靈還什麼的，他不想改變路線，所以他就看著一切發生。」

卡門好長一段時間不發一語，然後她說：「妳知道我受夠他了。這次我是為妳來的，所以我們走吧。」

艾莉絲痛恨從卡門身上傳來彷彿冰淇淋小販打開攤販車旁小門的一股寒氣。

「妳有看見我們的弟弟嗎？」艾莉絲向那個老女人詢問，她是諾倫太太，住在頂樓，就在尼克樓上。她剛從大門出來，艾莉絲努力讓自己聽起來只是隨性問個無關緊要的問題。但她得在繞過庭園呼嘯撲來的狂風中大喊，聽起來很難隨性。

「他跌倒了，前幾天就在這裏。」諾倫太太說：「他手上提著一些瓶子。我兒子剛好過來，我讓他扶妳弟弟上樓。那是星期二的事，也許是星期一吧。人行道結冰了很滑，所以他才跌倒，我覺得。」

尼克的樓梯間氣氛低迷，而她們甚至還沒走進他氣氛超低迷的公寓。樓梯上的地毯邊緣都已磨損得露出毛線，走廊類似蜜糖的藍綠色彷彿是房東手邊抓到剩下的顏料就漆，艾莉絲覺得真像一九五二年的烏克蘭產科醫院。

「妳有沒有注意到，」她對卡門說。她們正站在第一層樓，跺著靴子把積雪抖掉：「有禮貌的人是怎麼樣的，他們在解釋他的行為時費了多少心思。像她說：他跌倒了，或是：他感冒了。有人得攙扶他。他的帽子被風吹跑了。就像，還記得連環殺手傑佛瑞・丹墨家附近的好鄰居嗎？他們送他一台電扇，想幫他吹散從他家傳出的腐臭味——」

「今天樓上會非常糟糕。」卡門從樓梯口向上窺視，她遞給艾莉絲一雙塑膠手套。

一旦她們來到二樓，顯示麻煩的碎屑就開始逐漸成形。尼克門前擺了一疊整齊的《芝加哥論壇報》，顯然是某個好心鄰居整理的，但上頭卻堆著散亂的啤酒瓶。可以看見靠近門口的地毯上有一大灘血漬。她們強迫自己往前走，聞到一股噁心得要命的甜膩味。

尼克已經持續狂歡飲酒三週，當時他在醫院的療程暫緩，醫生開給他一些鎮定劑。醫院認為解毒是幫助人度過酒醉到清醒間的過渡期，但尼克從來沒有認真參與療程，他只有沒錢買藥嗑高時才會去醫院。等到他用盡醫院給的鎮定劑，便很難保持穩定回去做其他工作，所以他又跌倒了，每一次都比上一次更快。有時他甚至不在乎人們送他去哪家醫院，而艾莉絲會在半夜接到護士或行政人員的電話，說他沒辦出院就離開，有時連鞋子都沒穿。幾星期前，半夜響起的電話是尼克本人打來的。

「聽著。」他說。

「什麼？」

「今晚有三個女巫來我家把我綁起來。」他的聲音如泥漿般模糊，而且不知吞了醫院給的哪一種鎮定的藥。

「她們還在嗎？」艾莉絲說。

「一個還在。」

「讓她聽電話。」

話筒被蒙住，砰地一聲放下，拍門聲加上撞擊聲，話筒傳遞，掉在地上，被撿起來。

「什——麼事？」防衛心重重的低沉聲音，像是《愛麗絲夢遊仙境》裏的笑臉貓。

「妳把我弟綁起來嗎？」

「綁得很結實。」

「非常謝謝妳。」艾莉絲爬回床上睡了個安穩平靜的覺。尼克只要被綁牢，今晚就是好日子。但總之他又出院了。

「嗯？」卡門把鼻子湊向空中，彷彿烤箱裏正烘焙美味的食物。艾莉絲一邊尋找尼克，一邊又怕找到他。每次她們這樣過來，她都以為會找到他的屍體，而且經常很難馬上看出來。就像今天。他躺在床上，一動也不動，赤裸裸的。電視傳出喧鬧聲，是「美國警花」——艾莉絲看見地板上有一盒光碟——正演出感性的片段，遮掩她們粗曠的外表。

他的頭被撞得不輕，前額有幾道深深的割傷，可能是一、兩天前受的傷，血液已經變黑結痂。他的身體有幾大塊酒紅色瘀青，胸膛黏著許多小小的黑色塑膠吸頭，又是因為他倉促離開，不知從上個醫院的哪台監測儀器上扯下來的。那是一週前了。另一件很難不去注意的事是他的生殖器，不但呈現黑紫色，而且即使彎曲，還是非常大。她們上回來訪就注意到了，而且拍立得相片中也清晰可見。相片經常散得滿地都是，是他和其他幾個妓女狂歡後的紀念品。第一次還很震驚的她們，如今他的生殖器官只不過是他的另一個樣子，似乎無關緊要。卡門把棉被蓋在他身上，撿起一堆拍立得照片，開始哼唱「回憶……照亮我內心的角落」，然後彎下腰在他耳邊大吼：「嘿！」

艾莉絲開始覺得害怕。「布科？」她抓起他的手，雖然死沉但不冰冷：「快點起來啦。」他終於有了動靜——緩慢、謹慎，彷彿正站在流沙中。他滾向床邊，開始在地毯上摸索，直到找到一罐沒喝完的啤酒，一口氣喝乾，然後又捲回床墊上。

卡門一把抓起他的手臂，再次拖他起身。

「別這麼快回去睡，先生。」

這次他露齒而笑，好像正在跟人聊天。他的牙齒發黃，佈滿噁心的牙垢：「妳知道——」他對她揮動食指，然後忘記要說什麼。

「你想去醫院嗎？」艾莉絲語調開朗地說，好像他有一籮筐選擇，這只是第一個可以考慮的目標。

等了很長一段空白，他才說：「也許吧。」

「看你能不能準備一下出門吧。」卡門說。

他疑心地看看她，再望向艾莉絲。她們兩人都不能信任，而他正想找個代號讓她們破解，一個可以難倒她們的密碼。

「你可以自己沖澡嗎？」卡門問道。

他下了床，搖搖晃晃走向廁所，又轉回來走向她們。

「抱一個。」他伸開雙臂。

「噁——」卡門說。

「我們會再聯絡你。」艾莉絲說：「我們的人會打給你們的人。」

他又一次轉向浴室。他的屁股鬆垮垮的，像一包又小又空的沙袋，而他一面撞牆一面通過走廊。

艾莉絲看向尼克衣櫃上一個拉開的抽屜：「哎，至少不是徹底的混亂啊，他還是有一套管理系統。看，這個抽屜是放襪子、鉛筆和嘔吐物。」她腦中想的，是她該怎麼獨自處理這一切？獨自前來這裏會是全新層面的無依無靠，像是從船上落海，然後被拋棄在大海中。

艾莉絲晃出臥房，進入廚房。冰箱裏有一塊吃了一半（邊緣有咬痕）凝固的牛排，垂掛在其中一格條狀式層架上。她快速檢視公寓的狀態：一張小茶几被推倒、撞裂，她認出這是尼克很久以前曾經重新整修的家具之一，是為奧莉薇亞出獄後搬來同住的準備。約有一百個酒瓶之多的碎玻璃散了滿地，鋪滿地毯，像是綠棕兩色的閃亮碎石。她的兩幅妓女系列畫作歪斜地掛在牆上，但顯然沒有受損。即使那場展覽不受歡迎，裏頭的畫作現在也值不少錢。就當她這麼想時，她注意到第三幅畫本應懸掛的地方現在一片空白。

每一波毀壞的動作都使公寓更為枯竭。東西被摔壞、髒到無法修復，或是當他恍神時，某人藉機來家裏順手牽羊。這次她注意到他那台舊的望遠鏡不見了。在這裏沒有舊物會替換或修理——只會被扔掉或閒置，也許還有可能被擦乾淨。這些角落都是他生命中小小的樣品，或是他們三人共享的童年。今天艾莉絲認出廚房流理台上有條擦碗巾，是從蘿芮塔的廚房漂流過來的，只不過是她三十年前的廚房。客廳裏他自己做的楓木書架依舊擺著物理課本和天文學雜誌，裏頭有些文章還是早期的他寫的。他的音樂收藏大部分是「最經典」的專輯，皆是他青少年時的主流搖滾樂：壞夥伴合唱團、鮑伯・席格（Bob Seger）、球風火樂團。

書架頂端放著一張尼克和奧莉薇亞的裱框相片，他們穿著短褲和馬球衫，面帶笑容，站在他們的淚滴拖車前——那時的尼克似乎像個平凡人，幾乎算是快樂。自那以後，他距離平凡如此遙遠，這張照片好像園遊會上的遊客看板，你可以把頭伸入一個洞裏，拍出身體是美人魚或草裙舞的照片。

大概半小時後，她們把他拉出浴缸，因為他又跌倒了。替他擦乾身體、換好衣服——骯髒的卡其褲、乾淨的T恤和樂福鞋、一件軍裝外套。沒有襪子，算了吧，他的腳也腫得穿不下。在車裏，他靠向車門，像是一袋滾珠。

「我們需要更好的設備。」艾莉絲左轉開向南方：「一台吊貨機、一塊防水布、幾個魁梧的男人來幫忙。」

「才不。」卡門從後座說：「我們需要不再插手。」之後她便保持沉默，態度十分強硬。

「你想努力恢復嗎？」艾莉絲問尼克。

「**我想啊！**」尼克用非常響亮、呆板的聲音回答，然後從她車用杯架上拿起只剩一半消了氣的可樂，咕嚕咕嚕喝了大半。「**好了！**」他大喊。可樂顯然不夠讓他刷洗牙垢，牙面還是積了一層黃苔：「**妳可以喝剩下的。**」

「嘿，謝了。」艾莉絲把罐子放回杯架。

「這一次，」卡門從後座高聲說：「試著配合醫院的療程，不管是什麼。」

然而，他在醫院很容易得到壞臉色，艾莉絲和卡門都很清楚。檢傷分類不喜歡醉鬼和毒蟲。首先，他們會照料頭上插著一柄斧頭的男人，然後是發燒的嬰兒，之後是手臂刺痛的老人，再來是精神崩潰的青少女。之後，大概還要再處理十幾個病例才會輪到尼克。在西北紀念醫院，如果等待的人數太多，他就得過街去紅花料理餐廳喝幾瓶啤酒，暫時度過危機。艾莉絲覺得醫護人員一定超級高興看到他從門外走進來。

在過去，艾莉絲和卡門都會跟他一起進入急診室。直到最近，她們至少都會等他被醫院帶進去才離開。但到了現在，他在鄰近的各大醫院已經不受歡迎，所以今天艾莉絲在乾草市場街把他放下，其實這裏並不是醫院，而是無業游民的戒毒所，算是戒毒的最後一根浮木。這是卡門唯一能找到願意收留他的地方，因為他們誰都收留。這次兩姊妹待在車上，目送他蹣跚地穿過大門。

「我覺得自己真是糟糕透頂。」艾莉絲開走時說。

「嘿。」卡門回道：「我們還是有功勞啊，我們停車讓他下去，而不是開到一半就讓他滾下車。」

她們的夜晚還沒結束。她們回到他停車的地方，想出另一個方法，不需要再用鐵棒卡住方向盤。她們要把車子藏起來。艾莉絲在後面跟著，卡門在前頭開尼克的車。他乘客座旁的側鏡只用一條鐵線懸掛，隨著車身震動不斷彈向車門，後座也散滿空瓶。車裏還有破舊的牛皮紙袋，裏面裝的X光片是他用來向庸醫索取止痛錠的手段。她們開到卡門家附近，把尼克的車停在一間小工廠旁的街上。

等到艾莉絲送卡門回家、自己再回住處時，已近凌晨四點。電話不停地響，當然是尼克了，他回到了公寓。

「沒給我藥，也沒有煩寧。」他告訴她，這次不再吼叫：「那爛地方什麼都沒有，簡直是去接受懲罰，好像我們就該堅強一點，咬緊牙關不用藥。」電話那頭傳來喀啦一聲，接著是啤酒罐拉開的嘶嘶聲，接著又傳來像是冒氣泡的聲音。然後又一聲喀啦和嘶嘶聲。

「你能不能暫停一下？就一下子？你知道，休息一下？」

「不太能。」他說。

出港困難

另一瓶葡萄酒的一小塊軟木塞砰地拔出，讓卡門的心一沉。她和羅勃在兩個朋友家用晚餐，這頓飯卻始終不落幕。事實上，早在一小時前就該落幕了。現在大夥兒已經進入更深一層的連續時空。卡門真希望這些是羅勃的朋友，她就能竊喜這些人的可笑，然而她卻因為是她的朋友而感到窘迫。卡門為了她的社工碩士學位，和艾比一起參加珍．亞當斯的活動；艾比現在是個優秀的作家，在不親自干涉的社會工作領域中相當成功，所以她從來不用切身靠近那些貧窮、發瘋的人（卡門也試過這一路線，作為無家可歸族群的聯絡人，花了兩年在市長辦公室的聯絡處工作。但她痛恨和聞起來香噴噴的乾淨之人無止盡地開會，以及雪片般飄來的文件。所以她又回到管理收容所的日子，這次地點在西區，附近鄰里每天都讓她有新的驚嚇）。艾比的丈夫，傑夫，近期靠著塑膠管生意發了筆財——創新材質、重建基礎建設等一堆名堂，卡門最終一個字也聽不進去。有她的半聾當做藉口，她得以不時恍神也不要緊。她不讓別人知道她在耳內裝了個電子輔助器，讓她損傷的耳朵也能恢復一點聽覺，她本來以為那隻耳朵早不能用了。但科技搶在她前頭，以有利的方式領先發展。她回過神時，發現話題已經改變，大家討論起艾比和傑夫為了改建廚房和浴室受了多少罪。艾比對這些抱怨似乎稍感尷尬，但傑夫樂在其中，他說話的方式彷彿他家剛被炸過或受害於土石流。

「所有能出錯的地方都出錯了。」他說。

幸運的是，他們堅持的勇氣讓他們度過灰暗的幾週。先前流理台用的花崗石滯留在義大利的福爾泰德伊馬爾米，碗櫃用的木頭則因出港困難卡在非洲，然後擺麵包的抽屜到貨時少了兩吋，艾比在維克公園買的特長法國棍子麵包根本放不下（那裏有家很小且沒招牌的烘培坊，只有內行人才知道確切位置）。再來，他們的木工在一次沒有計畫的佛州之旅後消失得不見人影。但到了現在，終於塵埃落定，抽屜重建完成，難看得要命的合金門把也用鍍鎳替代。

現在大功告成，他們很高興，艾比這麼表示，試圖讓話題到此為止。但要阻止傑夫相當困難。艾比終於放棄，像是患了斯德哥爾摩症候群，甘心受到劫持者的奴役。傑夫繼續談起能夠為他們從繁忙的時間表挪出時間的工匠，這些專家的行程一向爆滿，沒人能夠預約。然而，艾比和傑夫辦到了。傑夫像是訂製了一枚榮譽徽章的人生觀。他的肩帶都快塞滿了。

卡門覺得整晚都被束縛著（回到隊伍裏吧！克莉西・海德（Chrissie Hynde）在她腦

海裏唱著）。他們甚至連甜點都還沒吃。她注意到一台濃縮咖啡機，所以一會兒一定有詳細解說的卡布奇諾製作儀式。到最後原來還有甜點介紹儀式，他們夫妻倆即將慢條斯理的端上舒芙蕾。卡門早已覺得參加這次社交晚宴十分累人。她替總統候選人凱瑞在密西根西部一個人煙稀少的小城布坎南進行電話拉票，那裏的人情緒高昂。他們已經握有凱瑞再次競選的選民名單。她告訴傑夫和艾比一點點關於辛勤工作、無名小鎮的努力：源源不斷的甜甜圈和咖啡，抽菸的志工還有單獨的房間。

「可惜他聽了某些形象美化的那套，在船頭行禮那一幕。」傑夫說：「所以才丟了選票。」

直到這一刻，卡門覺得她個人還沒遇過投票給布希的人，更不用說第二任期還投給他。餐桌閒聊撞上了真空地帶，像是飛馳而過的火車在過隧道時發出令人驚異的煞車聲。艾比將話題轉向他們近兩年在瓜地馬拉的時光，當時塑膠管正被引進摩登時代。

「這一定很驚人。」卡門努力接話：「每個地方都能看見奢侈逸樂的生活。」

當然是啦。那裏的水果也很香甜。而且他們兩人開始浮潛，這活動改變了他們的人生。他們倆繼續像唱催眠曲般講啊講，卡門突然驚醒是聽見傑夫提到因為「滿心忌羨的當地人」既懶惰又散漫，才使得塑膠管道的鋪設速度大幅下降。她對這代號渾身發冷。她知道如果她或羅勃附和對方的抱怨，他們會陷入一段輕柔的對話循環，對方會認為他們抱有相同看法。她覺得自己像是早年「週六夜現場」短劇中的艾迪·莫菲，他偽裝成白人，偷偷觀察最後一名黑人下公車後會發生什麼事，結果發現大家都開始調馬丁尼、跳狐步舞。

卡門望向羅勃，但他和僧侶一樣沉默。起初她內心燃起一絲怒氣，然後發現他不是冷血或怕事，只是完全心不在焉。她現在可以讀穿他了，他可以在原地微笑、點頭，甚至不時插入一句話，但他其實完全沉浸在自己的世界。有時她甚至可以對他的內心思緒猜個大概；在這一刻，她幾乎很肯定他在思索馬克安東尼的新方案——改良計畫——每間沙龍前都有一個不需預約的區塊，心血來潮就能走進店裏。

既然沒有後援，卡門只有孤軍奮戰阻止傑夫。

「你付那些工人多少錢？」她問：「我只是想，也許別再羨慕別人、找到內心的追求並不難吧，如果他們得到的工資可能幫助他們脫離困境的話。」

他的表情失去了社交該有的氣質，因為他看到敵人接近。

「也是吧。」他一字一句地說，彷彿這幾個字有一打音節。

「自由了，自由了，感謝上帝——終於自由啦！」她將羅勃的手臂摟過來。他們已經走在人行道上，穿過辛辣而帶有潮溼鐵鏽味的秋夜空氣，走向車子。

「哎，他沒那麼糟啦。」羅勃不喜歡直接批評。她經常把這當作他個人最好的特質，但今晚她卻感到非常寂寞。「我是說，我聽過更糟的。在美容院裏什麼人都有，我都學會裝聾做啞了。」

然後他說：「喔，真抱歉。」他痛苦的表情如此真誠，她只得大笑。

「喔，親愛的。」她說：「我親愛的。」

今晚又漫長又艱難，而且毫無意義。她沒能感動傑夫用更寬闊的眼光看世界，只把他惹毛，還把本來好端端的友誼標上句點。她失去信念，不再相信改變人們的可能。並不是因為他們都與她相反，或是他們都抱持十分強烈的信念。相反的，他們顯然對信念不再感興趣，彷彿信念是網球運動或法國電影。卡門感到洩氣，只得努力掩蓋深淵，或懷抱失足的風險。

「欸，」羅勃之後說，他滑入被窩挨到她身邊，試圖激勵她：「明天起床我們激烈地做愛，然後在床上看報、做煎餅當早餐、不接電話。讓剩下的世界繼續運轉，別管我們。」

他用指關節刷過她的臉頰，扶她坐起，替她脫掉胸罩，換上一件他的T恤。

「艾莉絲打來，之前妳在洗澡。我忘了告訴妳。妳應該回電給她，是妳媽媽的事。我真是個爛祕書。」他把燈關上：「妳應該開除我。」

一觸即發

蘿芮塔沒有搏鬥過絕不會走，至少也要稍微扭打。她的生前遺囑中，在她檢視所有選項後，棄絕所有極端又誇張的療法。她很清楚的表明，她不要被拔管。

所以艾莉絲運用關係做了調查，努力讓母親有個藝術境界的死亡。她安排讓母親和城裏最好的腫瘤部門搭上線，她身邊有三名專科醫生，她接受的臨床實驗目前還在測試階段，只在老鼠和蘿芮塔身上施行過，諸如此類。在醫院裏，她的私人病房裏有桃花心木家具、間接照明燈、紫紅色窗簾、一張印著領帶條紋花樣的窗邊座椅，窗戶望出去還有一片湖景。

幾包厚重的透明塑膠袋掛在床頭，也有些懸盪在床底。現場像在拍一部工業片，蘿芮塔彷彿參與了一場加工過程：床頭的袋子過濾著許多清澈的淡色流體，慢慢滴落到床下一包瘦巴巴、黏答答的黃色及深綠色液體袋內。當她意志如此堅強地抗拒死亡堅定的拉扯，她的進展和退步都被用橘色數字記錄在床邊黑色的小螢幕上，另一台螢幕上則是上上下下的綠色線條，配上微弱的高頻嗶嗶聲。艾莉絲和尼克凝視數字和線條，聆聽著嗶聲。他們在一起等待事情結束。

蘿芮塔從藥效的迷霧中稍微浮出來時，開始唱歌，是輕柔的鋼琴酒吧爵士風格：「你認識賣鬆餅的小販嗎？」

這一來驅使尼克起身查看今天的點滴袋，但和昨天並無兩樣。

「驚人的進步，可自我調節的嗎啡藥劑。」他大聲宣布，然後敲敲蘿芮塔緊握的控制開關：「人人都能握在手中的快樂扳機。」

「她還好嗎？」艾莉絲問走進房內的普西畢奇醫生。她從門上的架子抽出病歷資料，開始讀最新紀錄。

「現在差不多是一觸即發的時刻。」醫生說。

普西畢奇醫生檢查了點滴袋和橘色數據，盯著綠線一陣子，用聽診器聽了一會兒母親的呼吸。看診結束時，醫生在一張乾淨的紙上寫了些出奇詳細的東西，離別前還拍拍蘿芮塔的手，告訴在場所有人：「堅持下去喔。」

她轉向門口時對艾莉絲說：「當然，如果妳還有其他問題——」

艾莉絲從其中一張訪客扶手椅上直起身子，把正在讀的書扔在一邊，跟著醫生走出房間。她們一路上沒有交談，一直穿過走廊朝普西畢奇醫生——黛安娜——的小房間走去。

她值夜班時都住這層樓，只要有一小段空檔就過來補眠。她們進房時沒有立刻交談，房內冷氣開得很強，而且裏頭只有一張簡單的窄床。目前她們還沒用到床。目前她們只進展到把對方推到沒裝鎖的門上猛吻。

技術上，艾莉絲根本沒被普西畢奇醫生吸引。她太年輕，而且不太美觀地有些過胖，她的醫生袍看起來很便宜、已經磨損、遍起毛球，口袋裏裝著鋼筆、筆記本、半透明的黃色聽診器管子捲成一團。如果這是她的私人幻想，普西畢奇醫生會有些年長，心思更細密，高高瘦瘦，膚色深且時常深思。但光是她身為醫生的事實，尤其還是掌管蘿芮塔死亡前的漫長夜晚，便使她充滿情色氣息，促使艾莉絲跟隨她進入小小的員工休息室，匆促地熱吻一番。她很失望的發現普西畢奇醫生也有名字，雖然她當然不只有姓氏。然而，這個事實被揭露後，艾莉絲一直避免兩人繼續坦承背景。如果她發現黛安娜還有其他嗜好或參加過分時度假，對她的幻想恐怕會完全瓦解。

「妳好辣。」普西畢奇醫生說，把嘴唇移向艾莉絲的頸子。

「有時候啦。」艾莉絲說：「有時在我很辣的時刻，辣度也不總是讓我得利。有時我一跳就很遠，跑到我不該去的地方。」

艾莉絲回到蘿芮塔的房間時，尼克正在讀一份天文學期刊，但空出的一隻手握著蘿芮塔。

「我和醫生討論這次新的點滴可能成功的機率。」她為了好玩才撒謊：「結果忘了時間。」

尼克用軟綿綿的手揮開她的藉口：「妳可以盡情忘記時間，沒問題。時間只是拿來安排事情罷了，不過是人類創造出來的。有些人——地位崇高的人——認為每件事可能都同時發生，我們只是標示出時間才不會搞混。」

他有另一個話題想要討論。他一直把錢浪費在兩個不好惹的妓女身上，兩個都叫蔓蒂。現在他告訴艾莉絲他愛上了其中一個。

「讓我猜猜，」艾莉絲說：「你愛上的是蔓蒂，對吧？」

他從皮夾掏出一張摺起的照片遞給艾莉絲。

「妳覺得怎麼樣？」

「對一個只穿內衣褲的人來說，她的妝也太濃了。」

蘿芮塔的病拉近了艾莉絲和尼克的關係，這是第一次，他們倆的親近不是因為他惹上的麻煩。這是一種自由、漂浮般的親密，好像童年時的某個下雨天，他倆坐在正方形玩具帳棚內。然而，一旦他們開始翻找共同的回憶，才發現彼此的版本大為不同。今晚，尼克開始冗長的狂想曲，口述起他參加少棒聯盟球隊的日子。他在這支叫「煮滾水」的球隊裏擔任游擊手，但哈瑞斯從未前來觀賽。顯然都是卡門對他投擲捲成團的襪子，讓他克服接球的恐懼。

艾莉絲驚訝的發現自己對這一事件完全空白。在那些日子裏，她始終對手足充滿關懷，他們三人組成的同伴機制讓他們度過哈瑞斯暴君般的支配。當時，蘿芮塔的角色只能讓她為了婚姻犧牲孩子。

在那段漫長時光，艾莉絲、尼克和卡門在能脫離糟糕的童年之前，心中烙下的傷痕各不相同。艾莉絲難以抹滅的印象甚至跟她無關，而是目睹哈瑞斯抽尼克巴掌。他當時才七、八歲，父親摑他的頭側，力道很猛，但他用友好的打鬧來偽裝。

「這又沒什麼。」他說：「如果你真的做了什麼壞事，你才等著看我怎麼對付你。」父親說這話的流暢讓艾莉絲確定他曾在別處聽過這句台詞，只是帶回家來開個玩笑找點額外樂趣。就像他會對他們之中一人提議：「你怎麼不出去到馬路上玩啊。」

摑掌的畫面依然時不時浮現腦海。幾星期前，她讀到一篇可怕的報導，一座狩獵度假村把群熊關起來下藥，讓牠們變得遲緩懶散、較容易射殺。這則故事，當然，讓她想到可憐的熊，但也讓她想到突如其來的巴掌，然後站立的尼克立即用手護住他發紅的耳朵，恐懼中帶著疑惑。他當時還不知道，他已經被哈瑞斯選定為家族裏一無是處的敗類。她也能清楚看見下一刻，蘿芮塔從她手中厚厚的精裝書中稍稍抬起頭說：「你乖乖聽你爸的話，下一次你才真的完蛋了。」

現在哈瑞斯已經是癡呆症後期，他住在富勒頓街上一間療養院。他連電視節目和廣告都分不清，他已遠遠不再是他們憎恨的那個人了。

他們多多少少原諒了母親——艾莉絲多了點，尼克少了點。卡門則是完全不原諒。她認為不原諒自有她的道理。艾莉絲比較浪漫，她的信念系統依然包括心地的改變、遲來的道歉、誇張的和解、消失的誤會。對她而言，陪伴在醫院的主要原因是等待母親在最後一刻吐露感人真情，解釋她先前心不在焉、隨性不負責任的家長角色，同時揭發自己對孩子隱藏的熱愛，尤其是對艾莉絲。卡門，當然，絕對不會允許自己相信這類通俗的幻想。她很久以前就放棄了蘿芮塔，而且對她完全沒有任何期望，如果要她來探病，她只為了艾莉絲才願意來。艾莉絲對卡門既羨慕又憐憫——總是踏在堅硬平坦的道路上，總是呼吸新鮮強勁的真實空氣。她的一生都在競走。

「我想邀蔓蒂跟我來醫院。」一陣沉默的思慮之後，尼克對艾莉絲說：「算是讓她更接近我的生活。」

艾莉絲根本懶得回應。

尼克和艾莉絲只有晚上才會單獨在病房。白天時，蘿芮塔總有絡繹不絕的訪客，像是她在房地產公司認識的仲介。過去幾年她不再像個妻子，但也不完全是寡婦，蘿芮塔以預料之外的方式綻放光芒，令人驚訝地結識了一夥新同伴。一旦哈瑞斯，這個徹底的無神論者，不再能讓她覺得具有信教的衝動十分難堪，她便加入長老教會的聚會，結果那是個行動力很強的社群，尤其對以身體力行散播慈悲而言。這些女人把聖經中的「慰問病人」看得很認真。她們來到病房時拿著柔軟的枕頭套，用馬鞭草水輕灑在蘿芮塔頭上。她們對她朗讀宗教小說，是她發病前絕對會嘲笑揶揄的那種書籍。

另一個驚喜：儘管這些年來她一直生活在嬉皮之間，蘿芮塔仍舊遲來地發展出老土之極的愛好——交際舞。兩個時髦帥氣的男人——一個較老，一個較令人錯愕，只不過四十多歲——在過去幾天都經常來到床邊探視。從他們身上，艾莉絲和尼克聽聞母親在舞池的名聲，她的探戈和西岸搖擺舞跳得尤其出名。艾莉絲覺得母親的作為相當可愛，卻讓卡門非常不悅——蘿芮塔已經踏出新的一步，不是充滿老年的悲痛和後悔，而是找到第二春——在上帝的榮耀中旋轉搖擺，還加上一點聚光燈。

艾莉絲來到黛安娜的公寓。她帶了捲《梨安娜》，是老約翰·塞爾斯的電影。她還以為內容既感人又純真，可以讓黛安娜看看出櫃之後的感覺，就像她，艾莉絲一樣。這部片會像橋樑一樣將她們連接起來。相反的，影片開始二十分鐘後，她發現也許看《梨安娜》已經太遲。當電影演到超級尷尬的一幕，在一家小型女同志酒吧，所有人都在打情罵俏，黛安娜像個好學生說：「這有點像殖民地威廉斯堡，妳知道——引進新的潮流。」

艾莉絲不想讓黛安娜當個懂得欣賞奇景的遊客，她自己也不想當穿著民族風蓬鬆長裙的導遊。她用遙控器一瞬間把《梨安娜》關上，然後開始辦正事。

幾天後某個午後，黛安娜赤裸地躺在奶油色皮沙發上，過去一小時她一直在前領導、技巧精湛。起初艾莉絲暗地希望這場情事不用太認真，但事情竟快速轉向預料之外的方向。她並不理解普西畢奇醫生吸引自己的地方。根據她最近的論點，她對於一起上床的對象應該有特定類型，或至少某種準則。但相反的，她卻又一次陷入今天這種局面，雖次數不如年輕時頻繁，但仍無可避免。

「我最好回醫院了。」她靠著沙發扶手把自己拉起來，黛安娜躺在她身上，也一起被拖起來，她們周圍的空氣滿是性愛和軟皮的味道：「妳覺得我媽還好吧？」

黛安娜歪歪頭：「天啊，這種時刻嘛，我會說妳媽已經不是好不好的問題了。我們已經不讓她參與臨床實驗。我該怎麼說才好？妳知道那個老笑話，關於醫生和病人的？病人問他的醫生『我的病怎麼樣？』醫生說『我很遺憾，但你只剩十可以活。』病人說『十什麼？』然後醫生說『九，八，七——』」黛安娜用小眼睛真誠地看著艾莉絲：「我希望我沒有太坦白。」

蘿芮塔的意識時好時壞——一會兒回到這間無趣的醫院病房，一會兒又陷入早年的豐功偉業。她高聲呼喊自己已經死了十年的母親。她的喊叫聲並不痛苦，而是充滿愉悅，好像她要媽媽看看，她的鞦韆能盪得多高。

「她回到好早以前了。」艾莉絲對卡門說。她終於來醫院了。她剛在紐奧良待了三天。她在電視上看卡崔娜颶風的新聞看到火大，便找了珍一起租輛廂型車。她們去好市多買了足夠塞滿後車廂的水瓶，然後直接開車南下。

「又不是太平洋上的小島，老天啊。」卡門說：「不過隔兩個州而已。」

而且她們顯然一路順暢，把水送到真正需要的地方。羅勃非常傷心。卡門行動前都沒事先告訴他，只留了張紙條。他說卡門不能結了婚還一意孤行，卡門說政治和社會工作就是她的一部分：「我不能看著事情出錯卻袖手旁觀。這樣我會開始不喜歡自己。」

她是為了艾莉絲才來醫院。雖然榮格分析法的結果和解讀夢境的含意，都要卡門將蘿芮塔驅逐到角落，讓她根本不用耗費力氣憎恨。她現在提到蘿芮塔，都是用所能想像出最微弱的讚美來輕巧地咒罵她：「哎，至少她沒有把我們溺死在浴缸啊。她沒把我們留在公路上的安全島啊。」或是「她沒像那個俄羅斯女人對她孫子那樣，把我們的器官賣到黑市啊。」

艾莉絲做出最大努力：「聽著，我知道她本來可以更稱職。但她被哈瑞斯捏得死死的，她那年代的女人都得依附男人帶她們遠走高飛。妳也知道她的童年，家裏的椅子不夠大家坐，有些孩子得站著吃晚餐。她睡在地下室，靠著火爐取暖。她和愛拉阿姨都是。」

但缺乏椅子和睡在地下室都不能感動卡門，她絲毫不覺得這些情況情有可原。「她看起來真無害，妳能想像嗎。」卡門說，兩人一起看著蘿芮塔陷在小女孩的回憶中，在後院用力揮手。

艾莉絲和黛安娜在淋浴。她們在裏面已經一陣子了，從黛安娜早晨的值班結束，艾莉絲跟著她回家開始。流下的水已從熱氣騰騰變得半熱不冷，她們到現在已經不再只是嬉鬧式的抹肥皂和沖水。

「別停下來。」艾莉絲說。

「但我可能得停了。」黛安娜說：「現在停下對妳最好。」

「不要。」艾莉絲的聲音既微弱又遙遠，她都能聽見回音微微迴盪在浴室的磁磚之間。艾莉絲已經跌入與普西畢奇醫生之間焦點模糊、情感豐富的關係中，這是她始料未及的。她因為對方的善良而搖搖欲墜。在床下、在淋浴間外，黛安娜不願讓事情大幅改變，但她的慷慨卻沒有界線。她們之間不過持續了兩週，但艾莉絲已經收到許多小禮物——貝爾蒙街上一間日式花店裏的特殊剪枝花朵、一本詩集、《紅色自傳》。她最近的新作為還頗有順道照應的味道，像是昨天，她不上班，便跟艾莉絲借了車子，開回來時已經洗乾淨、打蠟、還換過機油和輪胎。

黛安娜絕不是艾莉絲以為自己會感興趣的類型。艾莉絲把大部分成人歲月花在渴望茱德，或是與茉德的替代品周旋，在一次次跌倒中復原。她們都是長得好看、稍微殘忍、活潑善變的女人。她們的起頭都不太一樣：陰暗劇院的電影，拉開的序幕皆是具有異國情調的場所，充滿潛力的故事，她光是想像自己身歷其境就樂飄飄的。但來到結尾時，這些故事竟全都是同樣的內容改成稍微不同的版本——像是一個根本就很枯燥的傳說，只因情感氾濫才似乎顯得有趣。雖然如此，一路跌跌撞撞過來，黛安娜的類型卻從未入駐艾莉絲的腦海。她從未考慮過認真忠貞的人，一個不會讓她緊張的人。

黛安娜完全不懂藝術。她公寓內的裝飾是從家具店買來，早已裱好框的複製畫。巴黎街道圖掛在客廳，睡蓮掛在床頭，大蘿蔔掛在廚房。她們相遇時，她根本不知道艾莉絲是誰。艾莉絲說自己是「畫家」，黛安娜起初想到的卻是油漆工的滾筒和鷹架。即使到現在她也不太理解在另一個——雖然渺小的——世界，艾莉絲很有名。而且，就算理解，她也不在乎。她只高興艾莉絲能做她喜歡的工作。

黛安娜不是腫瘤學家，只是在成為急診室醫生的路上轉換一下。她喜歡在第一線做好事，她也想照顧艾莉絲。如果妳幾星期前問艾莉絲，她不會覺得被照顧聽起來很感人。但現在她可不確定了。

蘿芮塔死時速度之快，沒有人能及時趕到。艾莉絲當晚回家休息一會兒，比在醫院的椅子上睡覺舒服。她凌晨三點半接到黛安娜的電話，她正好在值班而且已簽了死亡證書。

艾莉絲打給尼克但沒有回應，她又試了卡門但只進入語音信箱。羅勃戰勝失眠的方法就是設定為熱帶雨林的白噪音機，一旦扭開機器，就是巴西的暴雨聲，他們是聽不見電話鈴聲的。艾莉絲只好單獨前往醫院。她本來預期發現蘿芮塔躺在陰暗的地下停屍間，一名人員從牆上的長櫃拖出一個裝屍體的鐵床，而她的皮膚從灰轉藍。事實上，她母親還在高級套房裏，躺在床頭板是桃花心木的床上。機器和點滴袋卻都不見了，再也沒有東西可以監看或測量。蘿芮塔面無表情，既不安詳也不似天使，只彷彿她去了別的地方，把軀殼留在身後。

艾莉絲抓起母親變得冰冷的手，等待某種撼動天地、驚嚇眾人的東西在身邊展開。然而她終究看出死亡什麼都不會留給她，只是重新塑造艾莉絲一直以來對母親的渴求。她的死亡讓人難以捉摸，就和她在世時一樣。暗自想念她似乎更為合適。也許艾莉絲一直在尋找錯誤的人，也許她尋覓已久的母親在她還小時早已在超級市場轉彎不見蹤影，而艾莉絲追趕上的人只願意稍微妥協，畢竟這只是個陌生人。

艾莉絲來到尼克的公寓，按了兩次鈴，然後用鑰匙自己開門。進他家總是有點可怕。今天室內充斥一股熟悉的月桂花味，是支大蠟燭的香味。蠟燭放在分隔客廳和廚房的一張傷痕纍纍的塑膠貼皮櫥櫃上。蠟燭的細煙飄向天花板，留下一圈烏黑濃密的煙苔。

尼克坐在沙發上看電視，這台又比先前的更大，巨無霸螢幕閃著水光般的波動影像。尼克從網路商店QVC買的。「能夠買到很幸運。」他告訴她：「我進去時他們只剩十二台了。」

他轉頭，眼光越過肩膀，從一個非常安詳的地方看向艾莉絲。

「對了，這是部好電影。」他對電視點點頭，雖然正播放的光碟——她認出是《驚世狂花》（Bound）——正不斷跳片，從吉娜·葛森的畫面開始碎裂成幾千塊彩影，然後又一次回到吉娜·葛森。她的嘴唇被大螢幕放大，尺寸幾乎和沙發靠枕一樣。

「聽著，媽死了。」

「我知道，妳的醫生朋友打來了。她打電話還真不善罷甘休。」然後他沉默了好久，艾莉絲都開始以為他要說出很重要的話。但等他終於開口，他說：「妳要不要冰淇淋大餐？我冷凍櫃裏有好多。」

她選了花生巧克力，拿了張椅子坐到他對面。「我愛這個口味。」她快吃了一半才說。她都不知道自己在哭，直到滿臉都濡溼了。

蘿芮塔想在老街的一家葬儀社舉行葬禮，她留下鉅細靡遺的後事指令。她想躺在無封棺的棺材內，讓卡門很氣惱。

「現在誰還這麼做啊？」她和艾莉絲正坐在二號小禮堂裏：「可能西西里島附近的居

民吧？」

「真的，誰在乎？」艾莉絲反駁：「她的密友都能見她最後一面。而且她看起來還不錯，我是說，葬儀社做得還不錯，化妝之類的。」

「妳到底在說什麼？」卡門說：「她看起來就像死了。我現在都不知道該說她什麼了。」突然間，卡門淚流滿面，慌忙從禮堂內許多散布的盒子裏抽出面紙，顯然這些盒子是為了對付她這種突然爆發、無法控制的情緒。她也顯然嚇到了自己。

「嗯，」艾莉絲借用卡門的台詞：「我猜，我們可以說，至少她沒有把我們關在地窖，逼我們吃泥土吧。」

她們環顧室內，裝飾得有一點類似小型教堂。

「那個——妳知道是誰的人——在哪？」卡門問，突然想起他的缺席。

「沒興趣來。這是第一次，我對他的故態復萌完全無感。」

「妳不能逼他來嗎？」

「我試過了，妳想試試看也可以。去他家啊，我不覺得他會改變，但妳可以吃一頓冰淇淋大餐。」

葬儀社要了一張死者的相片，現在放入相框內，安逸、雜亂的擺在禮堂門口桌上。艾莉絲放在禱告卡上的照片是五十多歲的蘿芮塔，那幾年的她皮膚曬得黝黑，牙齒和眼白突出，彷彿被電力照亮。

第一名哀悼者開始晃進來。她婚姻早期的老街波西米亞幫不起眼的現身了——男人戴著貝雷帽、留著小束馬尾，一個女人穿著黑色皮套褲和波雷若夾克，戴了頂配有沉重面紗的寬邊帽。艾莉絲認出了她，那是辛蒂．貝克翰。萊瑞和吉賽拉．卓恩也到了，打扮得帥氣又有型，雖然是三十年前的風格。他們還戴了超大的墨鏡。其他缺席的成員不是因為疾病，就是自己也早死了。哈瑞斯沒被邀請，他早已不記得誰是蘿芮塔，所以她的死根本沒有意義。

哀悼者中人數最龐大的代表團是蘿芮塔新近取代的朋友——教堂裏的女人和時髦的舞伴。艾莉絲看到他們後面站了一個阿姨和喋喋不休的叔叔，連忙躲開。

「看哪。」卡門把手放在艾莉絲的手臂上，把她的注意力引到入口：「那不是媽的醫生嗎？醫院那個？她真的很盡心耶，連葬禮都不錯過。」

葬禮上，羅勃和希瑟，蓋比擠在前排，然後是卡門和艾莉絲，她們中間坐著尼克。卡門親自到他的公寓，逼他換上一件運動夾克，然後開車載他來。他看起來十分害怕，口中碎念自己有約要先離席。卡門伸手壓住他的大腿。

「抱歉，你得堅持下去。我們都要面對，然後就結束了。」

週二，艾莉絲邀請普西畢奇醫生過來。她弄了點晚餐，或者說，她從對街一家昂貴的新餐廳點了一盒鴨肉捲湯。她把湯倒入鍋裏，把酪梨切片，還在砧板上留下幾塊果肉，看起來像是她還沒完成的最後一步。艾莉絲是很有靈感的假廚師，她這些小把戲可是藏了滿袖子。由於家常便飯的聚餐曾是女同志社交生活的基石，她會把錫箔紙放入老舊的派盤（她的天才妙招），點一大盒肯德基炸雞塊，再蓋上格子花紋紙巾。

黛安娜說：「嗯，好香喔。」她大概需要被納入女朋友的目錄中。艾莉絲已經被迫放棄最初的計畫（從小地方來說滿完美的）：只跟她來場通俗的情事即可。她擔心她會跟隨黛安娜的腳步，只因為事情會簡單得多，不再有落石和斜坡，就像卡門和羅勃那樣。她害怕她用激情換取了這個，卻失去內心的本質。然而，這麼說起來，她也得對自己誠實，激情到底又給了她什麼。

黛安娜也把艾德帶來，牠是隻短毛黑狗，鄰居在她大樓後面的垃圾桶找到牠，而她暫時收養到現在，似乎就要變成長期飼養了。很難看出艾德的品種，牠有一身高雅的長毛，可愛的拉不拉多狗頭，配上結實的身軀和獵犬的短腿。

單純美好的時刻即將降臨。艾莉絲能夠察覺出來——新的小狗和黛安娜，音響播放著伊特・珍（Etta James）的專輯，流理台上的酪梨碎塊還透著鮮明的綠色，準備輔佐主菜——每一個細節都充滿小小的承諾和起點。她努力看穿這些美好，一路尋找未來將會慘澹結束的跡象，然而她的目光被希望和距離蒙蔽，且新事物上頭總是覆著一層迷霧。她們會走到終點的，艾莉絲努力向自己保證，她們只需要一點點時間。

黛安娜大喊：「小心！牠來了。」

小狗艾德逃離垃圾桶，得到新生命後顯然很開心。一旦來到艾莉絲的閣樓被放開後，就迅速消失在她工作室的陰影中。現在牠又現身，儘管扯著小短腿，還是拚了命加速奔跑。牠如同搖搖馬般慢跑過寬敞的老木頭地板，一面開始煞車一面滑行至完全停在艾莉絲和黛安娜前面，然後抬頭望著她們，充分準備好迎接下一步，不管到底要幹嘛。一向籠罩著艾莉絲未來的煙霧頓時消散了一點點。

美味的三明治

尼克航行過一片非常工業化的雲霧，這是蓋瑞鎮。太空人就把宇宙的味道形容成這樣——鐵鏽的火星味，而且怎麼不行呢，宇宙就是個鐵工廠，裏頭進行著各種創造和毀滅。他正前往聖路易的郊區。

他在便利超商停下。他們有賣一種他喜歡的三明治——花生醬配果凍，但切掉麵包邊，將白吐司的邊緣捏起，做成一小方塊的美味。他買了兩塊和一瓶可樂，然後，人還在停車場，就用可樂罐把海洛因壓成粉末。

珊娜．瑞德蒙住的公寓在一棟簡陋的大樓內，周圍環境單調、幾乎沒有建設發展。有時他試圖猜想誰會住在這裏，又是為了什麼。開發公司打算以巴黎風格為主題增加環境的生氣，所以街名都帶著異國風情。雪倫住在捷克柏路，剛好在聖傑門大道尾端。他拜訪她已有二十個年頭。她曾住在移動式組合屋內，所以搬來這裏算是升了一級。直到最近，她都在一家工廠當經理，工廠製造某種對另一種東西相當重要的東西。兩種東西的名稱他都忘了。

但她現在不再工作。她的癌症擴散。她昨天打來，說有東西要給他。

「嘿。」她打開門時，他說道。總是削瘦的她，現在嚇人地瘦弱，而且走到哪都拖著一個附著小輪子的氧氣罐。然而從氣味看來，她還在抽菸。

「天啊，你看起來真糟。」她先發制人：「你病了嗎？」

「只是一點感冒。」

「嗯，抱歉讓你大老遠趕來。我來泡咖啡。」

「不，我來吧。」

他們聊起她兒子，現在正替百威啤酒公司開卡車。

「薪水不錯。」她說：「但就算一年給我一百萬，我也不願開著那輛大怪物在城裏繞，還得在小巷裏倒車，被大家猛按喇叭。」她停下調整呼吸：「他們說我活不長了，而我想給你一些東西，你知道，在我——之前。她從未離開過我，你知道嗎，她一直保持聯繫。有時她對我低語，有時她出現在我夢中。」

「她在每個人的夢中。她是我們夢中的明星。」

「在我夢裏，她正跑過一條石礡，或是石頭路。空氣很熱，是下雨的夜晚，石頭很滑，但她比空氣更輕一點，或是那地方比較沒有重力，所以她沒跌倒，只是跟著向前滑，一路放聲大笑。我也不知道，也許她是從現在生活的地方託夢給我。她要我看看別的東西，不只是她在那輛車前奔跑的身影。」

「沒人看見她。」他撒謊。他也沒說他們開車時只開了霧燈。

「她是個粗心的孩子。總在工地玩、爬很高的樹，過馬路也不聽我的話，從來不注意兩邊。你可以告訴他們，其他那些人，不是說是她的錯，但也不全是他們的錯。」

「我會，我會告訴他們。」血液中有顆強力止痛劑在流竄，他突然覺得自己像個乘風飛翔的信使。他可以把這份赦免帶回家。

她得停下來對紙巾咳嗽。她在沙發邊擺了一捲，腳邊的地板上有個垃圾桶：「不好意思。」

「妳有癌症啊。妳不需要道歉。」他趁著她還想多講的心情問道：「妳覺得她為什麼會在三更半夜想要回家？」

「喔，我想她只是討厭朋友家的吵鬧聲。他們吵得很兇，夏蒙家那對夫妻。警察老是得現身把他們拉開，但他們對自己的孩子很好。凱西在家總是惹泰瑞心煩，而我那些日子又老是迎合他，那是我一直以來的遺憾，我認為那是她被上帝帶走的原因。我當時沒替她反抗她爸爸。我只能讓她什麼時候想去哪都行。等我一分鐘。」

她起身拖著小罐子走向臥房。她回來時在尼克身邊坐下，只剩一把骨頭的她坐下的力道還是沉甸甸的，彷彿剛剛跳傘落地。她把一小塊折成四方的衣服放在膝頭。藍色牛仔短褲和格子襯衫，還有一雙掛了小珠子的印第安軟皮鞋。

「我沒法和它們分開，連洗一下都不能，所以痕跡都還在，血跡和泥土。無論如何，我想把這些給你。」她的鼻孔像潛水者用力吸氣：「我只要你知道這對我的意義有多重大，所以你絕對不會忘。」

「沒有人會忘記。」他告訴她。

突然間，珊娜不再說話，只是吸著菸。

「你嗑得神智不清了，對吧？」

「對不起。」

「不，沒關係。我知道你是毒蟲，我也知道你對我撒謊，所以我們才能一直見面，所以我才不會怪你。重點是，我早已不再責怪任何人。她也一樣。我是從她那邊知道的。那一晚發生的事註定會發生。都結束了，你被原諒了，她原諒了我們大家。她放我們走了。」

他能理解她說的話，卻遲遲找不出合理的回應。他第一次想要感覺到什麼。他坐了好久，女孩的衣服和鞋子擺在他膝上，等待自己感受到一絲情緒。但藥劑蒙蔽了方向，隱藏起來的當下又讓身邊充滿色彩。接著一切都瓦解了，他飄浮起來，越過了意外事故、這位母親和她的女兒。

關於愛抱怨僧侶的笑話

從舊金山飛來的班機上，伴隨他屍體一起來的東西只有一點點。艾莉絲被告知有個皮夾，但只有皮夾內的東西抵達，被裝在信封裏，而且份量很輕。她打開信封，把內容物倒在卡門的廚房桌上：一張金融卡（之後她們會看到他這墮落三週的明細單。他最後一次擺脫聖地牙哥的戒毒所後出發，最後抵達一家花店後面的小巷。她們會製作一張行事曆和地圖。艾莉絲在洛杉磯認識的藝廊的人會開車南下，拍下他藏身在後直到死亡的垃圾桶照片）、一張出獄單、一片阿諾汽車旅館的塑膠磁卡、一張計程車的六十元收據。

「他真的需要一張收據了。」艾莉絲說：「他喜歡南舊金山，我想是因為離墨西哥的提華納很近。有次他告訴我那邊什麼都有，我不想問他有什麼東西。我第一次怕到不想知道。」

「他的錶不見了。」卡門說。是支菱形金錶，貼著手腕的皮帶軟得如同肌膚。是哈瑞斯的錶，尼克總是隨身戴著。

「我想，如果你的生活方式包括晚上無意識地倒在小巷裏，你就不能期待隨身的飾品不會被偷。」

有東西卡在信封裏，所以艾莉絲必須伸手掏出，是兩張很相似的護照照片。都是大頭照。照片中的他看起來彷彿被狠狠打了一頓，或是腳踝一軟摔了一大跤。他高聳狹窄的額頭上滿是斜斜的刮痕和斑點，一隻眼腫得幾乎睜不開，既浮腫又有藍黃相間的瘀青。雖然他直視著相機，他的鼻子——被打斷又接合過——這次卻從臉上移位，好像跑到臉的旁邊一些些。照片非常嚇人。任何人都會被這個人嚇到，也會為他的未來擔憂。

不去看他的照片很困難。她們還沒見過他的屍體。葬儀社正盡力讓他的身體得以見人。

「也許，」卡門說：「他正嘗試弄到新的證件，因為他們之前沒收了他的駕照。」她用手指敲敲一張照片，又敲敲另一張。

「我來之前把照片給黛安娜看了。」艾莉絲說：「她說在急診室看過這種照片。慘不忍睹的醉鬼和毒蟲會照相放在身上，以防屍體被找到時沒辦法被家人指認。」

「哎，他們還真細心。」卡門說：「他一直繞著下水道轉圈，我覺得我都開始以為打轉的部分才是重點，而不是下水道。但結果他始終只是凡人。我真的以為讓他墮落是正確的作法，所有資料都建議這麼做啊。只是下了決心撒手不管有點困難。」

「很難知道他墮落得有多深。他實在樂觀得好笑。第一次他從一間破爛旅館打給我，說他有自殺傾向，但以這種價錢，旅館房間其實還不錯耶。下一次我問他在幹嘛，他說他只是在看電影，但其實真是部不錯的片子。」

卡門說：「記得那次他去了救世軍的戒毒所，在明尼蘇達？之後我問他怎麼樣，他告訴我『人都很怪，但乳酪炒蛋超好吃。』」冗長的沉默後，她加上一句：「應該有個詞可以形容我們。變相的『孤兒們』。」

她們放棄讓彼此較不寂寞後，艾莉絲離開卡門的家，出來坐在她停在門前的車裏。一輛通勤列車呼嘯而過往北去。她把暖氣調到最大，從外套口袋摸出手機，用快速撥號鍵打給尼克。他的手機大概在聖地牙哥某地的排水溝內，老早沒電了，但他的語音信箱還能接收留言。她聆聽他的聲音，然後等待嗶聲，再告訴他一個他喜歡的老笑話，關於那個愛抱怨的僧侶的笑話。

艾迪遜車站

蓋比掛掉打給唐娜的電話，告訴她自己在回家路上，然後把手機放入口袋，脫掉他的墨鏡——是他在佛羅倫斯找到的新貨，有鏡框，和蘇格蘭膠帶的顏色一模一樣——但換上非暗色的眼鏡。他把耳機戴上，等待北上火車。一群人已經聚集在對面月台。今天是選舉日，芝加哥人的勝利垂手可得[1]，城內許多人正準備南下參加大型集會。雖然今天是十一月第一個週二，但天氣還是如九月般，彷彿上帝為了這次活動特別安排了舒適的天氣。

蓋比要去不同的方向，北上往妻子和小兒子的方向前進。透過耳機，他聽著洛福斯·溫萊特（Rufus Wainwright）的音樂。他的思緒已在回家的方向，不再理會交通工具的干擾，所以他一直沒注意，直到他的列車已經靠近，才發現他媽媽也在對面鐵軌的一小群人當中，站在往南的月台上。她握著的一根杆子綁上藍色布料，沒有攤開——但他不用看也

1 指二〇〇八年歐巴馬參選的美國總統大選。

知道上頭寫著「希望」。她在歷經所有的失望後，得到的報償就是這個男人的出現，她認為將可扭轉情勢。他暗想，我們等著看吧。

他躲向一根柱子和一個胖胖的青少年後面。他從未從遠處打量她，看見她不知被人觀察的一幕。她穿著黑色褲子和襯衫，是她遊行的一貫打扮。腳上踏著運動鞋，戴著一頂棒球帽。她在讀一本書；他可以看見封面，是張年長婦女的照片——肯定是某個掙扎爬上陡峭階梯的女人，或是排除萬難領導重要運動、組織集會的故事。卡門還是一樣如此熱切，如此全然的離譜。

他的車進站了。他上了車，注意到電車裏相當潮溼，空氣凝固厚重。他站在反向的門邊，從車窗內凝望她，看見她也正抬起頭，思緒被火車聲打斷。她朝面前的鐵軌張望，觀察是否有車要來，然後又回去看書。如果她看進對面火車的窗口，也許會瞥見他對她那龐大而瘋狂的愛，但他再次調整自己的表情，把容量扭低，回到他們之間尚能容忍的相互遷就。

冰島的相反

「妳一直都住在這裏嗎？」客戶問，她的音量壓過奧莉薇亞故意調得有些大聲、好讓交談略微困難的背景音樂，而且她喜歡這首歌：〈香菸和巧克力牛奶〉（Cigarettes and Chocolate Milk）。

但這個客人是個旅客，卻有點太積極地愛講話。愛講話的客人會造成奧莉薇亞的問題。

「不是。」奧莉薇亞努力讓句點聽起來十分明顯。

「妳有種口音，讓我想想是哪裏的。」

奧莉薇亞知道這女人指的是廣大的中西部野草，直到現在還佔據在她說話時的細縫中。

「事實上，我本來，」奧莉薇亞說：「是從冰島來的。」這通常能順利讓閒聊告終。這樣客人不是明白奧莉薇亞對於坦白身分不感興趣，就是對冰島一點都不了解，也許只知道冰島航空，或歌手碧玉。

冰島跟這地方完全相反。

奧莉薇亞之所以能在這太過舒適的沙龍環境下生存，就是靠著只聊一般話題：電影、當地餐廳、明星的婚姻狀況和離譜的嬰兒姓名。她選擇在遊客景點工作，所以不會有老客人，社交附著力也降到最低。

她替女人剪了個非常好看的髮型。她比走進來時好看兩倍，而她自己也看得出來，這是好事。她離開前拿了張鈔票，非常慷慨的小費，塞進奧莉薇亞的外套口袋裏。

這是她今天最後一個客戶預約。她在店裏打轉，把窗戶關上。一陣帶有強烈鹹味的微風從海面吹來，流過棕櫚樹和木槿。

她稍微拖拉著右腳，一面清理店面、把剪報整理成堆。她的腳患了輕微的神經疾病，只有在漫長的一天後才會出現，大部分時間她都能與之對抗。這是一家相當高檔的美容院，沒人會想看見科學怪人的助手伊果步履艱難，喀躂喀躂地拖著鐵鍊。她很努力營造出店裏既專業又時髦有效率的氛圍，平時只穿深色服裝——黑色及深淺稍微不同的深藍色。她的頭髮已經變成灰色，現在漂成白色，剪了平頭。她改了名，自己用Google查過。她現在叫奧莉薇亞．李。

幾年前她看過一部紀錄片，是關於幾個曼森派教的女孩。她們現在已成了老太太，還在坐牢，從來未曾出獄。其中一名受害者莎朗・蒂的姊妹出席了她們所有的聽證會。其中一名曼森教派的女人告訴採訪者，她必須，在這一刻，思考這個可能：她的人生是一次無用的浪費。

奧莉薇亞沒有落入那樣的心理層面。監獄能把人磨練成各形各色，而她知道她活在自我設立的限制當中。但這不是懲罰，也跟罪惡感無關。罪惡感，她早先即發覺，是最簡單、最容易的反應。更複雜的是超越罪惡感而活，忍受不可抹滅的事實，內心沉甸甸的重量在在表明，自己做了件可怕且不能挽救的事。

她的限制比較像在周圍畫了一條隱形的線，然後待在那個小圈圈裏。其中自有撫慰。目前，她沒多想這些事。她的腦袋一片空白，因為忙亂的一天而疲倦不堪。她好累，除了晚上做點沙拉、逗貓咪玩之外，沒有其他計畫。

她關上剩下的燈，拿起皮包和雨衣，走出門後把門鎖上。雨下下停停了一整天，在這地方、這個季節相當常見，現在雖沒下雨，但馬上又會開始。深色的夜雲幾乎不曾消散，植物、花朵和空氣也光彩奪目、活力旺盛，彷彿已知道風雨正迅速移動。

有個人坐在階梯上，一個女人——也許是女孩，奧莉薇亞從身後看不清楚——柔聲講著手機，一面大笑，一面撥弄鞋子上的小珠子。為了繞過她，奧莉薇亞的腳滑了一下，因為老石子路上都是溼滑的青苔。

為了保持平衡，她抓住女孩的肩膀，緊緊抓住她薄襯衫的方格布料。「喔，對不起。」她說。

女孩稍微轉過身，伸長手抓緊奧莉薇亞的前臂，穩住她的腳步。

「好了，妳沒事了。」她說，再轉回手中的電話：「不是啦，我在跟別人說話。」

小說精選

背負一生

2013年11月初版　　定價：新臺幣320元

有著作權・翻印必究
Printed in Taiwan.

著　者　Carol Anshaw
譯　者　許 珮 柔
發 行 人　林 載 爵

出 版 者　聯經出版事業股份有限公司
地　址　台北市基隆路一段180號4樓
編輯部地址　台北市基隆路一段180號4樓
叢書主編電話　(02)87876242轉227
台北聯經書房：台北市新生南路三段94號
電　話：(02)23620308
台中分公司：台中市北區健行路321號1樓
暨門市電話：(04)22371234ext.5
郵政劃撥帳戶第0100559-3號
郵撥電話：(02)23620308
印 刷 者　文聯彩色製版印刷有限公司
總 經 銷　聯合發行股份有限公司
發 行 所：新北市新店區寶橋路235巷6弄6號2樓
電　話：(02)29178022

叢書編輯　程 道 民
封面設計　顏 伯 駿

行政院新聞局出版事業登記證局版臺業字第0130號

本書如有缺頁，破損，倒裝請寄回台北聯經書房更換。　ISBN 978-957-08-4282-1 (平裝)
聯經網址：www.linkingbooks.com.tw
電子信箱：linking@udngroup.com

CARRY THE ONE: Copyright © 2012 by Carol Anshaw
Complex Chinese language edition published in arrangement with
The Joy Harris Literacy Agency, Inc., through Andrew Nurnberg Associates
International Limited.
Complex Chinese language edition copyright:
2013 LINKING PUBLISHING CO.
All rights reserved.

國家圖書館出版品預行編目資料

背負一生/ Carol Anshaw著．許珮柔譯．初版．
臺北市．聯經．2013年11月（民102年）．328面．
14.8×21公分（小說精選）
譯自：Carry the One
ISBN 978-957-08-4282-1（平裝）

874.57 102021130